U0051673

終於不再靠死背！

✧ 背單字苦手必讀單字書 ✧

root, prefix, suffix, vocabulary

英文字根
字首字尾
單字大全

蔣爭／著

笛藤出版

◆ 前言 ◆

　　學習英語者經常遇到這種情況：雖然已經認識 moon（月亮），可是卻不認識 lunar（月亮的），luniform（月形的），lunate（新月形的），demilune（半月、新月），plenilune（滿月）等字；這些字都與「月亮」有關，但不知道為什麼在這些字裡卻不見「moon」的面孔。雖然已認識 sun（太陽），卻不認識 solar（太陽的），parasol（遮陽傘），solarium（日光浴室），insolate（曝曬），turnsole（向日性植物）等字；這些字都與「太陽」有關，但不知道為什麼在這些字裡卻沒有「sun」的蹤跡。這是掌握英語單字的難點，也是英文單字的奧祕所在。

　　由於存在這種難點，學習者均感到英語單字難學難記，捷徑難尋。今日記住一字，他日又會忘卻。翻查字典頻繁之苦，似無解脫之日。加之英語單字數量龐大，浩如煙海，常使學習者望字興嘆，徒喚奈何。

　　英語單字雖然難學難記，但它本身卻有內在的規律可循。單字是由字素（字根、字綴）構成的，字義是由字素產生的。單字的數量雖然浩瀚，但字素的數量卻很有限。如果掌握了字素，懂得基本的構字方法，就能容易地突破記憶單字的難關。

　　本書旨在幫助讀者了解英語單字的內在規律，向讀者介紹一種學習英語單字的有效方法，以便讀者能迅速地掌握大量單字，並通過揭示英語單字的奧祕，使讀者認識到：學習、記憶英語單字並非難事，原有捷徑可循。

　　本書從構字法入手，通過對單字的分析，闡明單字的

核心是字根，並使讀者了解字根的重要性：認識一個字根，就可認識一群單字。例如你只認識單字 moon，當然不行；你若認識字根 lun（月亮），你就可以認識 lunar（月亮的），luniform（月形的），lunate（新月形的），demilune（半月），plenilune（滿月）等許多字，可謂聞一知十，觸類旁通。

　　書中選用 164 個字根作基礎，把同根字集中在一起，配以單字分析實例，使讀者了解單字是如何構成的，字義是如何產生的。讀者一旦掌握分析單字的能力以後，便可掌握大量字彙。此外，在每一個字根後面，附有簡短歌訣，藉以啟發思考，促進聯想，幫助記憶。書中另列 148 個字根及大量例字，作為進一步擴大字彙量之用。

　　書的後一部分是字綴，包括 123 個字首和 165 個字尾。凡較常用的字綴均已收入。多義的字綴均按意分條舉例解釋。例字都選用常用字，以利辨識和理解。

　　本書在解字釋義尋源溯流等方面，難免存在紕漏訛誤之處，尚祈專家及廣大讀者指正是盼。

作者
蔣爭

總目錄

目　錄

② 多認字根，多識單字 ······························· 320

Part2 單字的附件─字綴

① 字首 ·········· 404

② 字尾

｜ 1 ｜ 一般字彙與特殊「字彙」

　　若分析 eatable（可吃的），seeable（看得見的），hearable（聽得見的），changeable（可變的）等字，去掉字尾 -able；剩下的 eat，see，hear，change，大家都認識。但是，若將單字 edible（可吃的），visible（看得見的），audible（聽得見的），mutable（可變的）等去掉字尾 -ible（-able），剩下的 ed，vis，audi，mut 都是什麼呢？一般讀者也許不知道。原來 ed=eat，vis=see，audi=hear，mut=change。又如：一般讀者雖然認識 readable（易讀的），believable（可信的），relive（再生，復活），tricoloured（三色的），但卻不認識 legible（易讀的），credible（可信的），revive（再生，復活），trichromic（三色的），原因是不知道 leg=read，cred=believe，viv=live，chrom=color。

　　文字是一種表示意義的符號，這是人所共知的。我們從上例可以看出英語字彙的一個特點：即每一個基本意義都有兩種（或以上）符號來表示。按照上例所示如下：

- 吃　　　（1）eat　　　（2）ed
- 看　　　（1）see　　　（2）vis
- 聽　　　（1）hear　　　（2）audi
- 改變　　（1）change　（2）mut
- 讀　　　（1）read　　　（2）leg

・相信	（1）believe	（2）cred
・活	（1）live	（2）viv
・顏色	（1）color	（2）chrom

（1）類是可以獨立使用的符號——單字，（2）類是不可獨立使用的符號——字根。學習英語者必須同時認識兩種符號，即不僅要認識 see（看），還必須認識 vis（看），才能掌握大量字彙。

這種「一個意義、兩種符號」的現象形成了英語字彙的特殊性和多樣性。字根雖然是一種不能獨立使用的符號，不是單字，但實際上它是一種表示一定意義的特殊「單字」。因此，從某種意義上，英語中存在著兩套字彙：一套是「明」的、一般的字彙，如 see，hear 等，另一套是「暗」的、特殊字彙，如 vis，audi 等。這套特殊字彙在暗中（幕後）發揮作用，施展影響。它們的數量雖小，但能量很大，領導和統轄了英語中約百分之八十的字彙。

一般學習者往往只注意學習「明」的一般字彙，而忽視了這種「暗」的特殊字彙，只認識 sun（日），moon（月），star（星），而不認識 sol（日），lu（月），astro（星）。因此，他們雖然學習英語多年，也還是個「半文盲」，在閱讀中「生字處處有，字典不離手」。

| 2 | 字根與單字

　　字根是什麼？字根是一個單字的根本部分，是一個單字的核心，它表示一個單字的基本意義，單字的意義由字根產生。根據字根就可理解這個單字。從下表中可以看出字根與單字之間的關係。

字根			**單字**	
vis	看	—	visible	看得見的
log	言	—	dialogue	對話
lingu	語言	—	bilingual	兩種語言的
later	邊	—	bilateral	雙邊
flor	花	—	florist	花商，種花者
mort	死	—	immortal	不死的，不朽的
cord	心	—	cordial	衷心的，誠心的
dent	牙齒	—	dentist	牙科醫生
pend	懸	—	pending	懸而未決的
nov	新	—	innovation	革新，創新
pathy	感情	—	sympathy	同情
ann	年	—	annual	年度的，每年的
duc	引導	—	introducer	引進者，介紹人
frag	破碎	—	fragile	易碎的
ego	我	—	egoism	自我主義，利己主義
simil	相同	—	assimilate	同化
paci	和平	—	pacific	太平的，平靜的

上例表明，字根的意義代表了單字的中心意義，它在單字中占主導地位。字根結合字綴（字首、字尾），即產生一個單字的意義。因此，只要記住字根的意義，再從單字中辨認出字根，就能理解並記住這個單字，而且記得牢固，不易忘記。例如，記住 vis（看），就不會忘記 visible（看得見的）的意義。

| 3 | 一以當十

字根不僅是一個單字的核心，同時也是一組單字的共同核心，是一組單字中可以辨認出來的共同部分。它表示這一組單字共同的基本意義，是單字的「種子」，它的滋生力很強。一個字根能派生出許多單字。例如：

字根	單字
visible	看得見的
invisible	看不見的
visit	參觀
television	電視
supervise	監視
previse	預見
visual	視覺的
visage	外觀

1）vis 看

	dialogue	對話
2）log 言 —	prologue	前言，序言
	eulogize	稱讚，讚頌
	apologize	道歉，辯解
	epilogue	結束語
	monologist	（戲劇）獨白者
	neologism	新語，新字
	pseudology	假話

　　由上表中可以看出，一個字根是如何「領導」、「統轄」一群單字的。在這一群單字中，每個單字的意義都以這個字根的意義為基礎。

　　一個字根的意義決定了一群單字的意義。因此，認識一個字根，易於認識一群單字，並能牢固地記住一群單字。聞一知十，立竿見影。字根，作為一種特殊「字彙」，在英語中具有特別重要的作用，學習英語者萬不可等閒視之。

｜4｜單字的「構件」

　　上例 invisible（看不見的）一字中，vis 是字根。vis 前面的 in- 和後面的 -ible 是什麼呢？在構字上 in- 稱作字首，ible 稱作字尾，它們合稱為字綴。in-= 不，ible= 可～的。它們和字根 vis（看）共同構成的 ivisible 一字，表示「看不見的」。由此可見，字根、字首、字尾是構成單字的三個元素、三個「構件」，它們在構字上叫字

素。字根是主要元素，字首、字尾是次要元素。

　　英語的構字方法有好幾種。由字根添加字首、字尾而構成單字的方法叫派生法。派生的方式有多種，有的只添加一個字綴，有的添加好幾個字綴。下面略舉數種為例：

1）**字首 + 字根**
　　pro- + pel → propel
（向前）（推）　　　（推進）

2）**字根 + 字尾**
　　port + -able → portable
（拿，帶）（可～的）（可攜帶的）

3）**字首 + 字根 + 字尾**
　　im- + mort + -al → immortal
（不）　（死）　（～的）（不死的，不朽的）

4）**字首 + 字首 + 字根**
　　re- + ex- + port → reexport
（再）　（出）　（運）　　（再輸出）

5）**字根 + 字根 + 字尾**
　　cord + -ial + -ly → cordially
（心）　（～的）（～地）（衷心地）

6）**字首 ＋ 字根 ＋ 字根**

tri- +gon(o) + metry → trigonometry

（三） （角） （測量） （三角學）

7）**字首 ＋ 字首 ＋ 字根 ＋ 字尾 ＋**

un- + pre- + ced + -ent +

（不） （先，前）（行） （表事物）

字尾

-ed → unprecedented

（～的） （無先例的）

　　由上述各例可以看出，一個英文單字並不是一些毫無意義、孤立的字母隨意排列，而是由一些含有具體意義的「構件」所構成的「結構體」。因此，記憶一個單字，不是按照一個個字母的排列順序去記，而應當按照一個個「構件」的意義去記。例如，propel（推進）一字若按 p，r，o，p，e，l 六個字母去記，枯燥乏味且難以記住。若按 pro-（向前），pel（推）兩個「構件」的意義去記，則效果完全不同，字義清楚，印象深刻，一次記住，永不忘記。

　　英語單字的數量雖然龐大，但構成單字的元素：字根、字首、字尾的數量卻是有限的。常見的字根約有三百多個，常見的字首、字尾各有一百多個。

　　一般讀者對字首、字尾比較熟悉。如字首 un-（不），re-（再），inter-（～之間），mis-（誤）和；字尾 -able（可～的），-er（人），-ist（人），-ous（～的），

ive（的），ism（主義）等，一般讀者都認識。但是，他們對字根可能非常生疏。他們雖然認識單字 terrible（可怕的），但卻不知道字根 terr 有什麼意義。他們雖然認識單字 diary（日記），但卻不知道字根 di 有什麼意義。

　　歷來的教科書及文法書中，都有介紹字首、字尾的內容，但幾乎都沒有介紹字根的內容。這也是一般讀者對字根缺乏了解的原因。

｜5｜曲徑通幽，字義可尋

　　一般地說，知道字根的意義，就可知道單字的基本意義，再結合字綴的意義，就可得出單字的完整意義。例如，你若知道字首 pro-（向前）和字根 gress（行走）的意義，你就自然知道單字 progress（前進，進步）的意義，你若知道字首 an（無），字根 onym（名）和字尾 -ous（的）的意義，你就自然知道單字 anonymous（無名的，匿名的）的意義。

　　然而，實際情況並不完全如此。有相當一部分單字的字義並不完全等於字根意義加字綴意義。單字意義與字根意義之間有很大距離，彷彿毫無聯繫，我們無法根據字根的意義去直接理解單字的意義。以下表為例：

	字根			單字	
1)	tom	切，割	－	atom	原子
2)	hospit	客人	－	hospital	醫院
3)	sid	坐	－	president	總統，大學校長

4)	ori	升起	— orient	東方
5)	vis	看	— advise	勸導，建議
6)	port	拿，帶	— report	報告，報導
7)	vert	轉	— advertise	登廣告，做廣告
8)	sect	切，割	— insect	昆蟲
9)	medi	中間	— immediate	立刻的，直接的
10)	spir	呼吸	— conspire	共謀，陰謀
11)	fer	拿，帶	— conference	會議，協商
12)	ven	來	— intervention	干預，干涉
13)	sal	鹽	— salary	工資
14)	aster	星	— disaster	災難，災禍
15)	mini	小	— minister	大臣，部長

　　從表面上看，這些字根與單字在意義上似乎互不關聯，相距很遠，彼此風馬牛不相及，但是，實際上它們之間存在著內在的聯繫，有一條曲徑相通。這種現象的產生，有的是由於字義的形成過程過分曲折，字根的含義已由原意引申為其他意義，有的是由於字義來源於某種歷史背景。下面對這些字義進行分析溯源：

1) a- 不 + tom 切割 → atom 原子

（「不能再分割」的最小物質：原子，過去認為原子為最小物質）

2) hospit 客人 + -al 名詞字尾 → hospital 醫院

（接待「客人」的地方 → 接待「病客」的地方 → 醫院）

3) pre- 前 + sid 坐 + -ent 表示人
　 → president 總統，大學校長

（開會時「坐在前面的人」→ 主事者，指揮者 → 總統，大學校長）

4) ori 升起 + ent 名詞字尾 → orient 東方
（大陽「升起」的地方→東方）

5) ad- 向 + vis 看 → advise 勸導，建議
（「看」→看法，意見；「向別人挑出自己的看法或意見」）

6) re 回 + port 拿，帶 → report 報告，報導
（把消息、情況等「帶回」→報告）

7) ad- 向 + vert 轉 + -ise 使～
　　→ advertise 登廣告，做廣告
（「使人們的注意力轉向」→使人們注意到～→引起人注意→登廣告）

8) in- 入 + sect 切割 → insect 昆蟲
（「切入」→切裂；昆蟲軀體分節，節與節之間宛加「切裂」、「割斷」之
狀，故名）

9) im- 無 + med 中間 -ate 的
　　→ immediate 立刻的，直接的
（「沒有中間的空隙時間」，「當中沒有間隔的」→立刻的）

10) con- 共同 + spir 呼吸 → conspire 共謀，陰謀
（「共呼吸」→互通氣息→共謀，陰謀）

11) con- 共同一起 + fer 拿 + ence 名詞字尾
　　→ conference 會議，協商
（把意見「拿到一起來」→交換意見，協商，開會→會議）

12) inter 中間 + ven 來 + -tion 名詞字尾
　　→ intervention 干預，干涉
（「來到中間」→介入其中→干涉）

13) sal 鹽 + -ary 表示物 → salary 工資

（古羅馬士兵領取「買鹽的錢」作為生活津貼，由此轉為工資，薪金）

14) dis 不 + aster 星 → disaster 災難，災禍

（原意為「星位不正」：古羅馬人相信星象，認為「星位不正」便是災星，大難將臨）

15) mini 小 + -ster 表示人 → minister 大臣，部長

（原意為「小人」，僕人；古時大臣對君王自稱為「小人」，僕人，轉為現今的部長）

　　由上面的分析可以看出，一個單字的意義與其字根的意義雖然相距很遠，但根據字根的意義，沿著一條曲折的途徑，總是可以尋到這個單字的意義，一旦理解了這個字義的來源以後，你對這個單字的印象就特別深刻。

| 6 | 字尾的擴展

　　「單字 + 字尾」形式的單字，一般非常容易認識。如 danger（危險）+-ous（的）→ dangerous（危險的），work（工作）+-er（人）→ worker（工人）等。這類單字的字義明顯，容易記憶。只要知道字尾的意義，就能分析而得出。又如，我們很容易認出 mountainous（多山的）是 mountain（山）+-ous（的），courageous（勇敢的）是 courage（勇氣）+-ous（的）。

　　然而，實際情況並不都是這樣簡單。例如，將 suppositious 去掉字尾 -ous，剩下的 suppositi 是什麼呢？（如果你認出 suppose，那麼剩下的 iti 又是什麼

呢？）將 rosaceous 去掉 -ous 剩下的 rosace 是什麼呢？
將 instantaneous 去掉 -ous 剩下的 instantan 是什麼呢？
這又是英語單字的一個難點。

　　原來這些單字的字尾都不是 -ous，這些單字是這樣
構成的：suppos（e）（假定）+-itious（的），ros（e）（玫
瑰）+-aceous（的），instant（瞬息）+-aneous（的）。
它們的字尾分別是 -itious，-aceous，-aneous。這些字
尾都含有 ous，含義與 -ous 相同。它們稱作「-ous 的擴
展形式」，ous 是「基本形式」。

　　「基本形式」字尾與「擴展形式」字尾是「同型字
尾」，它們都有共同的基本意義。許多讀者只認識「基
本形式」字尾而不認識「擴展形式」字尾，這也是他們
學習單字時感到困難的原因之一。

　　很多常用字尾都有相對應的擴展形式，下面略舉數
例說明：

-ous 型字尾（-ous及其擴展形式）**表示「～的」**

　-ous：dangerous 危險的　posionous 有毒的

　-eous：righteous 正直的　gaseous 氣體的

　-ious：laborious 勤勞的　contradictious 相矛盾的

　-aceous：herbaceous 草本的　rosaceous 玫瑰色的

　-acious：rapacious 掠奪的　sagacious 聰明的

　-aneous：contemporaneous 同時代的
　　　　　　simultaneous 同時發生的

　-itious：supposititious 假定的　cementitious 水泥的

　-uous：contemptuous 輕視的　sensuous 感覺上的

　-ulous：globulous 球狀的　acidulous 帶酸味的

-er 型字尾（-er及其擴展形式）**表示「～人」**

-er：worker 工人　teacher 教師

-eer：weaponeer 武器專家　mountaineer 登山者

-ier：clothier 織布工人　hotelier 旅館老闆

-yer：lawyer 法律家，律師　bowyer 弓手，製弓的人

-ster：songster 歌唱家　youngster 年輕人

-ic 型字尾（-ic及其擴展形式）**表示「～的」**

-ic：atomic 原子的　periodic 周期的

-tic：asiatic 亞洲的　dramatic 戲劇性的

-fic/-ific：pacific 太平的　honorific 尊敬的

-atic：systematic 有系統的　idiomatic 慣用語的

-etic：sympathetic 同情的　energetic 精力旺盛的

-istic：colouristic 色彩的　humoristic 幽默的

-ion 型字尾（-ion及其擴展形式）**表示抽象名詞**

-ion：perfection 完整無缺　action 活動，行為

-sion：declension 傾斜　conculsion 結束，結論

-tion：introduction 介紹，引進
　　　　convention 集會，會議

-ation：transportation 運輸
　　　　colouration 色彩，特色

-ition：opposition 反對，反抗　addition 附加

-faction：rarefaction 稀少，稀薄
　　　　satisfaction 滿足

-fication：classification 分類
　　　　beautification 美化

-ty 型字尾（-ty及其擴展形式）表示抽象名詞
  -ty：safety 安全　entirety 整體，全部
  -ety：gayety 快樂　variety 變化
  -ity：humanity 人性，人類　reality 真實，現實
  -acity：rapacity 掠奪　loquacity 多言
  -icity：simplicity 簡單，簡明　historicity 歷史性
  -ality：personality 個性，人格
          exceptionality 特殊性
  -ivity：activity 活動　productivity 生產力，生產率
  -ability：knowability 可知性　readability 可讀性
  -ibility：sensibility 敏感性　conductibility 傳導性

    此外，還有 **-al** 型字尾（-al，-ical，-ial，-ual），**-an** 型字尾（-an，-ian，-ician，-arian），**-cy** 型字尾（-cy，-acy，-ency，-ancy），**-or** 型字尾（-or，-ator，-itor，-ior）等等。

    認識了字尾的擴展形式以後，就可以對眾多複雜的字尾有一個系統性的了解。將它們按型歸類以後，就可以看出哪些字尾是「一個姓」、「一家人」，是構成單字的「同型號構件」。這對我們分析單字、理解字義非常重要。

｜7｜字母的增、減與改變

    英語單字中還存在一種現象：當一個單字添加字尾而構成衍生字，或添加另一個單字而構成複合字時，有時會出現增加字母或減少字母的情形，有時也會出現字

母改變的情形。屬於這一類的單字無一定規則可以概括。下面分別列舉一部分例字，讀者可根據這些例字來了解和認識這種現象。在學習中如遇到類似現象，可根據這些例字進行類推和理解。

（1）字母的增加

1.增加 a

arm 武器+-ment 名詞字尾 ………… armament 兵力，軍隊
detect 偵察，偵探+-phone 電話 ……detectaphone 竊聽器
sign 簽字+-ture 名詞字尾 ………………signature 簽字
temper 性情，脾氣+-ment 名詞字尾 …temperament 性格

2.增加 i

hand 手+-craft 工藝……………… handicraft 手工藝
gas 氣體+-form 形狀 ………… gasiform 氣狀的，氣態的
expend 消費，花費+-ture 名詞字尾
…………………………………… expenditure 費用，支出
insect 蟲+-ide 殺 ………………insecticide 殺蟲劑

3.增加 o

fool 愚人+-cracy 統治 …………… foolocracy 愚人統治
speed 速度+-meter 表，計……… speedometer 速度表
gas 氣，瓦斯+-meter 表，計…… gasometer 煤氣表

4.增加 u

act 做，行動+-ate 動詞字尾 …… actuate 開動，促使

effect 效果+-ate 動詞字尾 ……… effectuate 使奏效
angle 角+-ar～的 ………………… angular 角形的，有角的
circle 圓，圈+-ar～的 …………… circular 圓形的
fable 寓言+-ous～的 …………… fabulous 寓言般的

5.增加 n

tobacco 菸草+-ist 人 …………… tobacconist 菸草商人
alter 變換+-ation 名詞字尾……… alternation 交換，輪流
person 人+-el 名詞字尾 ………… pessonnel 全體人員

6.增加 s

doom 毀滅，死亡+-day 日 ……… doomsday 世界末日
sale 賣，售貨+-girl 女 ………… salesgirl 女售貨員
sport 運動+-man 人 …………… sportsman 運動員
hunt 打獵+-man 人 …………… huntsman 獵人
herd 放牧+-man 人 …………… herdsman 牧人
promise 允諾+-ory～的 ……… promissory 表示允諾的

7.增加 p

assume 假定+-tion 名詞字尾 …… assumption 假定，假想
resume 重新開始+-tion 名詞字尾 …… resumption 重新開始
consume 消費+-tion 名詞字尾 … consumption 消費，消耗

8.增加 in

crime 罪行+-al～的 …………… criminal 犯罪的
page 頁+-al～的 ………………… paginal 頁的，每頁的
germ 幼芽+-ate 動詞字尾 ……… germinate 發芽

term 術語+-ology～學 ·············· terminology 術語學
attitude 姿態+-ize動詞字尾 ······ attitudinize 裝腔作勢
volume 卷，冊+-ous～的 ········· voluminous 多卷的

9.增加 t

horizon 地平線+-al 的 ·············· horizontal 地平線的

10.增加 k（加在c後）

picnic 野餐 ················	+-er	picnicker	野餐者
····························	+-ed	picnicked	
····························	+-y～的	picnicky	野餐的
traffic 買賣 ···············	+-er	trafficker	商人
····························	+-ed	trafficked	
····························	+-ing	trafficking	
panic 恐慌 ················	+-y～的	panicky	恐慌的
····························	+-ed	panicked	
····························	+-ing	panicking	
mimic 模仿 ···············	+-er	mimicker	模仿者
····························	+-ed	mimicked	
····························	+-ing	mimicking	

11.重複末尾字母

red 紅色的+-ish 帶～的 ···	reddish	帶紅色的
swim 游泳+-er ··············	swimmer	游泳者
sun 太陽+-y～的 ··········	sunny	多陽光的

（2）字母的減少

1.減去 a

repeat 重複+-ition 名詞字尾 ········ repetition 重複
reveal 展現+-ation 名詞字尾 ······· revelation 展現，洩露
beast 獸+-ial 的 ····················· bestial 野獸的，獸性的
feast 節日+-ive 的 ··················· festive 節日的
propaganda 宣傳+-ist 者 ··········· propagandist 宣傳者
abstain 戒，節制+-ence 名詞字尾 abstinence 戒絕

2.減去 e

deep 深+-th 名詞字尾 ·············· depth 深度
sheep 羊+-herd 牧人 ················ shepherd 牧羊人
proceed 進行+-ure 名詞字尾 ······· procedure 程序，步驟
appear 出現+-ition 名詞字尾 ······· apparition 幻影，幽靈
anger 怒+-y～的 ···················· angry 發怒的
enter 進入+-ance 名詞字尾 ········ entrance 進入
lighten 照亮，閃光+-ing 名詞字尾 ··· lighting 閃電

3.減去 i

explain 解釋+-ation 名詞尾 ········ explanation 解釋
proclaim 宣布 +-ation 名詞字尾 ··· proclamation 宣布
prevail 流行，盛行+-ent～的 ········ prevalent 流行的
vein 靜脈+-ous～的 ·················· venous 靜脈的
grain 穀物+-ary 場所 ··············· granary 穀倉
acclaim 歡呼+-ation 名詞字尾 ····· acclamation 歡呼

4. 減去 o

typhoon 颱風+-ic ～的 ················	typhonic	颱風的
abound 富於，多+-ant～的 ········	abundant	豐富的
school 學校，教育+-ar 人 ···········	scholar	學者
piano 鋼琴+-ist～ ····················	pianist	鋼琴家
cello 大提琴+-ist～ ··················	cellist	大提琴手

5. 減去 y

occupy 占領+-ation 名詞字尾········	occupation	占領
history 歷史+-ic～的 ················	historic	歷史性的
economy 經濟+-it 人 ···············	enconomist	經濟學家
majesty 雄偉+-ic～的 ···············	majestic	雄偉的
botany 植物+-it 人 ·················	botanist	植物學家
academy 學院+-ic～的 ·············	academic	學院的

6. 減去 l

till 耕作+-th 名詞字尾 ···············	tilth	耕作，耕種
spill 溢出+-th 名詞字尾 ·············	spilth	溢出，溢出物
syllable 音節+-ic～的 ···············	syllabic	音節的

（3）字母的改變

1. o 改為 e

long 長的+-th 名詞字尾 ··············	length	長度
strong 強有力的+-th 名詞字尾 ········	strength	力量

2. ai 改為 e

maintain 保持+-ance 名詞字尾 …　maintenance　保持

sustain 支持+-ance 名詞字尾……　sustenance　支持

detain 扣押+-tion 名詞字尾 …… detention　扣押

retain 保留+-tion 名詞字尾……… retention　保留

strain 拉緊+-uous～的 ……… strenuous　緊張的

（但是mountain→mountainous，entertain→entertainment
的ai不改變。）

3. t 改為 ss（只限於末尾為「mit」的單字）

permit 允許+-ion 名詞字尾……… permission　允許

admit 接納+-ible 可～的 ………… admissible　可接受的

transmit 傳送+-ion 名詞字尾 …… transmission 傳送

omit 省略+-ive～的 ……………… omissive　省略的

intermit 中斷+-ion 名詞字尾 …… intermission　中斷，間歇

4. d 改為 t

contend 競爭+-ion 名詞字尾 ………… contention　競爭

attend 注意+-ive～的 ………………… attentive　注意的

intend 打算+-ion 名詞字尾 …………… intention　意圖

5. d 改為 s

expand 擴張+-ion 名詞字尾 …… expansion　擴張

extend 延伸+-ible 可～的 ………… extensible　可延伸的

comprehend 理解+-ion 名詞字尾 … comprehension　理解

divide 分開+-ible 可～的………… divisible　可分開的

collide 碰撞+-ion 名詞字尾………… collision　　碰撞

6. ce 改為 t

palace 宮殿+-ial～的 ………… palatial　　　宮殿的
space 空間+-ial～的 ………… spatial　　　空間的
science 科學+-ist 人 ………… scientist　　　科學家
experience 經驗+-ial～的 ……… experiential　憑經驗的
conscience 良心+-ious～的 …… conscientious 憑良心的
substance 物質+-ial～的 ……… substantial　物質的
preference 優先+-ial～的 ……… preferential　優先的

7. b 改為 p

describe 描繪+-tion 名詞字尾 ……… description　描繪
subscribe 簽名+-tion 名詞字尾 ……… subscription　簽名
conscribe 徵兵+-tion 名詞字尾 ……… conscription　徵兵

◆幾種符號説明

1. 後面有短「-」的，如：un-, dis-, re- 等表示字首。
2. 前面有短「-」的，如：-er, -vie, -ful 等表示字尾。
3. 前後都有短「-」的，如：-i-, -o-, -u- 等表示連接字母。
4. 順箭頭「→」表示「轉成」、「引申為」、「意為」。
5. 逆箭頭「←」表示「由～轉成」、「來自～」。

Part 1

單字的核心

字 根

① 掌握字根，分析單字

1 ag

記憶單字非難事，原有捷徑；
認得 ag 識字多，立竿見影。

	ag=do，act 做，動
agent	〔ag 做，辦理，-ent 名詞字尾，表示人；「做事者」，「辦事人」〕 **代理人**
agential	〔見上，ial 形容詞字尾，～的〕 **代理人的**
subagent	〔sub- 副的，agent 代理人〕 **副代理人**
coagent	〔co- 共同，ag 做，作，ent 表示人〕 **共事者，合作者**
agency	〔ag 做，作，-ency 名詞字尾〕 **代理，代理處，機構，作用**
coagency	〔co- 共同，ag 做，行動，-ency 名詞字尾〕 **共事，協辦，合作**
agenda	〔ag 做，-end 名詞字尾，a 表示複數；原意為：things to be done，「待做的事項」〕 **議事、日程**
agile	〔ag 動→活動→靈活，ile 形容詞字尾，～的〕 **靈活的，敏捷的**

agility	〔見上，-ility 名詞字尾，表示抽象名詞〕 靈活，敏捷
agitate	〔ag 動，-it，-ate 動詞字尾，使～；「使騷動」〕 鼓動，煽動，攪動，使不安定
agitation	〔見上，-ion 名詞字尾〕 鼓動，煽動
agitator	〔見上，-or 表示人〕 鼓動者，煽動者
agitatress	〔見上，-ress 表示女性〕 女鼓動家
agitated	〔見上，-ed 形容詞字尾，～的〕 不安的
agitating	〔見上，ing 形容詞字尾，使～的〕 使人不安的， 進行鼓動的
agitprop	〔由 agitate(鼓動) 與 propaganda(宣傳) 兩字合併縮略而成〕 宣傳鼓動，宣傳鼓動機關 (或人)
counteragent	〔counter- 反，ag 做，作用，ent 表示物〕 反作用劑，反抗力

2　agri

你已認識 field 是「田地」，
你是否也知 agri 的意義？
在有關農田的字彙裡，
field 竟都被 agri 所代替。

agri=field 田地，農田
（agri 也作 agro，agr）

agriculture	〔agri 田地，農田，cult 耕作，-ure 名詞字尾〕 **農業，農藝**
agricultural	〔見上，-al 形容詞字尾，～的〕 **農業的，農藝的**
agriculturist	〔見上，-ist 表示人〕 **農學家**
agricorporation	〔agri 農田→農業，corporation 公司〕 **農業綜合公司**
agrimotor	〔agri 農田→農業，motor 機器〕 **農用拖拉機**
agronmy	〔agro 農田→農業，nomy 學〕 **農學，農藝學，作物學**
agronomic	〔見上，ic 形容詞字尾，～的〕 **農學的，農藝學的**
agronomist	〔見上，-ist 表示人〕 **農學家**
agrology	〔agro 田地，-logy 學〕 **農業土壤學**

agrobiology	〔agro 田地→農業，biology 生物學〕 農業生物學
agrotechnique	〔agro 田地→農業，technique 技術〕 農業技術
agro-town	〔agro 農田→農村，town 城鎮〕 建在農村地區的城鎮
agrochemicals	〔agro 農田，chemicals 化學藥品〕 農藥
agro-industry	〔agro 農田→農業，industry 工業〕 農業工業
agrarian	〔agr 田地，arian 形容詞字尾，～的〕 土地的，耕地的
agrestic	〔agr 田地→鄉村→鄉野〕 鄉間的，鄉野的，粗野的

3　ann

山外青山樓外樓，
學無止境，
已識 year 再識 ann，
由淺入深。

ann=year 年
（ann 也作 enn）

anniversary	〔ann 年，-i- 連接字母，vers 轉，-ary 名詞字尾； 時間「轉了一年」〕 周年紀念日，周年紀念

annual	〔ann 年，-ual 形容詞字尾，～的〕 **每年的，年度的**
annals	〔ann 年，-al 名詞字尾〕 **編年史**
annalist	〔見上，-ist 表示人〕 **編年史作者**
annuity	〔ann 年，-u- 連接字母，-ity 名詞字尾〕 **年金；年金享受權**
annuitant	〔annuit(y) 年金，-ant 表示人〕 **領受年金的人**
superannuate	〔super- 超過，ann 年→年齡，-u-，ate 動詞兼形容詞字尾；「超過年齡」〕 **因年老而令退休；太舊的，過時的**
superannuation	〔見上，-ation 名詞字尾〕 **年老退休**
perennial	〔per- 通，全，enn 年，-ial 形容詞字尾，～的〕 **全年的，四季不斷的**
perenniality	〔見上，-ity 名詞字尾〕 **全年，四季不斷**
semiannual	〔semi- 半，ann 年，-ual ～的〕 **半年一次的**
biannual	〔bi- 二，ann 年，-ual ～的〕 **一年兩次的**
biennial	〔bi- 二，enn 年，-ial ～的〕 **兩年一次的，持續兩年的**
triennial	〔tri- 三，enn 年，-ial ～的〕 **三年一次的，持續三年的**

centennial	〔cent 百，enn 年，-ial ～的〕 (每) 一百年的，持續了一百年的

 4

aqu

aqu 也是水，相信莫懷疑；
君看下列字，字字不離水。

aqu=water 水

aquarium	〔aqu 水，-arium 表示場所地點；「放養水生動物的地方」〕 水族館，養魚池
aquatic	〔aqu 水，-atic 形容詞字尾，～的〕 水的，水中的
aqueduct	〔aqu 水，-e-，duct 引導；「引導水」〕 引水槽，水道，溝渠，導水管
aqueous	〔aqu 水，-eous ～的〕 水性的，多水的，含水的，水狀的
aquosity	〔aqu 水，-osity 名詞字尾，表示狀態〕 多水狀態，潮溼
aquiculture	〔aqu 水，-i-，cult 養育，-ure 名詞字尾〕 飼養水棲動物，養魚，水產養殖
aquiferous	〔aqu 水，-i-，fer 帶有，-ous ～的〕 帶有水的，含水的
aquiform	〔aqu 水，-i-，form 有～形狀的〕 水狀的

subaqueous	〔sub 下，aqu 水，-eous 〜的〕 水下的，用於水下的
superaqueous	〔super 上，aqu 水，-eous 〜的〕 水上的，水面上的
aqualung	〔aqua=aqu 水，lung 肺〕 （潛水員背的）水中呼吸器
aquashow	〔aqua=aqu 水，show 表演〕 水上技藝表演

5　astro

只識 star，不識 astro，
有關天文字，如何能記牢？

astro=star 星（astro 也作 aster）

astrology	〔astro 星，-logy 〜學〕 占星學，占星術
astrologer	〔astro 星，-loger 〜學者〕 占星學家，占星術家
astronomy	〔astro 星，星辰→星空→天文，nomy 學〕 天文學
astronomer	〔見上，-er 表示人〕 天文學家
astronomize	〔見上，-ize 動詞字尾〕 研究天文，觀測天文

astrospace	〔astro 星→星空，宇宙，space 空間〕 宇宙空間
astro-engineer	〔astro 星→星空，天空→航天，engineer 工程師〕 太空工程師
astrobiology	〔astro 星→星空，太空，biology 生物學〕 太空生物學
astrodog	〔astro 星→太空，dog 狗〕 太空狗
astromouse	〔astro 星→太空，mouse 鼠〕 太空鼠
astronaut	〔astro 星→星空→宇宙，naut 船→航行者〕 宇宙航行員，太空人
astronautess	〔見上，-ess 表示女性〕 女宇航員，女太空人
astronautics	〔見上，-ics ～學〕 宇宙航行學
astrochemistry	〔astro 星→太空，天體，chemistry 化學〕 天體化學，太空化學
astrophysics	〔astro 星→太空，天體，physics 物理學〕 天體物理學，太空物理學
astrocompass	〔astro 星，星象，compass 羅盤〕 星象羅盤
astronavigation	〔astro 星→星空，宇宙，navigation 航行〕 宇宙航行，天文導航
astral	〔astr 星，-al 形容詞字尾，～的〕 星的，星狀的

asterism	〔aster 星，-ism 名詞字尾〕 **星群，星座**
asterisk	〔aster 星，-isk 表示小〕 **小星記號，星標，星號**
asteroid	〔aster 星，-oid 似～的〕 **似星的，星狀的**
disaster	〔dis- 不，aster 星；「星位不行」，古羅馬人認為「星位不正」便是「災星」，意味著大難〕 **災難，災禍**

6 audi

試看下列單字，均與「聽」有聯繫。
為何不見 hear? 君且無須詫異。
原來構字有方，hear 換成 audi。

audi=hear 聽（audi 也作 audit）

audience	〔audi 聽，-ence 名詞字尾〕 **聽眾；傾聽**
auditorium	〔aud(i) 聽，-orium 名詞字尾，表示場所、地點；「聽講的場所」〕 **禮堂，講堂，聽眾席**
audible	〔aud(i) 聽，-ible 名詞字尾，可～的〕 **聽得見的，可聞的**
audibility	〔aud(i) 聽，-ibility 名詞字尾，可～性〕 **可聽性，可聞度**

inaudible	〔in- 不，-ible 名詞字尾，可～的〕 **聽不見的，不能聽到的**
audit	**旁聽；審計**
auditor	〔-or 表示人〕 **旁聽生，旁聽者；審計員**
auditory	〔audit 聽，-ory 形容詞字尾，～的〕 **聽覺的**
audiphone	〔audi 聽，phone 聲音〕 **助聽器**
audition	〔audi 聽，-ion 名詞字尾〕 **聽覺，聽**
audiometer	〔audi 聽，-o- 連接字母，meter 測量器，計〕 **聽力計，聽力測量器**
audiometry	〔audi 聽，-o-，metry 測量〕 **聽力測定，測聽術**
audiology	〔audi 聽，-o-，-logy ～學〕 **聽覺學**
audio	**聽覺的，聲音的**
audio-visual	〔audi 聽，visual 視覺的〕 **試聽法，視覺聽覺的**
audiovisuals	〔audi 聽，形容詞後 +s 轉名詞〕 **視聽教材，直觀教具**

bell

7

同形須辨，莫把 bell 誤認為「鈴」，
同義相連，它與 war 都是「戰爭」。

bell=war 戰爭

rebel	〔re- 相反，bel(i) 戰爭，戰鬥；「反戈」，「反戰」〕 **反叛，反抗**
rebellion	〔見上，-ion 名詞字尾〕 **反叛，反抗，叛亂**
rebellious	〔見上，-ious 形容詞字尾，～的〕 **反叛的，反抗的，叛亂的**
bellicose	〔bell 戰爭，-icose 複合字尾，由 -ic+-ose 而成，表示有～性質的〕 **好戰的，好鬥的**
bellicosity	〔見上，-ity 名詞字尾，表性質〕 **好戰性**
bellicism	〔見上，-ism 名詞字尾，表性質〕 **好戰性，好戰傾向**
belligerent	〔bell 戰爭，-i-，ger=to wage，-ent 形容詞字尾，～的〕 **好戰的，挑起戰爭的**
belligerency	〔見上，-ency 名詞字尾，表性質〕 **好戰性**

8 bio

bio，令人惱，
是何意義難明瞭。
細思考，方知道，
它與 life 畫等號。

bio=life 生命，生物（bio 也作 bi）

biology	〔bio 生物，-logy ～學〕 **生物學**
biologist	〔bio 生物，-logist ～學家〕 **生物學家**
biography	〔bio 生命，graph 寫，文字→紀錄，-y 名詞字尾；「一人生平的紀錄」〕 **傳記**
biographer	〔bio 生命，graph 寫，文字→紀錄，-er 表示人〕 **傳記作者**
autobiography	〔auto- 自己，biography 傳記〕 **自傳**
biotic	〔bio 生命，生物，-tic 形容詞字尾，～的〕 **生命的，生物的**
antibiotic	〔anti- 反對，抗，見上〕 **抗生的，抗生素**
amphibian	〔amphi- 兩，bi 生物，-an 名詞及形容詞字尾〕 **水陸兩棲生物，水陸兩棲的，水陸（或水空）兩用的**

amphibious	〔見上，-ous ～的〕 **兩棲的，水陸（或水空）兩用的**
microbiology	〔micro- 微，biology 生物學〕 **微生物學**
microbiologist	〔見上，-ist 表示人〕 **微生物學者**
macrobian	〔macro- 長，bi 生命，-an 表示人〕 **長壽的人**
biosphere	〔bio 生物，sphere 範圍〕 **生物圈，生物層**
biocide	〔bio 生物→蟲，cid 殺〕 **殺蟲劑**
biochemistry	〔chemistry 化學〕 **生物化學**
biophysics	〔physics 物理學〕 **生物物理學**
bioelectricity	〔electricity 電流〕 **生物電流**
bioexperiment	〔experiment 實驗〕 **生物實驗**
bioclean	〔bio 生物→微生物→細菌，clean 清潔的〕 **無菌的**

brev

苦學多年，brev 含義未領會，
君須牢記，它與 short 是同義。

brev=short 短

abbreviate	〔ab- 加強意義，brev 短，-i-，-ate 動詞字尾，使～〕 **縮短，縮寫，節略 (讀物等)**
abbreviation	〔見上，-ation 名詞字尾〕 **縮寫，縮短，節略；縮寫式，縮寫詞**
abbreviator	〔見上，-ator 表示人〕 **縮寫者**
brevity	〔brev 短，-ity 名詞字尾〕 **(陳述等的) 簡短，簡潔；(生命等的) 短暫，短促**
breviary	〔brev 短，-i-，-ary 名詞字尾〕 **縮略，摘要**
brief	〔brief ← brev 短〕 **短暫的，簡短的，簡潔的** 〔名詞〕 **摘要，短文，概要**
briefness	〔見上，-ness 名詞字尾〕 **短暫，簡短，簡潔**
breve	**短音符號**

10 ced

你最熟悉的字是 go，
只識一個 go 遠遠不夠。
你若知道 ced 也是「行走」，
記憶更多單字就無需發愁。

ced=go 行走（ced 也作 ceed，cess）

precedent	〔pre- 先，前，ced 行，-ent 名詞字尾，表示物〕 **先行的事物，前例，先例** 〔-ent 形容詞字尾，～的〕 **先行的，在前的**
precedented	〔見上，-ed ～的〕 **有先例的，有前例的**
unprecedented	〔un- 無，見上〕 **無先例的，空前的**
precede	〔pre- 先，前，ced 行〕 **先行，領先，居先，優先**
preceding	〔見上，-ing 形容詞字尾，～的〕 **在前的，在先的**
exceed	〔ex- 以外，超出，ceed 行；「超越而行」〕 **超過，越過，勝過**
excess	〔ex-，以外，超出，cess 行；「超出限度以外」〕 **超過，越過，過分，過度**
excessive	〔見上，-ive ～的〕 **過分的，過度的，過多的**

proceed	（pro- 向前，ceed 行） **前進，進行**
procedure	（pro- 向前，ced 行，-ure 名詞字尾；「進行的過程」） **過程，步驟，手續**
process	（pro- 向前，cess 行） **過程，進程，程序**
procession	（見上，-ion 名詞字尾） **行進，行進的行列，隊伍**
antecedent	（ante-先，前，ced 行，-ent 形容詞及名詞字尾） **先行的，居先的，先例，前例，先行詞**
antecessor	（ante- 先，cess 行，-or 者） **先行者，先驅者**
antecede	（ante- 先，ced 行） **居～之先**
successor	（suc- 後面，cess 行，-or 者） **後行者，繼任者，接班人，繼承人**
succession	（suc- 後面，cess 行，-ion 名詞字尾） **相繼，接續，繼承，繼任**
successive	（見上，-ive ～的） **相繼的，連續的，接連的**
recession	（re- 反，回，cess 行，-ion 名詞字尾；「回行」） **後退，退回，(經濟) 衰退**
recede	（re- 反，回，ced 行；「往回行」） **後退，退卻，引退，退縮**
retrocede	（retro- 向後，ced 行） **後退，退卻**

retrocession	〔retro- 向後，cess 行，-ion 名詞字尾〕 **後退，退卻，引退**
intercede	〔inter- 中間，～之中，ced 行；「介入其中」〕 **居間調停，調解，代為說情，代為請求**
intercession	〔inter- 中間，～之中，cess 行，-ion 名詞字尾； 「介入其中」〕 **居間調停，調解，說情**
intercessor	〔見上，-or 者〕 **居間調停者，調解者，說情者**

11 **celer**

quick 是「快速」，
此字早已熟；
今朝遇 celer，
搔首又瞠目。

celer=quick，swift 快速

celerity	〔celer 快速，-ity 名詞字尾〕 **迅速，敏捷**
accelerate	〔ac- 加強意義，celer 快速，-ate 動詞字尾， 使～〕 **加快，加速**
acceleration	〔見上，-ion 名詞字尾〕 **加速，加速度，加速作用**
accelerator	〔見上，-or 表示人或物〕 **加速者，加速器**

accelerative	（見上，-ive ～的） **加速的**
accelerometer	（見上，-o-，meter，表，計，儀） **加速計，加速儀**
decelerate	（de- 除去，減去，celer 快速，-ate 動詞字尾） **減速，使減速**
deceleration	（見上，-ion 名詞字尾） **減速（度）**
decelerator	（見上，-or 表示人或物） **減速者，減速器**
decelerometer	（見上，-o-，meter，表，計，儀） **減速計，減速儀**

12　cept

認得 take，僅是識一字，
認得 cept，可識字一堆。

cept=take 拿，取（cept 也作 ceiv）

except	（ex- 外，出，cept 拿；「拿出去」→排除，除外） **除～之外，把～除外**
exception	（見上，-ion 名詞字尾） **例外，除外**
exceptional	（見上，-al ～的） **例外的，異常的，特殊的**
exceptive	（見上，-ive ～的） **作為例外的，特殊的**

accept	〔ac- 加強意義，cept 拿→接〕 接受，領受，承認
acceptance	〔見上，-ance 名詞字尾〕 接受，領受，承認
acceptable	〔見上，-able 可～的〕 可接受的
intercept	〔inter- 中間→從中，cept 拿，取；「從中截取」〕 截取，截擊，攔截，截斷
interception	〔見上，-ion 名詞字尾〕 截取，截住，攔截，截擊
intercepter	〔見上，-er 表示物〕 截擊機
incept	〔in- 入，cept 拿，取；拿入→收進〕 接收 (入會)，攝入，攝取

13　chrom

細讀下列字，心中忽有悟；
始知 color 外，尚有 chrom

chrom=color 顏色	
monochrome	〔mono- 單一，獨，chrom 色〕 單色畫，單色照片，單色的
polychrome	〔poly- 多，chrom 色〕 多色的，彩色

bichrome	〔bi- 兩，chrom 色〕 兩色的
trichromatic	〔tri- 三，chrom 色，-atic ～的〕 三色的，三色版的
chromatic	〔chrom 色，-atic ～的〕 色彩的，顏色的
achromatic	〔a- 非，無，見上〕 非彩色的
photochrome	〔photo 照片，chrom 色，彩色〕 彩色照片
homochromous	〔homo- 同，chrom 色，-ous ～的〕 同色的
panchromatic	〔pan- 全，泛，chrom 色，-atic ～的〕 (攝影) 全色的，泛色的
chromatron	〔chrom 色，彩色，-tron 管〕 彩色電視顯像管
chromogen	〔chrom 色，-o-，gen 生，產生；「產生顏色」〕 生色體，色素原，色母
chromogenic	〔見上，-ic ～的〕 生色的
chromosome	〔chrom 色，-o-，some 體〕 染色體

14　chron

從來時間是 time，
未聞 chron 是時間；
莫怨單字難記憶，
熟記字根便不難。

chron=time 時間	
chronic	（chron 時間，-ic ～的；「拖長時間的」） **長時間的，長期的，(疾病) 慢性的**
chronicity	（見上，-icity 名詞字尾） **長期性，慢性**
synchronal	（syn- 同，chron 時，-al ～的） **同時發生的，同步的，同時以同速進行的**
synchronism	（見上，-ism 表示情況，性質） **同時發生，同步**
synchronize	（見上，-ize 動詞字尾） **同時發生，同步，使同步，使在時間上一致**
synchronoscope	（見上，scope 觀測儀器） **同步，指示儀，同步示波器**
chronometer	（chron 時間，-o-，meter 計，表，儀器） **精密記時計**
chronicle	（chron 時間，-icle 名詞字尾；「按時間順序 記載的史實」） **編年史，年代史，年代記**
chronicler	（見上，-er 者） **年代史編者**

chronology	〔chron 時間→年代，-o-，-logy ～學〕 **年代學，年表**
isochronal	〔iso- 相等，chron 時間，-al ～的〕 **等時的**
isochronism	〔見上，-ism 表示性質〕 **等時性**

15 cid, cis

decide 為什麼是「決定」？
concise 為什麼是「簡明」？
學習單字必須問底刨根，
囫圇吞棗豈能學透學深？

cid，cis=cut，kill 切，殺

decide	〔de- 表示加強意義，cid 切，切斷→裁斷→裁決〕 **決定，裁決，判決，下決心**
decidable	〔見上，-able 可～的〕 **可以決定的**
undecided	〔見上，un- 不，未，decide 決定，-ed ～的〕 **未定的，未決的**
decision	〔見 decide，d → s，因此，cid → cis，-ion 名詞字尾〕 **決定，決心，決議**
indecision	〔in- 無，不，decision 決定〕 **無決斷力，猶豫不決**

decisive	〔見上，-ive ～的〕 **決定性的**
indecisive	〔in- 非，不，見上〕 **非決定性的，不決斷的**
concise	〔con- 表示加強意義，cis 切；「切短」，「切除」不必要的部分，刪除冗言贅語，留下精簡扼要的部分〕 **簡明的，簡潔的，簡要的**
precise	〔pre- 先，前，cis 切；「預先切除不清楚的部分」〕 **明確的，準確的，精確的**
precision	〔見上，-ion 名詞字尾〕 **精確性，精密度**
incise	〔in- 入，cis 切；「切入」〕 **切開，雕刻**
incision	〔見上，-ion 名詞字尾〕 **切開，切口，雕刻**
incisive	〔見 incise，-ive ～的〕 **能切入的，鋒利的，尖銳的**
incisor	〔見 incise，-or 表示物；「能切斷東西者」〕 **門牙**
excide	〔ex- 出，去，cid 切〕 **切除，切去，切開，刪去**
excision	〔見上，-ion 名詞字尾〕 **切除，切去，刪除**
circumcise	〔circum- 周圍，環繞，cis 切；「周圍切割」，環狀切割〕 **割去包皮，進行環切**

suicide	〔sui 自己，cid 殺〕 自殺，自殺者
homicide	〔homi 人，cid 殺〕 殺人，殺人者
patricide	〔patri 父，cid 殺〕 殺父，殺父者
insecticide	〔insect 蟲，-i- 接連字母，cid 殺〕 殺蟲劑
parasiticide	〔parasit(e) 寄生蟲，-i-，cid 殺〕 殺寄生蟲藥
bactericide	〔bacteri 細菌，cid 殺〕 殺菌劑

16 circ

circle 是「圓圈」，
circus 乃「馬戲團」，
二者意義相去千里，
尋祖問宗卻有姻緣。

circ=ring 環，圓

circus	〔circ 圓，-us 名詞字尾：「圓形的表演場地」〕 馬戲場，馬戲團
circle	〔circ 圓，-le 名詞字尾〕 圓，圈，環狀物
encircle	〔en- 變成～，circle 圈；「變成一圈」〕 包圍，繞行一周

semicircle	〔semi- 半，circle 圓〕 半圓
circular	〔circul=circle 圓，-ar 形容詞字尾，～的〕 圓形的，環形的
circularity	〔見上，-ity 名詞字尾〕 圓行性，環行性，圓，迂迴
circulate	〔circul=circle 環，-ate 動詞字尾，使～〕 循環，環流，通行，流通，流傳
circulation	〔見上，-ion 名詞字尾〕 循環，環流，流通，流傳
circulative	〔見上，-ive ～的〕 循環性的，流通性的
circulatory	〔見上，-ory ～的〕 循環的 (指血液)，循環上的
circlet	〔circle 圈，-et 表示小〕 小圈，小環
circuit	〔circ 圓，環，-u-，it 行〕 環行，周線，電路，回路
circuitous	〔見上，-ous ～的〕 迂迴的，繞行的
circuity	〔見上，-y 名詞字尾〕 (説話等的) 轉彎抹角，繞圈子

17 claim, clam

cry 和 shout 的意義你都知曉，
你可知 claim 和 clam 也是「喊叫」？

claim，clam=cry，shout 喊叫

exclaim	〔ex- 外，出，claim 叫；「大聲叫出」〕 **呼喊，驚叫**
exclamation	〔見上，exclam=exclaim，ation 名詞字尾〕 **呼喊，驚叫；感嘆詞，驚嘆語**
exclamatory	〔見上，-atory 形容詞字尾，～的〕 **叫喊的，驚嘆的**
proclaim	〔pro- 向前，claim 叫喊→聲言〕 **宣布，宣告，聲明**
proclaimation	〔見上，-ation 名詞字尾〕 **宣布，公布，聲明**
proclamatory	〔見上，-atory 形容詞字尾，～的〕 **公告的，宣言的**
acclaim	〔ac- 表示加強意義，claim 叫→呼喊〕 **歡呼，喝采**
acclamation	〔見上，-ation 名詞字尾〕 **歡呼，喝采**
acclamatory	〔見上，-atory 形容詞字尾，～的〕 **歡呼的，喝采的**
clamour	〔clam 叫喊→吵，-our 名詞字尾〕 **喧嚷，吵鬧**

clamorous	〔見上，-ous ～的〕 喧嚷的，吵吵嚷嚷的
clamant	〔clam 叫喊，-ant ～的〕 喧嚷的，吵鬧的
declaim	〔de- 加強意義，claim 叫→大聲說〕 作慷慨激昂的演說，朗誦
declamation	〔見上，-ation 名詞字尾〕 慷慨激昂的演說，雄辯，朗誦
declamatory	〔見上，-atory ～的〕 演說的，雄辯的，適宜於朗誦的

18   clar

初遇 clar，
含義很難猜，
添 e 寫成 clear，
意義清楚又明白。

clar=clear 清楚，明白

declare	〔de- 加強意義，clar=clear 清楚，明白；「使 明白」〕 表明，聲明，宣告，宣布
declarer	〔見上，-er 者〕 宣告者，聲明者
declaration	〔見上，-ation 名詞字尾〕 聲明，宣言，宣布

declarative	〔見上，-ative 形容詞字尾，～的〕 宣言的，公告的，說明的
clarify	〔clar=clear 清楚，明白，-i-，-fy 動詞字尾， 使～；「使明白」〕 講清楚，闡明，澄清
clarification	〔見上，-fication 名詞字尾〕 闡明，澄清
clarity	〔clar=clear 清澈，明白，-ity 名詞字尾〕 清澈，透明

19　clud

問起 close，
人人都熟悉，
你還應該知道，
clud 的意義也是「關閉」。

clud=close，shut 關閉（clud 也作 clus）

exclude	〔ex- 外，clud 關；「關在外面」→不許入內〕 排斥，拒絕接納，把～排除在外
exclusive	〔見上，-ive ～的〕 排外的，排他的，除外的
exclusion	〔見上，-ion 名詞字尾〕 排斥，拒絕，排除，排外
exclusionism	〔見上，-ism 主義〕 排外主義

include	〔in- 入，內，clud 關閉；「關在裡面」，「包入」〕 **包含，包括，包住，關住**
inclusion	〔見上，-ion 名詞字尾〕 **包含，包括，內含物**
inclusive	〔見上，-ive ～的〕 **包括在內的，包括的，包含的**
conclude	〔con- 加強意義，clud 關閉→結束，完結〕 **結束，完結，終了**
conclusion	〔見上，-ion 名詞字尾〕 **完結，結束，結局，結論**
conclusive	〔見上，-ive ～的〕 **結論的，總結性的，最後的**
seclude	〔se- 離，分開，clud 關閉；「關閉起來，與外界隔離」〕 **使隔離，使孤立，使退隱**
seclusion	〔見上，-ion 名詞字尾〕 **隔離，孤立，隱居，退隱**
seclusive	〔見上，-ive ～的〕 **隱居性的，愛隱居的**
secluded	〔見上，-ed ～的〕 **隔離的，退隱的，僻靜的**
recluse	〔re- 回，退，clus 關閉；「閉門退居」〕 **退居的，隱居的；隱士，遁世者**
reclusive	〔見上，-ive ～的〕 **退隱的，隱居的，遁世的**

occlude	〔oc-=against，clud 關閉；「關閉起來，不讓通過」〕 **使堵塞，使閉塞**
occlusion	〔見上，clud → clus，-ion 名詞字尾〕 **堵塞，閉塞**
occlusive	〔見上，-ive ～的〕 **閉塞的，堵塞的**
preclude	〔pre- 前，先，預先，clud 關閉；「預先關閉」〕 **阻止，預防，排除，消除**
preclusion	〔見上，clud → clus，-ion 名詞字尾〕 **預防，阻止，排除**
preclusive	〔見上，-ive ～的〕 **預防(性)的，排除的，阻止的**

20　cogn

你雖早已認識 know
cogn 含義應知道；
且看以下如許字，
均由 cogn 所構造

cogn=know 知道

cognition	〔cogn 知道→認識，認知，-ition 名詞字尾〕 **認識**
cognitive	〔cogn 知道→認識，認知，-itive 形容詞字尾，～的〕 **認識的**

cognize	〔cogn 知道，-ize 動詞字尾〕 知道，認識
cognizable	〔見上，-able 可～的〕 可認識的
incognizable	〔in- 不，見上〕 不可認識的，不可知的
cognizance	〔-ance 名詞字尾〕 認識，認知
cognizant	〔cogniz(e)+-ant 形容詞字尾，～的〕 認識的，知曉的
incognizant	〔in- 不，見上〕 沒認識到的
recognize	〔re- 加強意思，cogn 知道—認識，ize 動詞字尾〕 認識，認出
recognizable	〔見上，-able 可～的〕 可認識的，可認出的
irrecognizable	〔ir- 不，見上〕 不能認識的，不能認出的
recognition	〔re- 加強意義，cogn 知道—認識，-ition 名詞字尾〕 認出，認識，識別
precognition	〔pre- 預先，cogn 知道，-ition 名詞字尾〕 預知，預察，預見

21 cord

heart 乃是「心」，
這個字早已熟悉，
cord 也是「心」，
你可能未曾注意。

cord=heart 心

cordial	〔cord 心，-ial 形容詞字尾，～的〕 **衷心的，誠心的**
cordially	〔見上，-ly 副詞字尾，～地〕 **衷心地，誠心地，真誠地**
cordiality	〔見上，-ity 名詞字尾〕 **誠心，熱誠，親切**
record	〔re- 回，再，cord 心→想，憶；「回憶」→ 以備「回憶」之用〕 **記錄，記載**
recorder	〔見上，-er 表示人或物〕 **紀錄者，錄音機**
recordable	〔見上，-able 可～的〕 **可記錄的**
recordation	〔見上，-ation 名詞字尾〕 **紀錄，記載**
recording	〔見上，-ing 名詞字尾〕 **紀錄，錄音**
recordist	〔見上，-ist 表示人〕 **錄音員**

concord	〔con- 共同，相同，合，cord 心，意；「同心合意」〕 和諧，同意，一致，協調
concordance	〔見上，-ance 名詞字尾〕 和諧，一致，協調
concordant	〔見上，-ant 形容詞字尾，～的〕 和諧的，一致的，協調的
discord	〔dis- 分，離，cord 心，意；「分心離意」〕 不一致，不協調，不和
discordance	〔見上，-ance 名詞字尾〕 不一致，不協調，不和
discordant	〔見上，-ant ～的〕 不一致的，不協調，不和的
accord	〔ac- 表示 to，cord 心；「心心相印」〕 一致，協調，符合，使一致
accordance	〔見上，-ance 名詞字尾〕 一致，協調，調和
accordant	〔見上，-ant ～的〕 一致的，協調的
cordate	〔cord 心，-ate 形容詞字尾，～的〕 心臟形的
core	〔cor=cord 心〕 核心

22 **corpor**

僅僅識得 body，遠遠不夠；
corpor 尚須苦記，甜在後頭。

corpor=body 體（corpor 也作 corp）

corporation	〔corpor 體，-ation 名詞字尾；由眾人組成一個「整體」〕 **團體，社團，公司**
corporator	〔corpor 體→團體，-ator 表示人〕 **社團或公司的成員**
corporate	〔corpor 體→團體，-ate 〜的〕 **團體的，社團的**
incorporate	〔in- 做，作成，corpor 體，-ate 動詞字尾；「結成一體」〕 **合併，結合，組成**
incorporation	〔見上，ation 名詞字尾，合併；「結合而成的組織」〕 **團體，公司社團**
incorporator	〔見上，-ator 人〕 **合併者，團體成員，社團成員**
agicorporation	〔agri=agriculture 農業，corporation 公司〕 **農業綜合公司**
corporal	〔corpor 體→身體，肉體，-al 〜的〕 **身體的，肉體的**
corporeal	〔corpor 體→形體，-eal 〜的〕 **形體的，有形的，物質的，肉體的**

incorporeal	〔in- 無，非，corporeal 形體的〕 **無形體的，無實體的，非物質的**
corporealize	〔見上，-ize ～化，使～〕 **使具有形體，使物質化**
corporeality	〔見上，-ity 名詞字尾〕 **形體的存在，具體性**
corps	〔corp 體─團體〕 **軍團，軍，隊，團**
corpse	**屍體，死體**
corpulent	〔corp 體─肉體，-ulent=-lent 多～的；「多肉體的」〕 **肥胖的**

23 cred

識得 cred，眾多字無須死記，
只識 believe，字彙量難以擴充。

cred=believe，trust 相信，信任

credible	〔cred 相信，信任，-ible 可～的〕 **可信的，可靠的**
credibility	〔cred 相信，信任，-ibility 表示性質〕 **可信，可靠，信用**
incredible	〔in- 不，credible 可信的〕 **不可信的**

incredibility	〔見上〕 不可信，難信
credulous	〔cred 相信，-ulous 易～的〕 易信的，輕信的
incredulous	〔in- 不，見上〕 不輕信的
credit	信任，相信
creditable	〔見上，-able 可～的〕 可信的，使人信任的
discredit	〔dis- 不，credit 信任〕 不信任，喪失信用
accredit	〔ac- 表示 to，credit 信任〕 相信，信任，委任
credence	〔cred 信任，-ence 名詞字尾〕 信任
credential	〔cred 信任，-ential 複合字尾，-ent+-ial，形容詞字尾～的〕 信任的 〔轉為名詞〕 憑證；(複數) 信任狀，國書
creed	〔creed ← cred 相信，信任〕 信條，教義，信念

24　cruc

見到 cruc，想起 cross，
讀音有聯繫，原來是「十字」。

	cruc=cross 十字
crucial	（cruc 十字，-ial 形容詞字尾，～的，十字形的一處在「十字路口」的） **緊要關頭的，決定性的，臨於最後選擇的**
crusade	（crus=cruc 十字，-ade 名詞字尾，表示集體） **十字軍**
crusader	（見上，-er 表示人） **十字軍參加者**
cruise	（cruis=cruc 十字→縱橫相交；在海洋上「縱橫來往而行」） **巡遊，巡航**
cruiser	（見上，-er 表示物；在海洋上「縱橫來往而行者」） **巡洋艦**
cruisette	（見上，-ette 表示小） **小巡洋艦**
crucifix	（cruc 十字，-i-，fix 固定─釘） **耶穌釘在十字架上的圖像**
crucifixion	（cruc 十字，-i-，fix 固定─釘，-ion 名詞字尾） **在十字架上釘死的刑罰，酷刑**

crucify	〔cruc 十字，-i-，-fy 動詞字尾，做～事〕 **把～釘死在十字架上，折磨**
crucifier	〔見上，-er 表示人〕 **釘罪人於十字架上者，施酷行的人**
cruciform	〔cruc 十字，-form 形容詞字尾，有～形狀的〕 **十字形的**
excruciate	〔ex- 使～，做～，cruc 十字，-ate 動詞字尾； 「把～釘在十字架上」〕 **使受酷刑，拷打，折磨**
excruciation	〔見上，-ation 名詞字尾〕 **慘刑，酷刑，拷問**

25　cub

incubator 是何物？
succubus 太生疏；
不識 cub 是「躺、臥」
字字記憶皆辛苦。

cub=lie down 躺，臥

| cubicle | 〔cub 臥，-icle 名詞字尾，表示小；「睡覺」
的地方〕
小臥室，小室 |
| incubate | 〔in- 加強意義，cub 臥，伏，-ate 動詞字尾；「伏
臥於卵上」〕
孵卵，伏巢，孵化 |

incubation	（見上，-ation 名詞字尾） **孵卵，伏巢，孵化**
incubative	（見上，-ative ～的） **孵卵的；潛伏期的**
incubator	（見上，-ator 表示人或物） **孵卵器，孵化員**
incubus	（見上，-us 名詞字尾；「伏臥於睡眠者身上的惡魔」） **夢魘**
succubus	（suc- 下，cub 臥，-us 名詞字尾；「躺臥在下面者」） **在男人睡夢中誘惑他的女妖；妖魔；娼妓**
concubine	（con- 共同，cub 臥；臥居，-ine 表示人；「共同臥居者」→非法與男人同居的女人） **姘婦，情婦，妾**

26　cur

security 為什麼是「安全」？
弄懂此問題並不算難，
只要知道 cur 是「關心」、「掛念」，
就能了解 security 的來源。

cur=care 關心，掛念，注意

security	（se- 分開，脫離，cur 掛念，擔心，-ity 名詞字尾；「脫離掛念」→不用掛念，無須擔心） **安全**

secure	〔見上〕 安全的，無憂的
insecure	〔in- 不，secure 安全的〕 不安全的
insecurity	〔in- 不，security 安全〕 不安全
curious	〔cur 關心，注意，-ious 形容詞字尾，〜的；「引人注意的」〕 新奇的，奇怪的 〔對〜特別「關心」的〕 好奇的，愛打聽的
curiosity	〔見上，-osity 名詞字尾〕 好奇心，奇品，珍品，古玩
curio	〔curiosity 的縮寫式〕 珍品，古董，古玩
incurious	〔in- 不，無，curious 新奇的，好奇的〕 不新奇的，無好奇心的
incuriosity	〔in- 不，無，見上〕 不新奇，無好奇心，不關心
cure	〔cur 關心，關懷→ (對病人) 照料，護理〕 醫治，治療
curable	〔見上，-able 可〜的〕 可醫治的，可治好的
incurable	〔in- 不，見上〕 不可醫治的，不治的，醫不好的

| curative | 〔cur 關心→醫治，-ative ～的〕
治病的，治療的，有效的 |

27 **cur, curs, cour, cours**

run 有替身四個，
個個你都必須認得。
在眾多的單字裡，
它們都擔任重要角色。

cur，curs，cour，cours=run 跑

occur	〔oc- 表示 to 或 towards，cur 跑；「跑來」→來臨〕 出現，發生
occurrence	〔見上，-ence 名詞字尾〕 出現，發生，發生的事
occurrent	〔見上，-ent ～的〕 偶然發生的，正在發生的
current	〔cur 跑→行，-ent ～的〕 流行的，通行的，流通，現行的，當前的，現在的 〔-ent 名詞字尾〕 流，水流，氣流
undercurrent	〔under- 底下，current 流〕 暗流，潛流
currency	〔cur 跑→行，-ency 名詞字尾〕 流行，流通，流通貨幣，通貨

excurse	〔ex- 外，出，curs 跑→行走；「跑出去」，「出行」〕 **遠足，旅遊，旅行**
excursion	〔見上，-ion 名詞字尾〕 **遠足，旅行，遊覽**
excursionist	〔見上，-ist 表示人〕 **遠足者，旅遊者**
excursive	〔ex- 外，出，curs 跑→行走；「走出」→走離→走離正題；-ive ～的〕 **離題的，扯開的**
excursus	〔見上；-us 名詞字尾；「離題」的話〕 **離語，附註，附記**
course	〔cours- 跑→行進〕 **行程，進程，路程，道路，課程**
intercourse	〔inter- 在～之間，cours 跑→行走→來往；「彼此之間的來往」〕 **交往，交際，交流**
concourse	〔con- 共同，一起，cours，「跑到一起來」〕 **匯合，合集，合流**
courser	〔cours 跑，-er 者；「善跑的人或動物」〕 **跑者，追獵者，獵犬，駿馬**
courier	〔cour 跑，-ier 表示人；「跑者」〕 **送急件的人，信使**
succour	〔suc 後，隨後，cour 跑；「隨後趕到」〕 **救助，救援，援助**
cursory	〔curs 跑→急行，-ory ～的；「急行奔走的」〕 **倉卒的，草率的，粗略的**

cursorial	〔見上，-ial ～的〕 **(動物) 疾走的，善於奔馳的**
cursive	〔curs 跑→速行，-ive ～的；「疾行的」，「速走的」〕 **(字跡) 草寫的** 〔轉為名詞〕 **行書，草書，草寫體**
incursion	〔in- 內，入內，curs 跑→行走，ion 名詞字尾；「走入」，「闖入」〕 **進入，侵入，入侵，侵犯**
incursive	〔見上，-ive ～的〕 **入侵的，進入的**
precursor	〔pre- 先，前，curs 跑→行，-or 者〕 **先行者，先驅者，前任，前輩**
precursory	〔pre- 先，前，curs 跑，-ory ～的〕 **先行的，先驅的，先鋒的，前任的，前輩的**
antecursor	〔ante- 前，curs 跑，-or 者〕 **先行者，前驅者**
concur	〔con- 共同，cur 跑；「共同跑來」〕 **同時發生，同意**
concurrence	〔見上，-ence 名詞字尾〕 **同時發生，同意**
concurrent	〔見上，-ent 形容詞字尾，～的〕 **同時發生的**
recur	〔re- 回，復，cur；「跑回」→返回→重來〕 **再發生，(疾病等) 復發，(往事等) 重新浮現**
recurrence	〔見上，-ence 名詞字尾〕 **復發，再發生，重新浮現**

transcurrent	（trans 越過，橫過，cur 跑，-ent ～的；「橫跑過去」的） **橫過的，橫貫的**
corridor	（cor=cour 跑→行走；「行走的地方」） **走廊**
curriculum	（cru=course；a course of study） **課程**

28 <h1>dent</h1>

tooth 雖然人人識，
dent 或恐無人知；
可憐天下學子心，
不重字根重單字。

dent=tooth 牙齒

dentist	（dent 牙，-ist 表示人「醫治牙病的人」） **牙科醫生**
dentistry	（見上，-ry 學、技術、職業） **牙科學，牙科，牙科業**
dental	（dent 牙，-al ～的） **牙齒的，牙科的**
denture	（dent 牙，-ure 名詞字尾） **假牙**
dentiform	（dent 牙，-i-，-form 有～形狀的） **齒狀的**

dentate	（dent 牙，-ate ～的） **有齒的，齒狀的**
dentoid	（dent 牙，-oid 如～的） **如齒的，齒狀的**
bident	（bi- 兩個，二，dent 牙；「有兩個齒形」的矛） **兩叉矛，兩尖器**
trident	（tri- 三，dent 牙；「有三叉齒形」的矛） **三叉戟，三叉尖器**
indent	（in- 使成～，做成，dent 牙） **使成犬牙狀，刻成鋸齒狀**
multidentate	（multi- 多，dent 牙，齒，-ate ～的） **多齒的**
interdental	（inter- 中間，dent 齒，-al ～的） **齒間的**
denticle	（dent 齒，icle 表示小） **小齒；小齒狀突起**
edentate	（e- 無，dent 齒，-ate ～的） **(動物)無齒的，貧齒類的**

29　di

everyday 是「每日」，
人人都知 day 是「日」，
diary 是「日記」，
你能認出哪是「日」？

di=day 日

diary	（di 日，-ary 名詞字尾，表示物） 日記，日記簿
diarist	（見上，-ist 表示人） 記日記者
diarize	（見上，-ize 動詞字尾，做～） 記日記
diarial	（見上，-ial ～的） 日記體的，日記的
dial	（di 日，-al 名詞字尾，表示物） 日晷，電話機撥號盤 (該物圓形似日晷)
meridian	（meri 中間，di 日，-an 名詞字尾） 日中，正中，子午線 （-an ～的） 日中的，正午的
antemeridian	（ante- 前，meridian 日中，正午） 日中以前的，午前的
postmeridian	（post- 後，meridian 日中，正中） 日中以後的，午後的

30 **dict**

問君能有幾多愁？
苦記單字無止休。
下列字，更疾首，
試用 dict 來分析，
記憶無須皺眉頭。

dict=say 言，説（dict 也作 dic）

contradict	〔contra- 相反，dict 言；説出「相反之言」〕 **反駁，同～相矛盾，與～相抵觸**
contradiction	〔見上，-ion 名詞字尾〕 **矛盾，抵觸，對立**
contradictory	〔見上，-ory ～的〕 **矛盾的，對立的**
dictate	〔dict 言，説一吩咐，命令，指令，-ate 動詞 字尾；「口授命令或指示」〕 **口述而令別人記錄，使聽寫，命令，支配**
dictation	〔見上，-ion 名詞字尾〕 **口授，命令，支配，口述，聽寫**
dictator	〔見上，-or 者；「口授命令者」→支配者，掌 權者〕 **獨裁者，專政者，口授者**
dictatorial	〔見上，-ial ～的〕 **專政的，獨裁的**
dictatorship	〔見上，-ship 名詞字尾〕 **專政，獨裁**

predict	〔pre- 前，先，預先，dict 言〕 **預言，預告**
prediction	〔見上，-ion 名詞字尾〕 **預言，預告**
predictable	〔見上，-able 可～的〕 **可預言的，可預報的**
malediction	〔male- 惡，壞，dict 言，-ion 名詞字尾；「惡言」〕 **咒罵，誹謗**
maledictory	〔見上，-ory ～的〕 **咒罵的**
benediction	〔bene- 好，dict 言詞，-ion 名詞字尾；「好的言詞」〕 **祝福**
benedictory	〔見上，-ory ～的〕 **祝福的**
indicate	〔in- 表示 at，dic 言，説→説明，表明，表示，-ate 動詞字尾〕 **指示，指出，表明**
indication	〔見上，-ion 名詞字尾〕 **指示，指出，表示**
indicator	〔見上，-or 表示人或物〕 **指示者，指示器**
indicative	〔見上，-ive ～的〕 **指示的，表示的**
dictionary	〔dict 言，詞，diction 措詞，-ary 名詞字尾，表示物；「關於措詞的書」〕 **字典，詞典**

diction	〔dict 言，詞，-ion 名詞字尾〕 **措詞，詞令**
dictum	〔dict 言，詞，-um 名詞字尾〕 **格言，名言**
edict	〔e- 外，出，dict 言，詞→指示；「統治者發出的話」，「當局發出的指示」〕 **法令，布告**
dictaphone	〔dict 言，說，-a- 連接字母，phone 聲音，電話〕 **口述錄音機，錄音電話機**
indict	〔in- 表示 on，upon，against，dict 言，訴說〕 **控告，告發，對～起訴**
indictment	〔見上，ment 名詞字尾〕 **控告，起訴，起訴書**
indictor	〔見上，-or 表示人，主動者〕 **原告，起訴者 (亦作 indicter)**
indictee	〔見上，-ee 表示人，被動者〕 **被告，被起訴者**
interdict	〔inter- 中間，dict 言；「從中插話」→使停止〕 **制止，禁止**
interdiction	〔見上，-ion 名詞字尾〕 **制止，禁止**
interdictory	〔見上，-ory 形容詞字尾，～的〕 **制止的，禁止的**
verdict	〔ver=very 真正的，絕對的，恰好的，dict 言〕 **裁決、判決、定論**

31 dit

只識 give，難以舉一反三，
識得 dit，方可聞一知十。

dit=give 給

tradition	〔tra-=trans- 轉，傳，dit 給，-ion 名詞字尾；「傳給」〕 **傳統，傳說，口傳**
traditional	〔見上，-al ～的〕 **傳統的，因襲的，慣例的**
traditionalism	〔見上，-ism 主義〕 **傳統主義**
edit	〔e- 出，dit 給；「給出」→發表，出版；「將稿件編好以備發表」〕 **編輯**
editor	〔見上，-or 表示人〕 **編者，編輯**
editorial	〔見上，-ial ～的〕 **編者的，編輯的** 〔編者寫的文章〕 **社論**
editorship	〔見上，-ship 名詞字尾〕 **編輯的職位，編輯工作**
subeditor	〔sub- 副，editor 編輯〕 **副編輯**

edition	〔edit 編輯，-ion 名詞字尾，「編成的樣本」〕 版，版本
extradite	〔ex-=out 出，tra-=trans- 轉，dit 給；「轉給」，「轉交出」〕 引渡 (逃犯，戰俘等)，使 (逃犯等) 被引渡
extradition	〔見上，-ion 名詞字尾〕 (對逃犯等的) 引渡
extraditable	〔見上，-able 可～的〕 可引渡的 (逃犯等)

32 don

donor，donee 不理解，
尚有 condone 記憶難；
君若知道 don 是「給」，
輕舟好過萬重山。

don=give 給

donor	〔don 給，贈給，-or 表示人〕 贈給者，捐獻者
donee	〔don 給，贈給，-ee 表示人，被～者〕 被贈給者，受贈者
condone	〔con- 加強意義，don 給→捨給→捨棄；「捨棄他人罪過」〕 寬恕，不咎 (罪過)
condonation	〔見上，-ation 名詞字尾〕 寬恕，赦免

pardon	〔par-=per- 完全，徹底，don 給，捨給一捨棄；「完全捨棄他人罪過」〕 **原諒，寬恕，赦罪**
pardoner	〔見上，-er 表示人〕 **原諒者，寬恕者**
pardonable	〔見上，-able 可～的〕 **可以原諒的，可以寬恕的**
donate	〔don 給，贈給，-ate 動詞字尾〕 **捐贈，贈給**
donator	〔見上，- or 者〕 **捐贈者，贈給者**
donative	〔見上，ive ～的〕 **捐贈的，贈送的** 〔 -ive 名詞字尾，表示物〕 **贈品，捐贈物**

33　**du**

初學先識 two，人人都記住。
今朝遇見 du，知否也是 two?

du=two 二	
dual	〔du 雙，二，-al ～的〕 **二重的，雙的，二元的**
dualism	〔見上，-ism 表示性質、～論〕 **雙重性，二元性， 二元論**

dualist	〔見上，-ist 者〕 二元論者
dualistic	〔見上，-istic ～的〕 二元論的，二元的
duality	〔見上，-ity 名詞字尾，表示性質〕 兩重性，二元性
dualize	〔見上，-ize 動詞字尾，使～〕 使具有兩重性，使二元化
duplicate	〔du 雙，二，plic 重複，重，-ate 使～〕 使成雙，複製，複寫 〔-ate ～的〕 二重的，二倍的，複製的，副的 〔轉作名詞〕 複製品
duplication	〔見上，ation 名詞字尾〕 成雙，成倍，複製，複製品
duplicity	〔見上，-icity 表示性質〕 二重性，口是心非，表裡不一
duplex	〔du 雙，plex =fold 重〕 雙重的，二重的
duel	〔du 雙，二〕 兩人決鬥
duelist	〔見上，-ist 者〕 決鬥者
duet	〔du 雙，二〕 二重唱，二重奏
duettist	〔見上，-ist〕 二重唱者，二重奏者

34　duc

死記硬背何時了，
生字知多少？
duc 可使君聰明，
數十生字頃刻記心中。

duc，duct=lead 引導

educate	〔e- 出，duc 引導，-ate 動詞字尾，「引導出來」，「把～由無知狀態中引導出來」→教導出來〕 **教**
education	〔見上，-ion 名詞字尾〕 **教育**
educable	〔見上，-able 可～的〕 **可教育的**
introduce	〔intro- 入，duc 引，「引入」〕 **引進，介紹**
introduction	〔intro- 入，duct 引，-ion 名詞字尾〕 **引進，介紹**
introductory	〔見上，-ory ～的〕 **介紹的，導言的**
conduct	〔con- 加強意義，duct 引導，領導〕 **引導，指導，管理，經營**

conductor	〔見上，-or 表示人〕 **指導者，管理者，(樂隊等的) 指揮，(電車等 的) 售票員** 〔duct 引導→傳導，-or 表示物〕 **導體**
semiconductor	〔semi- 半，conductor 導體〕 **半導體**
misconduct	〔mis- 誤，錯，conduct 指導→辦理〕 **辦錯，對～處理不當**
produce	〔pro- 向前，duc 引導；「向前引」→引出→ 製出，產生出〕 **生產，出產，製造，產生，引起**
product	〔見上〕 **產品，產物，產量，出產**
production	〔見上，ion 名詞字尾〕 **生產，製造**
productive	〔見上，-ive ～的〕 **生產的，生產性的**
reproduce	〔re- 再，produce 生產〕 **再生產，再造，複製**
abduct	〔ab- 離，去，duct 引；「引去」〕 **誘拐，劫持**
abduction	〔見上，-ion 名詞字尾〕 **誘拐，劫持**
abductor	〔見上，-or 表示人〕 **誘拐者**
seduce	〔se- 離，去，duc 引；「引誘去」〕 **誘惑，誘使～墮落，勾引**

seducer	〔見上，-er 者〕 引誘者，勾引者
seduction	〔見上，-ion 名詞字尾〕 勾引，誘惑
aqueduct	〔aque 水，duct 引導；「引導水流之物」〕 導水管，引水渠，溝渠，高架渠
viaduct	〔via 道路，duct 引導；「把路引導過去」〕 高架橋，跨線橋，旱橋，棧道
ventiduct	〔venti 風，duct 引導；「引導風的」管道〕 通風管，通風道
reduce	〔re- 回，向後，duc 引；「引回」，「向後引」 →退縮，減退〕 減少，縮減
reduction	〔見，-ion 名詞字尾〕 減少，減小，縮減
reductor	〔見上，or 表示物〕 減速器、減壓器
induce	〔in- 加強意義，duc 引誘〕 引誘，誘使，誘導
inducer	〔見上，-er 表示人〕 引誘者，誘導者
inducement	〔見上，-ment 名詞字尾〕 引誘，勸誘
educe	〔e- 外，出，duc 引〕 引出，推斷出
educible	〔見上，ible 可～的〕 可引出的，可推斷出的

35 ed

中學生已識 eat，這是初步，
大學生應識 ed，需要提高。

ed=eat 吃

edible	〔ed 吃，-ible 形容詞字尾，可～性〕 **可以吃的，食用的**
edibility	〔ed 吃，-ibility 名詞字尾，可～性〕 **可食性**
inedible	〔in- 不，edible 可吃的〕 **不可吃的，不適合食用的**
inedibility	〔見上〕 **不可食性**
edacious	〔ed 吃，-acious 形容詞字尾，表示有～性質的，好～的〕 **貪吃的，狼吞虎嚥的**
edacity	〔ed 吃，-acity 名詞字尾，表示性質、情況〕 **貪吃，狼吞虎嚥**

36 equ

乍見 equ 實難懂，
後面加 -al 可悟省；
有 -al 無 -al 意不變，
equ，equal 皆「相等」。

equ=equal 等，均，平

equal	〔equ 相等，-al ～的〕 相等的，平等的，相同的
equality	〔見上，-ity 名詞字尾〕 同等，平等，均等
equalitarian	〔見上，-arian ～的〕 平均主義的 〔-arian 表示人〕 平均主義者
equalitarianism	〔見上，-ism 主義〕 平均主義
equalize	〔見上，ize 使～〕 使相等，使均等，使平等
adequate	〔ad-=to， equ相等，ate～的；equal to「與所需要數量相等的」→能滿足需要的〕 足夠的，充分的，適當的
adequacy	〔見上，-acy 名詞字尾〕 足夠，充分，適合
inadequate	〔in- 不，見上〕 不充足的，不適當的

inadequacy	〔見上〕 不充足，不適當
equable	〔equ 平，-able ～的〕 平穩的，平靜的
equability	〔見上，-ability 名詞字尾〕 平穩，平靜
equivalent	〔equ(i) 相等，val=value 價值，-ent ～的〕 等價的，相等的 〔-ent 表示物〕 相等物，等值物，等價物
equivalence	〔見上，-ence 名詞字尾〕 相等，均等，相當，等價，等值
equate	〔equ 相等，-ate 動詞字尾，使～〕 使相等，使等同
equation	〔equ 相等，-ation 名詞字尾〕 平衡，均衡，平均，相等；(數學) 等式
equator	〔equ 相等，-ator 表示物；「均分地球為南北兩半球的緯線」〕 赤道
equatorial	〔見上，-ial ～的〕 赤道 (附近) 的
equivocal	〔equ(i) 相等，等同→兩者均可，voc 聲音，語言，-al ～的；「一語作兩種解釋均可的」〕 (語言) 模稜兩可的，雙關的，多義的，含糊的，歧義的
equivocate	〔見上，-ate 動詞字尾〕 含糊其詞，支吾

equiangular	〔equi(i) 相等，angular 角的〕 等角的
equilateral	〔equi(i) 相等，later 邊，-al ～的〕 等邊的
equidistance	〔equi(i) 相等，distance 距離〕 等距離
equity	〔equ 平，-ity 名詞字尾〕 公平、公道
equanimity	〔equ 平，anim 心神，-ity 名詞字尾；「心神平靜」〕 沉著，平靜，鎮定

37 **ev**

longevity 是「長壽」，
「長」字明顯易瞅，
「壽」由哪些字母結構？
你須仔細研究。

ev=age 年齡，壽命，時代，時期

longevity	〔long 長，ev 年齡，壽命，-ity 名詞字尾〕 長壽，長命
longevous	〔long 長，ev 壽命，- ous 形容詞字尾，～的〕 長壽的，長命的
medieval	〔medi 中，ev 時代，-al ～的〕 中古時代的，中世紀的

medievalism	〔見上，-ism 表示性質、狀態、情況〕 **中世紀精神（或特徵、狀態、風俗、信仰等）**
medievalist	〔見上，-ist 表示人〕 **中世紀史專家，中世紀文化研究者**
primeval	〔prim 最初，ev 時期，-al ～的〕 **早期的，原始的，遠古的**
coeval	〔co- 共同，ev 時代，-al ～的〕 **同時代的，同年代的，同時期的** 〔-al 名詞字尾〕 **同時代的人（或物）**
coevality	〔見上，-ity 名詞字尾〕 **同時代，同年代，同期性，同年齡**

38 **fact**

factory 為什麼是「工廠」？
哪是「工」，哪是「廠」？
刨根問底理應當；
雖是熟字須研究，
fact 裡面有文章。

fact=do，make 做，製作（fact 也作 fac）

factory	〔fact 做，製作，-ory 名詞字尾，表示場所、地點；「製作的場所」〕 **工廠，製造廠**

manufacture	（manu 手，fact 做，製作；「用手製作」，古時生產全用手操作） **製造，加工**
manufacturer	（見上， -er 表示人） **製造者，製造商，工廠主**
manufactory	（見上， -ory 表示場所） **製造廠，工廠**
benefactor	（bene- 好，fact 做，-or 表示人；「做好事者」） **施恩者，恩人，捐助者**
benefaction	（見上，-ion 名詞字尾） **施恩，行善，善行，捐助物**
malefactor	（male- 惡，壞，fact 做，-or 者；「做壞事者」） **作惡者，壞分子，犯罪分子**
malefaction	（見上， -ion 名詞字尾） **犯罪（的行為），壞事**
factitious	（fact 做，-itious 形容詞字尾，關於～的；「做出來的」） **人為的，做作的，不自然的**
facsimile	（fac 做，simil 相似；「做出相似的東西」，作出與原物相似之物） **謄寫，摹寫，摹真本**
facile	（fac 做，-ile 形容詞字尾，易～的） **易做到的，易得到的**
facility	（見上，-ity 名詞字尾；「易做」） **容易，便利**
facilitate	（見上，-ate 動詞字尾，使～） **使容易做，使容易，使便利，促進**

fact	〔fact 做;「已經做出」的事〕 **事實**
factual	〔見上,-ual ～的〕 **事實的,實情的,真實的**
facture	〔fact 做,製作,-ure 名詞字尾〕 **製作,作法**

39   fer

識字根者為俊傑,
記字無須尋祕訣;
fer 能解釋眾多字,
字字清晰難忘卻。

fer=bring,carry 帶,拿

confer	〔con- 共同,一起,fer 拿;把意見「一起拿出來」〕 **協商,商量,交換意見**
conference	〔見上,-ence 名詞字尾〕 **協商會,討論會,會議,會談,討論**
differ	〔dif- 分開,fer 拿,持;「分開拿」,「分取」「各持己見」,「各執一詞」→互異〕 **不同, 相異,意見不同**
difference	〔見上,-ence 名詞字尾〕 **相異,差別,差異,不同**
different	〔見上,-ent ～的〕 **不同的,相異的**

differential	〔見上，-ial ～的〕 不同的，差別的，區別的
differentiate	〔見上，-ate 動詞字尾，使～〕 使不同，區分，區別
differentiation	〔見上，-ation 名詞字尾〕 區別，分別
offer	〔of- 向，向前，fer 拿；「拿到前面來」〕 提出，提供，奉獻，貢獻
offering	〔見上，-ing 名詞字尾，表示行為、物〕 提供，捐獻物
prefer	〔pre- 先，fer 拿，取；對某物「先取」，「先選」，寧願「先要」某事物〕 寧可，寧願（選擇），更喜歡～，偏愛～
preferable	〔見上， -able 可～的〕 更可取的，更好的
preference	〔見上，-ence 名詞字尾〕 優先，偏愛，優先權
preferential	〔見上，-ial ～的〕 優先的，優待的
transfer	〔trans- 超過，轉過，fer 拿；「拿過去」〕 轉移，傳遞，傳輸，轉讓
transference	〔見上，-ence 名詞字尾〕 轉移，傳遞，轉讓
floriferous	〔flor 花，-i-，fer 帶有，-ous ～的〕 有花的，多花的
aquiferous	〔aqu 水，-i-，fer 帶有，-ous ～的〕 含水的

| cruciferous | 〔cruc 十字形，-i-，fer 帶有，-ous ～的〕
飾有十字形的，有十字架的 |

40 # fil

profil 難記憶，
filament 記憶難；
fil 本是一根線，
眾多單字一線牽。

fil=thread，line 線

filar	〔fil 線，-ar 形容詞字尾，～的〕 線的，線狀的，如絲的
filament	〔fil 線，-a-，-ment 名詞字尾〕 細線，絲，線狀物
filamentary	〔見上，-ary ～的〕 細線的，細絲的，纖維的
filamentous	〔見上，-ous ～的〕 如絲的，纖維的
file	〔fil 線；「人或物排列成一條線」〕 行列，縱列
defile	〔de- 加強意義，fil 線→行列〕 縱列行軍，單列前進
profile	〔pro- 向前，fil 線→線條；「用線條勾畫」〕 描畫～的輪廓 （轉作名詞） 外形，輪廓，側面像

filiform	〔fil 線，-i-，-form 如～形狀的〕 線狀的，絲狀的
multifil	〔multi- 多，fil 線→絲〕 複絲，多纖絲
unifilar	〔uni 單一，fil 線，-ar ～的〕 (使用) 單根線的

flor

flor 與 flower，二者音相近，
「本是同根生」，意義何須問？

flor=flower 花 （flor 也作 flour）

florist	〔flor 花，-ist 表示人〕 種花者，花商，花卉研究者
floral	〔flor 花，-al ～的〕 花的，如花的
florid	〔flor 花，-id 如～的〕 如花的，鮮豔的，華麗的，絢麗的
floridity	〔見上， -ity 名詞字尾〕 絢麗，華麗
floriculture	〔flor 花，-i-，culture 培養〕 養花，種花，花卉栽培，花藝
floriculturist	〔見上，-ist 表示人〕 養花者，花匠，花卉栽培家

defloration	〔de- 除去，去掉，毀掉，flor 花，-ation 名詞字尾〕 摘花，採花，姦汙處女
uniflorous	〔uni 單獨，一個，flor 花，-ous ～的〕 單花的
multiflorous	〔multi- 多，flor 花，-ous ～的〕 多花的
floret	〔flor 花，-et 表示小〕 小花
floriferous	〔flor 花，-i-，fer 帶有，-ous ～的〕 有花的，多花的
effloresce	〔ef 出→開出，flor 花，-esce 動詞字尾〕 開花
efflorescence	〔見上，-escence 名詞字尾〕 開花，開花期
flourish	〔flour 花，-ish 動詞字尾；「如開花一樣」〕 繁榮，茂盛，興旺，昌盛
flourishing	〔見上，-ing ～的〕 茂盛的，興旺的，欣欣向榮的
reflourish	〔re- 再，見上〕 再繁榮，再興旺
noticflorous	〔nocti 夜，flor 花，-ous ～的〕 (植物) 夜間開花的

42　flu

flu 與 flow，讀音略相似，
應知都是「流」，記憶不費事。

flu=flow 流

fluent	〔flu 流，-ent 形容詞字尾，～的〕 流動的，流暢的，(語言) 流利的
fluency	〔flu 流，-ency 名詞字尾〕 流利，流暢
influence	〔in- 入，ful 流，-ence 名詞字尾；「流入」→ 波及→對周圍事物產生影響〕 影響，感動，勢力 〔轉為動詞〕 感化，影響，對～有作用，左右
influential	〔見上，-ial ～的〕 有影響的，施以影響的
uninfluential	〔un- 不，無，見上〕 不產生影響的，沒有影響的
influenza	〔見上，影響→感染〕 流行性感冒
confluent	〔con- 共同，flu 流，ent ～的〕 合流的，滙合的
confluence	〔見上，-ence 名詞字尾〕 合流，會合，合流點，會合處，匯流而成的河

fluid	〔flu 流，-id 形容詞字尾，～的〕 **流動的，液體的** 〔轉為名詞〕 **流體，液**
fluidity	〔見上，-ity 名詞字尾〕 **流動性，流質**
refluent	〔re- 回，反，flu 流，-ent ～的〕 **倒流的，退潮的**
refluence	〔見上，-ence 名詞字尾〕 **倒流，逆流，回流，退潮**
defluent	〔de- 向下，flu 流，-ent ～的〕 **向下流的**
circumfluent	〔circum- 周圍，flu 流，-ent ～的〕 **周流的，環流的**
effluent	〔ef 外，出，flu 流，-ent ～的〕 **流出的，發出的**
superfluous	〔super- 超過→過多，flu 流，-ous ～的〕 **過剩的，多餘的**
superfluity	〔見上，-ity 名詞字尾〕 **過剩，多餘，奢侈**
superfluid	〔super- 超，fluid 流體〕 **超流體**
interfluent	〔inter- 互相，flu 流，-ent ～的〕 **交流的** 〔inter- 中間，flu 流，-ent ～的〕 **流在中間的**
flux	〔flux=flu 流〕 **流，流出，流動，變動**

fluxion	〔見上，-ion 名詞字尾〕 **流動，流出物，變動**
fluxional	〔見上，-al ～的〕 **流動的，變動的**
afflux	〔af- 表示 to，flux 流〕 **流向，流入**
reflux	〔re- 回，反，flux 流〕 **回流，倒流，逆流**
influx	〔in- 入，flux 流〕 **流入**

43　frig

cold 與 frig，異曲同工；
形雖不同，都是「寒冷」。

frig=cold 冷

frigid	〔frig 寒冷，-id ～的〕 **寒冷的**
frigidity	〔frig 寒冷，-idity 名詞字尾〕 **寒冷，冷淡**
frigidarium	〔frigid 寒冷的，-arium 名詞字尾，表示場所〕 **冷藏室，保持低溫的房間**
refrigerate	〔re- 加強意義，frig 寒冷，-ate 動詞字尾， 使～〕 **使冷，冷凍**

refrigeration	〔見上，-ation 名詞字尾〕 冷凍 (法)，冷卻，致冷 (作用)
refrigerative	〔見上，-ative 〜的〕 使冷的，消熱的
refrigerator	〔見上，-or 表示物〕 冰箱，冷凍機，冷藏庫
refrigeratory	〔見上，-ory 形容詞兼名詞字尾〕 致冷的，冷卻的，消熱的；冷卻器，冰箱
refrigerant	〔見上，-ant 形容詞字尾兼名詞字尾〕 致冷的，消熱的；致冷劑，清涼劑，退燒藥

44　fus

refuse 為何是「拒絕」？
transfuse 為何是「輸血」？
confuse 為何是「混亂」？
識得 fus 疑問都解決。

fus=pour 灌，流，傾瀉

refuse	〔re- 回，fus 流；「流回」→倒灌，倒流→退回→不接納〕 拒絕，拒受
refusal	〔見上，-al 名詞字尾〕 拒絕
confuse	〔con- 共同，合，fus流；「合流」，「流到一處」→混在一起〕 使混雜，混亂，混淆，使迷亂

confusion	〔見上，-ion 名詞字尾〕 **混亂，混亂狀態，騷亂**
transfuse	〔trans- 越過，轉移，fus 流，注入；「轉流過去」，「移注過去」〕 **移注，灌輸，輸 (血)，給～輸血 (將某人血液移注於另一人)**
transfusion	〔見上，-ion 名詞字尾〕 **移注，輸血**
infuse	〔in- 入，內，fus 流，灌注，「流入」〕 **(向～) 注入，灌輸**
infuser	〔見上， -er 表示物〕 **注入器**
infusion	〔見上，-ion 名詞字尾〕 **灌輸**
diffuse	〔dif- 分開，散開，fus 流；「分開流」，「散開流」→到處流〕 **散布，傳播，(使) 散開，(使) 擴散**
diffusion	〔見上， -ion 名詞字尾〕 **散開，擴散，瀰漫，傳布**
interfuse	〔inter- 互相，fus 漂，流；「互灌」，「互流」→合液〕 **(使) 混合，(使) 融合，滲透**
interfusion	〔見上，ion 名詞字尾〕 **混合，融合，滲透**
affusion	〔af- 表示 at、 to， fus 灌，注〕 **注水，注水法，灌水法**
perfuse	〔per- 貫穿，全，fus 流〕 **潑灑，灌注，使充滿**

profuse	〔pro 向前，fus 流，瀉；「隨意傾瀉了的」，「走了的」，「流掉了的」〕 **浪費的，揮霍的，過多的，充沛的**
profusion	〔見上，-ion 名詞字尾〕 **浪費，奢侈，揮霍，豐富，充沛**

45 gam

女大當嫁，男大當婚；
婚姻嫁娶，常用 gam。

gam=marriage 婚姻

monogamy	〔mono- 單一，gam 婚姻，-y 名詞字尾；「單婚」，一夫一妻〕 **一夫一妻制**
monogamous	〔mono- 單一，gam 婚姻，-ous ～的〕 **一夫一妻制的**
monogamist	〔mono- 單一，gam 婚姻，-ist 者〕 **實行一夫一妻制者**
bigamy	〔bi- 雙，重，gam 婚姻，-y 名詞字尾〕 **重婚（罪）**
bigamous	〔bi- 雙，重，gam 婚姻，-ous ～的〕 **重婚的，犯重婚罪的**
bigamist	〔bi- 雙，重，gam 婚姻，-ist 者〕 **重婚者，犯重婚罪者**
trigamy	〔tri- 三，gam 婚姻，-y 名詞字尾〕 **結婚三次，一夫三妻，一妻三夫**

trigamous	〔tri 三，gam 婚姻，-ous ～的〕 結婚三次的，有三個妻子的，有三個丈夫的
trigamist	〔tri- 三，gam 婚姻，-ist 者〕 結婚三次的人，有三個妻子或三個丈夫的人
polygamy	〔poly- 多，gam 婚姻，-y 名詞字尾〕 多配偶，一夫多妻，一妻多夫
polygamous	〔見上，-ous ～的〕 多配偶的，一夫多妻的，一妻多夫的
polygamist	〔見上，-ist 者〕 多配偶的人，多配偶論者
misogamy	〔miso- 厭惡，gam 婚姻，-y 名詞字尾〕 厭惡結婚，厭婚症
misogamist	〔見上，-ist 者〕 厭惡結婚者
neogamist	〔neo- 新，gam 結婚，-ist 者〕 新婚者
endogamy	〔endo- 內，中間，gam 婚姻，y 名詞字尾〕 內部通婚
endogamous	〔見上，-ous ～的〕 內部通婚的
exogamy	〔exo- 外，異，gam 婚姻，-y 名詞字尾〕 與外族結婚，異族結婚
exogamous	〔見上，-ous ～的〕 與外族結婚的，異族結婚的

46 geo

大地與人類相關息息，
初學者都首先把 earth 記憶。
在有關大地的字中卻不見 earth，
原來它是被 geo 所代替。

geo=earth 地

geography	〔geo 地，大地，graph 寫一論述，-y 名詞字尾；「關於大地的論述」〕 **地理學，地理**
geographer	〔見上，-er 者〕 **地理學者，地理學家**
geometry	〔geo 地，土地，metry 測量；「土地 (面積) 測量法」〕 **幾何學**
geometrician	〔見上，-ician 名詞字尾，表示人〕 **幾何學家**
geology	〔geo 地，地球，-logy ～學〕 **地質學**
geologist	〔見上，-ist 表示人〕 **地質學者**
geologize	〔見上，-ize 動詞字尾〕 **研究地質學**
geophysics	〔geo 地，地球，physics 物理學〕 **地球物理學**

geoscience	〔geo 地，地球，science 科學〕 地球科學
geopolitics	〔geo 地，politics 政治學〕 地緣政治學
geomagnetic	〔geo 地，magnetic 磁的〕 地磁的
geospace	〔geo 地，地球，space 空間〕 地球空間 (軌道)
geostrategy	〔geo 地，地球，strategy 戰略〕 地緣戰略學
geothermal	〔geo 地，therm 溫，-al ～的〕 地溫的，地熱的
geocide	〔geo 地，地球，cid 殺→殺死→死亡，毀滅〕 地球末日

glaci

你説冰是 ice，
我説 glaci 也是冰。
學習務必雙管下，
既記單字又記根。

glaci=ice 冰

| glacier | 〔glaci 冰，-er 表示物〕
冰河，冰川 |
| glacieret | 〔見上，-et 表示小〕
小冰河，小冰川 |

glaciology	〔見上，-logy～學〕 冰河學，冰川學
glacial	〔glaci 冰，冰河，-al～的〕 冰的，冰狀的，冰河的
glacialist	〔見上，-ist 表示人〕 冰河學家
glaciate	〔glaci 冰，-ate 動詞字尾，使～〕 使冰凍，使凍結，使受冰河作用
glaciated	〔見上，-ed～的〕 冰凍的，冰封的，受冰河作用的
glaciation	〔見上，-ation 名詞字尾〕 冰河作用，冰蝕
subglacial	〔sub- 下，al～的〕 冰川下的
preglacial	〔pre- 前，見上〕 冰河期前的
postglacial	〔post- 後，見上〕 冰河期後的
neoglacial	〔neo- 新，見上〕 新冰河作用的

48 gon

trigonometry 是「三角」，
這字雖然熟，
「三」在哪裡？
「角」在何處？
應該理解莫含糊。

gon=angle 角

trigon	〔tri- 三，gon 角〕 三角形
trigonometry	〔tri- 三，gon 角，-o-，metry 測量學〕 三角學，三角
trigonometric	〔見上，-ic ～的〕 三角學的，三角法的
tetragon	〔tetra- 四，gon 角〕 四角形
pentagon	〔penta- 五，gon 角〕 五角形；the Pentagon 五角大樓（美國國防部的辦公大樓）
hexagon	〔hexa- 六，gon 角〕 六角形
heptagon	〔hepta- 七，gon 角〕 七角形
octagon	〔octa- 八，gon 角〕 八角形

enneagon	〔ennea- 九，gon 角〕 **九角形**
decagon	〔deca- 十，gon 角〕 **十角形**
polygon	〔poly- 多，gon 角〕 **多角形**
isogon	〔iso- 相等，gon 角〕 **等角多角形**
perigon	〔peri- 周，gon 角〕 **周角，三百六十度角**
goniometer	〔gon 角，-io- 雙連接字母，meter 測量器，計〕 **測角計**
diagonal	〔dia- 對穿，gon 角，-al ～的〕 **對角線的** 〔轉為名詞〕 **對角線**
agonic	〔a- 不，gon 角，-ic ～的〕 **不成角的**

49 **grad**

gradual 是「逐步」，
retrograde 是「退步」，
「步」在何處，
你是否心中有數？

grad=step，go，gradle 步，走，級

gradual	〔grad 步，-ual 形容詞字尾，～的〕 **逐步的，逐漸的**
retrograde	〔retro- 向後，grad 步，行走，「向後走」〕 **後退，退步，逆行**
retrogradation	〔見上，-ation 名詞字尾〕 **後退，退步，逆行**
graduate	〔grad 步，級，-u-， -ate 動詞字尾；「在學業上走完某一步」，「在學業上完成某一級」〕 **畢業** 〔轉名詞〕 **畢業生**
graduation	〔見上，-ation 名詞字尾〕 **畢業**
undergraduate	〔under- 低於，不夠，不到，不足，graduate 畢業生〕 **尚未畢業者，大學肄業生**
postgraduate	〔post- 後，在～之後，見上〕 **大學畢業後的** 〔轉為名詞〕 **研究生**

degrade	〔de- 下，向下，grad 步，走，級；「往下走」，「降級」〕 下降，墮落，退化，使降級，貶黜
degradation	〔見上，-ation 名詞字尾〕 墮落，退化，降級，貶黜
grade	等級，年級，級別，階段，程度
gradation	〔見上，-ation 名詞字尾〕 等級，分等，分級
upgrade	〔up 上，grad 步，級〕 上升，升級，提升，上坡
downgrade	〔down 下，grad 步，級〕 降低，貶低，降級，下坡
gradine	〔grad 步，級─階梯，-ine 名詞字尾〕 階梯的一級，階梯座位的一排

50 **gram**

grammar 是語法，
diagram 是圖表，
這些字裡都有 gram 的容貌，
它是什麼意義？
你應該知道。

gram=write，something written or drawn
寫，畫，文字，圖形

grammar	〔gram 寫，文字，m 重複字母，-ar 名詞字尾；關於「文字」的法則〕 **語法，文法**
grammarian	〔見上，-ian 名詞字尾，表示人〕 **語法學家，文法家**
grammatical	〔見上，-atical 形容詞字尾，～的〕 **語法的，屬於語法上的**
diagram	〔dia - 對穿，gram 畫；「上下左右對穿畫線」〕 **圖解，圖表**
diagrammatic	〔見上，-atic ～的〕 **圖表的，圖解的**
telegram	〔tele 遠，gram 寫，文字；「從遠方通過電波傳來的文字」〕 **電報**
program	〔pro- 在前面，gram 寫→書，表，單；「寫在前面的說明文字」〕 **節目單，戲單，說明書，大綱，方案**

cryptogram	〔crypto 隱，祕密，gram 寫，文字〕 **密碼，密碼文，暗記**
parallelogram	〔parallel 平行的，gram 圖形；「對邊平行的 圖形」〕 **平行四邊形**
gram	〔gram 寫→刻寫；在重量計上所「刻寫」的一 個符號→重量單位〕 **克 (國際重量單位)**
kilogram	〔kilo- 千，gram 克〕 **千克，公斤**
gramophone	〔gram 寫→記錄，-o-，phon 聲音；「記錄聲 音」的儀器〕 **留聲機**
phonogram	〔phon 聲音，-o-，gram 文字〕 **音標文字，表音符號；唱片，錄音片**
hologram	〔holo 全，gram 畫，圖形〕 **全息圖**
seismogram	〔seismo 地震，gram 畫，圖形〕 **地震圖**
electrocardiogram	〔electro 電，cardi 心，-o-，gram 圖〕 **心電圖**

51 gran

gran 生疏面孔，
確實素昧平生；
添 i 寫成 grain，
原是多年「熟人」。

gran=grain 穀物，穀粒

granary	〔gran 穀物，-ary 表示場所、地點〕 **穀倉、糧倉、產糧區**
granivorous	〔gran 穀物，-i-，vor 吃，-ous 〜的〕 **食穀的，食種子的**
graniferous	〔gran 穀物，-i-，-ferous 產〜的〕 **產穀粒的，結穀粒的**
grange	〔gran 穀物；「生產穀物的地方」〕 **農場，農莊，田莊**
granger	〔見上，-er 表示人〕 **田莊裡的人，農民**
granule	〔gran 穀物，-ule 表示小；「小穀粒」〕 **細粒、顆粒**
granulate	〔見上，-ate 動詞字尾，使〜〕 **使成顆粒，使成粒狀**
granular	〔見上，-ar 〜的〕 **顆粒狀的**
granularity	〔見上，-ity 名詞字尾〕 **顆粒狀**

52 graph

graph 含義容易記，
它與 gram 基本相同，
photograph，geography 你都認得，
每個字裡都有它的身影。

graph=write，writing an instrument for making records 寫，畫，文字，圖形，紀錄器	
photograph	〔photo 光，影，graph 寫→記錄；「把實物的影像錄下來」〕 **照相，拍照，攝影，照片**
photography	〔見上，-y 名詞字尾〕 **攝影術**
autograph	〔auto- 自己，graph 寫；「自己寫的」，親自寫的〕 **親筆，手稿**
geography	〔geo 地，大地，graph 寫→論述，-y 名詞字尾；「關於大地的論述」〕 **地理學，地理**
biography	〔bio 生命，graph 寫，文字→紀錄，-y 名詞字尾；「一人生平的紀錄」〕 **傳記**
autobiography	〔auto- 自己，biography 傳記〕 **自傳**

ideograph	〔ideo 意，graph 寫，文字〕 **表意文字，意符**
historiography	〔histori 歷史，-o-，graph 寫，編寫〕 **編史工作**
orthography	〔ortho- 正，graph 寫，寫字〕 **正字法**
monograph	〔mono - 單一，一種，graph 寫，論述〕 **專題論文， 專題著作**
pseudograph	〔pseudo - 假，偽，graph 寫，文字→作品〕 **偽書，冒名作品**
polygraph	〔poly- 多，graph 寫，寫作，書寫器〕 **多產作家，複寫器**
micrograph	〔micro- 微小，graph 圖形〕 **顯微圖，微觀圖**
macrograph	〔macro- 宏大，graph 圖形〕 **宏觀圖，肉眼圖**
seismograph	〔seismo 地震，graph 紀錄器〕 **地震紀錄儀**
barograph	〔baro 重，壓→氣壓，graph 紀錄器〕 **氣壓紀錄器**
chronograph	〔chrono 時，graph 紀錄器〕 **記時器，錄時器**
stereograph	〔stereo 立體，graph 畫→圖像→照片〕 **立體照片**

telegraph	〔tele 遠，graph 寫，文字；「從遠方通過電波傳來的文字」〕 **電報** 〔graph 書寫機〕 **電報機**
cyclograph	〔cyclo 圓，graph 畫描器〕 **圓規，圓弧規**
holography	〔holo- 全，graphy 描畫，描記法〕 **全息攝影(術)**
graphics	〔graph 畫，圖，-ics ～學〕 **製圖學，製圖法**

53　grav

學習從來忌滿足，
記憶猶須下功夫；
heavy 只是平常字，
「沉重」尚有 grav。

grav=heavy 重

gravid	〔grav 重，-id ～的；「負重的」，「重身子」〕 **懷孕的，妊娠的**
gravidity	〔見上，-idity 抽象名詞字尾〕 **懷孕，妊娠**
gravida	〔見上，-a 名詞字尾〕 **孕婦**

grave	〔grav 重〕 重大的，嚴重的
gravity	〔見上，-ity 抽象名詞字尾〕 嚴重，嚴重性，莊重，重力，重量
gravimeter	〔grav 重， -i-，meter 計〕 比重計，重差計，測重器
gravimetry	〔見上，-y 名詞字尾〕 重量測定法，重量測定
gravitate	〔grav 重，重力，-ate 動詞字尾〕 受重力作用
gravitation	〔grav 重力，-ation 名詞字尾〕 重力，地心吸力，萬有引力
gravitative	〔grav 重力， -ative ～的〕 受重力作用的；重力的
aggravate	〔ag- 加強意義，grav 重，-ate 動詞字尾〕 加重
aggravation	〔見上， -ation 名詞字尾〕 加重，加劇
agravic	〔a- 無， grav 重，重力， ic ～的〕 無重力情況的
ingravescent	〔in- 加強意義，grav 重，-escent 形容詞字尾，表示「逐漸～的」〕 (病等) 越來越重的
grieve	〔griev ← grav 重；「心情沉重」〕 悲傷，悲痛，使悲傷，使悲痛
grief	〔見上，名詞〕 悲傷，悲痛

54 gress

茫茫字海中，go 字君最熟，
若問 gress，或恐未曾識。

gress=go，walk 行走

progress	〔pro- 向前，gress 行走〕 前進，進步
progressive	〔見上，-ive ～的〕 前進的，進步的
progressist	〔見上，-ist 表示人〕 進步分子
retrogress	〔retro- 向後，gress 行走〕 後退，退步，退化
retrogression	〔見上，-ion 名詞字尾〕 倒退，退步，退化
retrogressive	〔見上，-ive ～的〕 後退的，退步的，退化的
congress	〔con- 共同，一起，gress 走，來到；「大家走到一起來」→共聚一堂→會議〕 (代表) 大會，國會，議會
congressional	〔見上〕 (代表) 大會的，國會的，議會的
congressman	〔見上〕 國會議員

aggress	〔ag-=at，to 向，gress 走;「走向」→來到→逼近→闖來→進攻〕 **侵略，侵入，攻擊**
aggression	〔見上，-ion 名詞字尾〕 **侵略，入侵**
aggressive	〔見上， -ive ～的〕 **侵略的**
aggressor	〔見上， or 表示人〕 **侵略者**
egress	〔e- 外，出，gress 行走〕 **出去，離去，外出**
egression	〔見上，-ion 名詞字尾〕 **出去，離去，外出**
ingress	〔in- 入內，gress 行走〕 **進入**
ingression	〔見上， -ion 名詞字尾〕 **進入**
transgress	〔trans- 越過，gress 行走〕 **越過 (限度、範圍等)，越界，違反，犯法**
transgressor	〔見上， or 表示人〕 **犯法者，違反者**
digress	〔di=dis- 離開，gress 行走;「離正道而行」〕 **離開主題，入歧路**
regress	〔re- 回，向後， gress 行〕 **退回，返回，退後，退步**

55 habit

早知 habit 是「習慣」，
而今莫被習慣誤；
同形異義本尋常，
此處 habit 是「居住」。

habit=dwell 居住

habitable	（habit 居住，-able 可～的） **可居住的**
habitant	（habit 居住，-ant 表示人） **居住者**
habitation	（habit 居住，-ation 名詞字尾） **居住**
inhabit	（in- 表示 in，habit 居住） **居住於，棲居於**
inhabitable	（見上，-able 可～的） **可居住的，可棲居的**
inhabitancy	（見上，-ancy 表示情況、狀態） **居住，有人居住的狀態**
inhabitant	（見上，-ant 表示人） **居民，住戶，常住居民**
inhabitation	（見上，-ation 名詞字尾） **居住，棲居**
uninhabited	（un- 無，inhabit 居住，-ed ～的） **無人居住的**

cohabit	〔co- 共同，habit 居住〕 **(男女) 同居，姘居**
cohabitant	〔見上，-ant 表示人〕 **同居者**
cohabitation	〔見上，-ation 名詞字尾〕 **同居**

56 hal

hal 是呼吸，乍聞亦驚奇；
細讀下列字，始信不懷疑。

hal=breathe 呼吸

inhale	〔in- 入， hal 呼吸；to breathe in〕 **吸入，吸氣**
inhaler	〔見上，-er 表示人或物〕 **吸入者，吸入器**
inhalant	〔見上， -ant 表示物〕 **被吸入的東西 (指藥劑等)**
inhalation	〔見上，-ation 名詞字尾〕 **吸入，吸入藥劑**
inhalator	〔見上， -ator 表示物〕 **(醫用) 吸入器，人工呼吸器**
exhale	〔ex- 出，hal 呼吸；to breathe out〕 **呼出，呼氣**

exhalation	〔見上，-ation 名詞字尾〕 **呼氣**
exhalent	〔見上，-ent ～的〕 **呼出的**
halitosis	〔hal 呼吸，-it-， -osis 表示疾病；「口中呼出臭氣」〕 **口臭**

57 hap

perhaps 是「也許」、「可能」，
happen 的意義是「發生」，
你對 happy 更不陌生；
這些字義雖各不相同，
它們之間卻有一脈相通。

hap=chance，luck，accident 機會，運氣，偶發

perhaps	〔per-=by，hap=chance機會；by some chance，「碰運氣」→無把握〕 **也許，可能，多半**
happen	〔hap 偶發，機遇〕 **(偶然) 發生，碰巧**
happenings	〔見上，-ing 名詞字尾〕 **偶然發生的事**
happenchance	〔happen + chance〕 **偶然的機會**

happy	〔hap 機會，運氣，幸運，p 重複字母，-y 形容詞字尾，～的〕 **幸運的，幸福的，快樂的**
happiness	〔見上，y → i，-ness 名詞字尾〕 **幸福，愉快**
hap	〔古字〕 **機會，幸運**
mishap	〔mis- 惡，壞，hap 運氣；「惡運」〕 **不幸的事，災禍**
hapless	〔hap 運氣，less 無，不〕 **不幸的，命運不好的**
haply	〔hap 機會，偶發，-ly ～地〕 **偶然地，僥倖地**
haphazard	〔hap 機會，hazard 偶然的事〕 **偶然性**

58　hibit

exhibition 是「展覽」，
你是否知道這字的來源？
懂得 hibit 的意義，
理解 exhibition 就不難。

hibit=hold 拿，持

exhibit	〔ex- 外，出，hibit 拿，持；「拿出去」→ 擺出去給人看〕 **展出，展覽，陳列，展示，顯示**

exhibition	〔見上，-ion 名詞字尾〕 **展覽，展覽會，展示**
exhibitioner	〔見上，-er 表示人〕 **展出者**
exhibitor	〔見上，or 表示人〕 **展覽會的參加者**
inhibit	〔in- 表示 in， hibit 持，握；to maintain in， to hold in〕 **阻止，禁止，抑制**
inhibition	〔見上，-ion 名詞字尾〕 **阻止，禁止，抑制**
inhibitor	〔見上，-or 表示人或物〕 **阻止者，禁止者，抑制劑**
prohibit	〔pro- 向前，hibit 持，握；「擋住」〕 **阻止， 禁止**
prohibition	〔見上，-ion 名詞字尾〕 **禁止，禁令**
prohibitor	〔見上， or 表示人〕 **禁止者，阻止者**

59 hospit

hospital 為何是「醫院」？
這個問題應鑽研。
了解此字來源，
可識單字一片。

---

hospit=guest 客人 （hospit 也作 host）

hospital	〔hospit 客人，-al 名詞字尾；原意為接待「客人」的地方→接待「病客」的地方〕 **醫院**
hospitalize	〔見上，-ize 動詞字尾〕 **把～送入醫院治療**
hospitable	〔hospit 客人→待客，好客，-able ～的〕 **好客的，招待周到的，殷勤的**
hospitality	〔見上，-ality 名詞字尾〕 **好客，殷勤**
inhospitable	〔in- 不，hospitable 好客的〕 **不好客的，不殷勤的**
inhospitality	〔見上〕 **不好客，不殷勤**
hostage	〔host 客人，-age 名詞字尾；「被扣押起來的客人」〕 **人質**
hostel	〔host 客人→旅客，-el 名詞字尾〕 **客店，旅店**

hotel	〔hot ← host，客人→旅客，-el 名詞字尾〕 **旅館**
hotelier	〔見上，-ier 表示人〕 **旅館老板**
host	〔host 客人；轉為「接待客人的人」〕 **主人**
hostess	〔見上，-ess 表示女性〕 **女主人**

60 hum

exhume 是掘出，
inhume 是埋入；
莫愁單字難記憶，
hum 助君開思路。

hum=ground，earth 地，泥土	
inhume	〔in- 入，hum 地，泥土，「埋入地下」，「埋入土中」〕 **埋葬，土葬**
inhumation	〔見上，-ation 名詞字尾〕 **埋葬**
exhume	〔ex- 出，hum 地；「由地下 (土中) 挖出來」〕 **掘出，發掘，掘墓**
exhumation	〔見上，-ation 名詞字尾〕 **掘出，挖掘**

humble	〔hum 地，地下→低，卑，-ble ～的〕 謙卑的，卑下的，恭順的
humiliate	〔hum 地，地下→低下，-ate 使；「使低下」〕 使丟臉，使羞辱
humility	〔huim 地，地下→低下，-ty 名詞字尾〕 謙卑
posthumous	〔post- 後，hum 地，地下→埋葬→死〕 死後的，身後的；遺腹的，作者過世後出版的
human	〔hum 泥土；《聖經》提到人的祖先是上帝用泥土捏成的〕 人 〔轉為形容詞〕 人的，人類的
humanity	〔見上，-ity 名詞字尾〕 人類

idio

idiom 為什麼是「成語」？
idiot 為什麼是「傻子」？
若要弄清這個問題，
必須了解 idio 的底細。

idio=peculiar，own，private，proper
特殊的，個人的，專有的

idiom	〔idio 特殊的，專有的；「特殊的語言」，「專用的語言」〕 慣用語，方言，俚語，成語

idiomatic	〔見上，-atic 形容詞字尾，～的〕 **慣用語的，成語的**
idiot	〔idio 特殊的；「特殊的人」→異於正常人的人〕 **傻子，病人，白痴**
idiotic	〔見上，-ic ～的〕 **白痴的，愚蠢的**
idiocy	〔見上；-cy 名詞字尾〕 **白痴，極端愚蠢**
idiograph	〔idio 個人的，專有的，graph 寫，文字，圖形〕 **個人的簽名，商標**
idiopathy	〔idio 特殊的，自己的，pathy 病〕 **原發症，自發病**
idiochromatic	〔idio 個人的，自己的，chrom 色，-atic ～的〕 **自色的，本色的**

62 insul

你知道 island 的「島」
你也知道 peninsula 是「半島」，
它倆之間的聯繫卻很難找。
哪是「半」? 哪是「島」?
真叫你有點兒摸不著頭腦。

insul=island 島

peninsula	〔pen- 相似，相近，似乎，insul 島，-a 名詞字尾；「和島相似」，「似乎是一個島」→不完全是一個島〕 **半島**

peninsular	〔見上，-ar ～的〕 **半島的** 〔-ar 名詞字尾〕 **半島的居民**
insular	〔insul 島，-ar ～的〕 **島的，島國的，島民的；思想狹隘的，偏狹的**
insularism	〔見上，-ism 表示特性〕 **島國特性，狹隘性**
insularity	〔見上，-ity 表示特性〕 **島國性，孤立性，偏狹性**
insulate	〔insul 島→孤立→與外界隔絕，-ate 動詞字尾，使～；「使成島狀」→使孤立，使與～隔絕〕 **隔離，使孤立，使絕緣**
insulation	〔見上，-ation 名詞字尾〕 **隔絕，孤立，絕緣**
insulator	〔見上，-ator 表示人或物〕 **隔絕者，絕緣體**
insulin	〔insul 島，-in 名詞字尾，表示「～素」〕 **胰島素**

63 it

exit 為何是「出口」?
原意本是「向外走」;
其中 it 並非「它」,
原來卻是代替「go」。

it=go 行走

exit	〔ex- 出,外,it 行走;「走出」,「向外走」〕 **出口,太平門,退出**
initial	〔in- 入,it 走,-ial 形容詞字尾,~的;「走入」 →進入→入門—開始〕 **開始的,最初的**
initiate	〔見上, -ate 動詞字尾,使~〕 **使入門,開始,創始**
initiation	〔見上, -ation 名詞字尾〕 **開始,創始**
initiative	〔見上, -ative ~的〕 **起始的,初步的**
transit	〔trans- 超過,it 走;to go across,to go over〕 **通過,經過,通行,運送過渡,轉變**
transitory	〔見上,ory ~的;「走過的」,「經過的」 →逝去的,消逝的〕 **瞬息即逝的,短暫的**
transition	〔見上, -ion 名詞字尾〕 **過渡,轉變**

itinerary	〔it 行走→旅行，ary ～的〕 **旅行的，旅程的，路線的** 〔-ary 名詞字尾〕 **旅程，路線，旅行指南**
itinerate	〔it 行走，-ate 動詞字尾〕 **巡遊，巡迴**
circuit	〔circ 圓，環，-u-，it 行〕 **環行，周線，電路，回路**
circuitous	〔見上，-ous ～的〕 **迂迴的，繞行的**
sedition	〔sed-=se- 離開，it 走，-ion 名詞字尾；「走離」 →離軌→越軌的言論或行動〕 **叛亂，暴動，煽動性的言論或行動**
seditionary	〔見上，-ary 表示人〕 **煽動叛亂者，煽動分子**
seditious	〔見上，-ious 形容詞字尾，～的〕 **煽動性的，參與煽動的**

64 **ject**

throw 是「投擲」，
有誰不曾識？
尚有 ject 用途大，
勸君莫忽視。

ject=throw 投擲

project	〔pro- 向前，ject 擲〕 **拋出，投出，投擲，發射，射出** 〔投出→拿出，「提出一種設想」〕 **設計，計畫，規畫**
projection	〔見上，-ion 名詞字尾〕 **投擲，發射，投影，投影圖，設計，規畫**
projector	〔見上，-or 表示人或物〕 **投射器，發射器，放映機，計畫人，設計者**
projectile	〔見上， -ile 表示物〕 **拋射體，射彈** 〔-ile 也可當形容詞字尾，～的〕 **拋射的**
inject	〔in- 入，ject 投；「投入」→射入〕 **注入，注射**
injection	〔見上， -ion 名詞字尾〕 **注射**
injector	〔見上，or 表示人或物〕 **注射者，注射器**
reject	〔re- 回，反，ject 擲，「擲回」→不接受〕 **拒絕，抵制，駁回**

rejecter	〔見上，-er 表示人〕 **拒絕者**
interject	〔inter- 中間，ject 投；「投入中間」〕 **(突然) 插入**
interjection	〔見上，-ion 名詞字尾〕 **插入，插入物** 〔插入句子中間的詞〕 **感嘆詞，驚嘆詞**
subject	〔sub- 在～之下，ject 投；「投於某種管轄之下」〕 **使服從，使隸屬，支配，統治** 〔轉為「被統治的人」〕 **臣民，臣下** 〔在句子中居於支配、統治地位的字〕 **(句子的) 主語，主詞**
subjection	〔見上，-ion 名詞字尾〕 **征服，臣服，隸屬，服從**
subjective	〔見上，-ive ～的〕 **主語的，主詞的，主觀的**
object	〔ob- 相對，相反，對面，ject 投；「投放在對面 (前面) 之物」〕 **對象，目標，物體** 〔與主語 (主詞) 相對者〕 **賓語，受詞** 〔投向對立面〕 **反對，抗議**
objection	〔見上，-ion 名詞字尾〕 **反對**
objective	〔見上，object 對象→客體→客觀；-ive ～的〕 **客觀的**

adjective	〔ad- 表示 to，ject 投，-ive 名詞字尾；「投放在名詞旁邊的詞」〕 **形容詞** 〔-ive ～的〕 **形容詞的**
eject	〔e- 出，ject 擲，拋〕 **逐出，噴射，吐出，發出**
ejector	〔見上，-or 表示人或物〕 **逐出者，噴射器**
abject	〔ab- 離開，ject 拋；「被拋棄的」〕 **卑賤的，可憐的，凄慘的**
deject	〔de- 下，ject 投，拋；「拋下」→落下→使低落→使情緒低落〕 **使沮喪，使氣餒**
dejected	〔見上，-ed ～的〕 **沮喪的，情緒低落的**

65 juven

「年少」有時不稱 young，
juven 用來最當行；
莫謂記憶辛苦事，
須知識字應成雙。

juven=young 年輕，年少

juvenile	〔juven 年少，-ile 形容詞字尾，～的〕 **青少年的** 〔轉作名詞〕 **青少年**

juvenility	〔見上，-ility 名詞字尾〕 **年少，年輕**
juvenescence	〔juven 年少，年輕，-escence 名詞字尾，表示逐漸形成某種狀態〕 **變年輕，年輕**
juvenescent	〔見上，-escent 形容詞字尾，表示逐漸形成某種狀態〕 **由嬰兒期向青年過渡的**
juvenilia	〔juvenil(e) 少年，-ia 名詞字尾〕 **少年文藝讀物；少年時代的作品**
rejuvenate	〔re- 再，juven 年輕，-ate 動詞字尾；「再年輕」〕 **返老還童，使返老還童，恢復活力**
rejuvenation	〔見上，-ation 名詞字尾〕 **返老還童**
rejuvenesce	〔見上，-esce 動詞字尾〕 **使返老還童，返老還童**
rejuvenescence	〔見上，-escence 名詞字尾〕 **返老還童**
rejuvenescent	〔見上，-escent 形容詞字尾，～的〕 **(使)返老還童的**
rejuvenator	〔見上，-ator 表示人或物〕 **(使)恢復青春活力的人(或物)**

66 **lact**

milk 人人知，lact 幾人識？
君看下列字，字字有乳汁。

lact=milk 乳（lact 也作 galact）

lactary	（lact 乳，-ary 形容詞字尾，～的） 乳的，乳狀的
lactate	（lact 乳，-ate 動詞字尾） 分泌乳汁，餵奶，受乳
lactation	（lact 乳，-ation 名詞字尾，～的） 乳汁分泌，授乳 (期)
lacteal	（lact 乳，-eal 形容詞，～的） 乳汁的，似乳汁的
lactean	（lact 乳，-ean 形容詞字尾，～的） 乳汁的，乳白的
ablactate	（ab- 離開，lact 乳，-ate 動詞字尾，使～） 使斷奶
ablactation	（ab- 離開，lact 乳，-ation 名詞字尾） 斷奶
lactic	（lact 乳，-ic ～的） 乳的，乳汁的
lactiferous	（lact 乳，-i-，fer 帶有，產生，-ous ～的） 出乳汁的，產生乳汁的
lactifuge	（lact 乳，-i-，fug 逃，散；「使乳散去」） 退乳藥，止乳劑

lactometer	〔lact 乳，-o-，meter 測量器〕 **測乳器，乳比重計**
lactoscope	〔lact 乳，-o-， scop 看，觀測，檢驗〕 **驗酪器， 乳脂計**
lactose	〔lact 乳， -ose 化學名詞字尾，表示糖〕 **乳糖**
galactic	〔galact 乳， -ic ～的〕 **乳汁的，乳色的，銀河的**
galactagogue	〔galact 乳， agog 引導；「引導乳的」〕 **催乳的，增乳的，利乳的** 〔轉名詞〕 **催乳劑**
galactin	〔galact 乳，-in 素〕 **催乳激素**
galactose	〔galact 乳，-ose 表示糖〕 **半乳糖**
agalactia	〔a- 無，galact 乳，-ia 疾病〕 **產後無乳症，乳汁缺乏症**
agalactous	〔a- 無，galact 乳，ous ～的〕 **缺乳的，乳液分泌障礙的**
antigalactic	〔anti- 反對→制止，galact 乳，ic ～的〕 **減少乳汁分泌的；乳液抑制劑**
prolactin	〔pro- 向前→向外，lact 乳，in 素；「使乳汁向外流出」〕 **催乳激素**
Galaxy	〔galax=galact 乳，the milky way〕 **銀河**

67 later

識得 side 不新鮮，
應知 later 也是「邊」；
「單邊」前面加 uni，
「雙邊」bi 前面添。

later=side 邊

unilateral	〔uni 單獨，later 邊，al ～的〕 **一邊的，單邊的；一方的，片面的，單方面的**
bilateral	〔bi- 雙，見上〕 **雙邊的，兩邊的**
trilateral	〔tri- 三，見上〕 **三邊的**
quadrilateral	〔quadri- 四，見上〕 **四邊的，四邊形的，四面的**
septilateral	〔septi- 七，見上〕 **七邊的**
octolateral	〔octo- 八，見上〕 **八邊的**
multilateral	〔multi- 多，見上〕 **多邊的，涉及多方面的**
equilateral	〔equi- 等，見上〕 **等邊的**
laterad	〔later 邊，側，-ad 副詞字尾，表示向～〕 **向側面地**

lateral	〔later 邊，-al ～的〕 **旁邊的，側面的**
laterality	〔later 邊，側，-ality 名詞字尾〕 **偏重一側，對一個側面的偏重**
lateroversion	〔later 邊，側，-o-，vers 轉，-ion 名詞字尾〕 **側轉**

68 # lect

election 是「選舉」，
selection 是「選集」，
lect 是它們的共同「因子」，
你是否了解它的意義？

lect=choose，gather 選，收（也作 leg，lig）

elect	〔e- 出，lect 選；「選出」〕 **選舉**
election	〔見上，-ion 名詞字尾〕 **選舉**
elector	〔見上，-or 表示人〕 **選舉者，有選舉權的人**
select	〔se- 離開，分開，lect 選〕 **挑選，選出，選擇，選拔**
selection	〔見上，-ion 名詞字尾〕 **選擇，選擇物，選集，選品**

intellect	〔intel-=inter- 中間，lect 選；「從中選擇」→「能於其中擇其善者」→選優擇善的能力〕 **智力，才智，智慧**
intellectual	〔見上，-ual 形容詞字尾，～的〕 **有智力的** 〔轉為名詞〕 **有知識者，知識分子**
intelligence	〔見 intellect，lig=lect 選，-ence 名詞字尾〕 **智力，理解力，聰明**
intelligent	〔見上，-ent ～的〕 **理解力強的，聰明的**
intelligentsia	〔見上，-ia 表示集合名詞，總稱〕 **知識界，知識分子 (總稱)**
collect	〔col- 共同，一起，lect 收集；「一起收集」〕 **收集，聚集，集合**
collection	〔見上，-ion 名詞字尾〕 **收集，集合，收集物**
collective	〔見上，-ive ～的〕 **聚集的，集合的，集體的**
collectivism	〔見上，-ism 主義〕 **集體主義**
elegant	〔e- 出，leg=lect 挑選，-ant 形容詞字尾，～的；「挑選出來的」，「萬中選一的」〕 **美好的，漂亮的，優美的，高雅的**
elegance	〔見上，-ance 名詞字尾〕 **漂亮，優美，雅緻**
inelegant	〔in - 不，elegant 見上〕 **不雅的，粗俗的**

inelegance	〔見上，-ance 名詞字尾〕 **不雅，粗俗**
eligible	〔e- 出，lig=lect 選，-ible 可～的〕 **有參選資格的，符合推選條件的**
ineligible	〔in- 不，無，見上〕 **無參選資格的，不合格的**
neglect	〔neg - 不，未，lect 選，收;「未選收」,「未收取」→遺漏〕 **疏忽，漏做，忽略，忽視**
neglectful	〔見上，-ful ～的〕 **疏忽的**
negligence	〔見上，neglg=neglect (lig=lect) 疏忽，-ence 名詞字尾〕 **疏忽，忽視，忽略**
negligent	〔見上，-ent ～的〕 **疏忽的，忽視的，不小心的**

69 # lev

lev，lev，翻遍字典無尋處，
含義難領悟。
君且勿搔頭，
自有 raise 來釋註。

lev=raise 舉，升

elevate	〔e- 出，lev 舉，-ate 動詞字尾;「舉出」→舉起〕 **抬起，舉起，使升高**

elevator	〔見上， -or 表示人或物〕 升降機，電梯，起卸機，舉起者，起重工人
elevation	〔見上， -ion 名詞字尾〕 提升，提高，高度
elevatory	〔見上， ory 形容詞字尾，～的〕 舉起的，高舉的
lever	〔lev 舉，- er 表示物；「能舉起重物之桿」〕 槓桿
leverage	〔見上，lever 槓桿，-age 表示抽象名詞〕 槓桿作用
relieve	〔re- 加強意義，liev ← lev 舉；「把壓在～上 面的東西舉起」→使～減輕負擔〕 減輕，解除 (痛苦等)，救濟
relievable	〔見上，-able 可～的〕 可減輕的，可解除的
relief	〔見上，v → f〕 (痛苦、壓迫等) 減輕，解除，免除，救濟
levitate	〔lev 舉，升，-it-，-ate 動詞字尾〕 (使) 升在空中，(使) 飄浮在空中
levity	〔lev 舉，升，-ity 名詞字尾；「升起」→起→ 飄浮〕 輕浮，輕率
alleviate	〔al- 加強意義，lev 舉，-i-，-ate 動詞字尾；「把 壓在上面的東西舉起」→使減輕〕 減輕，緩和 (痛苦等)
alleviation	〔見上， -ion 名詞字尾〕 減輕，緩和

| alleviatory | 〔見上，-ory ～的〕
減輕痛苦的，起緩和作用的 |

70　liber

不識 liber，卻識 liberty，
尋根問底，原意是 free。

liber=free 自由

liberate	〔liber 自由，-ate 動詞字尾，使～〕 使自由
liberation	〔見上，-ion 名詞字尾〕 解放，釋放
liberator	〔見上，-or 者〕 解放者，釋放者
liberty	〔liber 自由，-ty 名詞字尾〕 自由，自由權
liberticide	〔liberty，y → i，自由，cid 殺〕 扼殺自由 (者)， 扼殺自由的
liberal	〔liber 自由， -al 形容詞字尾，～的〕 自由的，自由主義的；Liberal（英國等）自由黨的
liberalism	〔見上，-ism 主義〕 自由主義

liberalist	〔見上，ist 者〕 **自由主義** 〔-ist ～的〕 **自由主義的**
liberalize	〔見上，-ize 使～化〕 **(使) 自由化，(使) 自由主義化**
Liberia	〔liber 自由，-ia 名詞字尾；意為「自由之國」〕 **賴比瑞亞 (非洲一國家名)**

71 **lingu**

language 截去字尾 -age 成 langu，
它與 lingu 只相差一個字母。
記憶單字必須善於聯想，
lingu 的含義你是否可以由此領悟？

lingu=language 語言

linguist	〔lingu 語言，-ist 表示人〕 **語言學者**
linguistic	〔見上，-ic 形容詞字尾〕 **語言學的，語言的**
linguistics	〔見上， -ics 名詞字尾，～學〕 **語言學**
bilingual	〔bi- 兩，lingu 語言，-al ～的〕 **兩種語言的**
bilingualist	〔見上，-ist 表示人〕 **通曉兩種語言者**

bilingualism	〔見上，-ism 表示行為或狀況〕 **通曉兩種語言，用兩種語言**
trilingual	〔tri- 三，lingu 語言，-al ～的〕 **三種語言的**
multilingual	〔multi- 多，lingu 語言，-al ～的〕 **多種語言的，懂 (或用) 多種語言的**
collingual	〔col- 同，lingu- 語言，al ～的〕 **(用) 同一種語言的**
Linguaphone	〔lingu 語言，-a-，phon 聲音〕 **靈格風 (一種運用唱片進行的口語訓練)**

72 **liter**

liter，letter，都是文字；
音形相似，記憶省事。

liter=letter 文字，字母

literate	〔liter 文字→識字，-ate 名詞字尾，表示人〕 **識字的人** 〔-ate 形容詞字尾〕 **識字的，有文化的**
literacy	〔liter 文字→識字，-acy 表示情況、性質〕 **識字，有學問，有文化**
illiterate	〔il- 不，literate 識字的 (人)〕 **不識字的，文盲的；不識字的人，無文化的人**
illiteracy	〔il- 不，literacy 識字〕 **不識字，文盲，未受教育，無知**

semiliterate	〔semi- 中，literate 識字的〕 **半識字的，半文盲的**
anti-illiteracy	〔anti- 反，反對，illiteracy 文盲〕 **掃除文盲**
literature	〔liter 文字→由文字組成的→文章→文學， -ature=-ure 名詞字尾〕 **文學 (作品)**
literary	〔liter 文字→文章→文學，-ary ～的〕 **文學的**
literator	〔見上，-ator 表示人〕 **文學家，文人，作家**
uniliteral	〔uni- 單一，liter 字母，-al ～的〕 **單字母的**
biliteral	〔bi- 兩個，見上〕 **兩個字母 (組成) 的**
triliteral	〔tri- 三個，見上〕 **三個字母的 (字)**
transliterate	〔trans- 轉，換，liter 字母，-ate 動詞字尾；「由 一種字母轉換成另一種字母」〕 **按照字母直譯，音譯**
transliteration	〔見上，-ion 名詞字尾〕 **按字母直譯，音譯**
obliterate	〔ob- 離，去掉，liter 字，字母→字跡，-ate 動詞字尾；「把字跡塗掉」〕 **塗抹，擦去，刪除**
obliteration	〔見上，-ion 名詞字尾〕 **塗掉，塗抹，刪除，滅跡**

| literal | 〔liter 文字，-al ～的〕
文字的，文字上的，字面的 |

73　lith

四五年來苦學，
三千單字已知；
最是 stone 記得熟，
幾曾識 lith?

lith=stone 石（lith 也作 litho）

aerolith	〔aero 空中，lith 石；「從天空中落下的石頭」〕 **隕石**
aerolithhology	〔見上，-logy 學〕 **隕石學**
paleolith	〔paleo 舊，古，lith 石〕 **舊石器**
paleolithic	〔見上，-ic ～的〕 **舊石器時代的**
neolith	〔neo- 新，lith 石〕 **新石器時代的石器**
neolithic	〔neo- 新，lith 石，-ic ～的〕 **新石器時代的**
zoolith	〔zoo 動物，lith 石〕 **動物化石**
zoolithic	〔zoo 動物，lith 石，-ic ～的〕 **動物化石的**

monolith	〔mono- 單獨，一個，lith 石〕 獨石，獨石柱，獨石像，獨石碑
bilith	〔bi- 兩個，lith 石〕 以二石組成的紀念碑
trilith	〔tri- 三個，lith 石〕 三石塔
megalith	〔mega 大，lith 石〕 大石塊，巨石
lithic	〔lith 石，ic ～的〕 石 (製) 的；結石的
lithiasis	〔lith 石，-iasis 名詞字尾，表示疾病〕 結石病，結石
lithification	〔lith 石，-i-，-fication 名詞字尾，表示化為～〕 石化，化成石
lithoid	〔lith 石，-oid 如～的〕 如石的，似石質的
lithology	〔litho 石，-logy 學〕 岩石學
lithologist	〔litho 石，-logist 學者〕 岩石學者
lithological	〔litho 石，-logical 學的〕 岩石學的
litholatry	〔litho 石，latry 崇拜〕 岩石崇拜，拜石教
litholatrous	〔litho 石，latr 崇拜，-ous ～的〕 拜石的

lithophagous	〔litho 石，phag 吃，-ous ～的〕 吃石頭的
lithophyte	〔litho 石，phyte 植物〕 石生植物 (生於石頭表面的植物)
lithoscope	〔litho 石，scop 觀看，檢查〕 (醫學) 結石檢查器
lithosphere	〔litho 石，sphere 圓體，圈〕 岩石圈 (地球的堅硬部分)
lithotomy	〔litho 石，tomy 切，割〕 膀胱結石割除術
lithotomize	〔litho 石，tom 切，割，-ize 動詞字尾〕 切除膀胱結石，給～做 (膀胱) 切石手術
lithotomist	〔litho 石，tom 切，割，-ist 人，專家〕 切除膀胱結石專家，(膀胱) 切石專家

74 loc

要說你不認識 place，
那也許是和你開玩笑。
要問你 loc 是什麼意義，
你也許真的不知道。

loc=place 地方

| local | 〔loc 地方，-al ～的〕
地方的，當地的，本地的 |
| localism | 〔見上，-ism 表示主義，語言〕
地方主義，方言，土語 |

localize	〔見上，-ize 使～〕 **使地方化，使侷限**
localization	〔見上，-ization ～化〕 **地方化，侷限**
locomotive	〔loc 地方，-o-，-mot 動，移動，-ive ～的；「能由一個地方移動至另一個地方」〕 **移動的，運動的** 〔轉為名詞，「能牽引他物，由一地方移動至另一地方的事物」〕 **機車，火車頭**
locate	〔loc 地方一位置，-ate 動詞字尾〕 **確定～的地點，使座落於**
location	〔見上，-ion 名詞字尾〕 **定位，場所，位置**
collocate	〔col- 共同，並，loc 地方，位置，-ate 動詞字尾〕 **並置，並列**
collocation	〔見上，-ion 名詞字尾〕 **並置，並列**
co-locate	〔co- 同，loc 地方，地點，-ate 動詞字尾，使～〕 **(使) 駐紮在同一地點**
dislocate	〔dis- 離，loc 地方，位置，-ate 使～〕 **使不在原來位置，使位置錯亂，換位脫臼**
dislocation	〔見上，-ion 名詞字尾〕 **離開原位，脫位，脫臼**
translocate	〔trans- 轉換，改變，loc 地方，位置，-ate 動詞字尾〕 **改變位置，易位**

| relocate | （re- 再，重新，locate 定位，安置）
重新定位，重新安置 |

75　log

與「言」有關字無數，
只識 speak 難記住；
試將 log 記心間，
記憶單字有近路。

---

log=speak 言，説

---

dialogue	（dia- 對，相對，log 言，説） **對話**
dialogist	（見上，-ist 表示人） **對話者**
eulogy	（eu- 美好，log 言，-y 名詞字尾，「美言」） **讚美之詞，頌詞，讚揚**
eulogize	（見上，-ize 動詞字尾） **讚美，讚頌，頌揚**
apology	（apo- 分開，離開，脫開，log 言，説；「說開」 一解説） **道歉，謝罪，辯解**
apologize	（見上，-ize 動詞字尾） **道歉，謝罪，辯解**
prologue	（pro- 前，log 言） **前言，序言**

epilogue	〔epi- 旁，log 言，話；「正文以外的話」→正文後面的話〕 **結束語，後記，跋，閉幕詞**
epilogize	〔見上，-ize 動詞字尾〕 **作結束語**
monologue	〔mono- 單，log 言，說〕 **(戲劇) 獨白**
monologist	〔見上，-ist 表示人〕 **(戲劇) 獨白者**
pseudology	〔pseudo- 假，log 言，話，-y 名詞字尾〕 **假話**
neologism	〔neo- 新，log 言，詞，-ism 表示語言〕 **新語，新詞**
neologize	〔見上，-ize 動詞字尾〕 **使用新詞，創造新詞**
antilogy	〔anti- 反對，相反，log 言；「相反之言」〕 **前後矛盾，自相矛盾**
dyslogy	〔dys- 惡，不良，log 言；「惡言」〕 **非難，非議，指責，咒罵**
logic	〔log 語言→辯論→推理，論理，-ic 名詞字尾〕 **邏輯**
logical	〔見上，-al ～的〕 **邏輯，符合邏輯的**
illogical	〔il- 不，見上〕 **不合邏輯的**
philologist	〔philo 愛好，log 語言，-ist 者〕 **語言學者**

| philology | 〔見上，-y 名詞字尾〕
語言學 |

76 loqu

你自信已掌握單字不少，
但對 loqu 仍感到陌生、深奧。
在 eloquent，colloquial 等字中，
都藏有 loqu 的音容笑貌。

loqu=speak 言，說

eloquent	〔e- 出，loqu 說，-ent ～的；「說出的」，「道出的」→能說會道的〕 有口才的，雄辯的，善辯的，有說服力的
eloquence	〔見上，-ence 名詞字尾〕 雄辯，善辯，有口才
colloquial	〔col- 共同，loqu 說，-ial ～的〕 口語的，會話的，白話的，用通俗口語的
colloquialism	〔見上，-ism 表示語言〕 俗語，口語，口語詞
multiloquent	〔multi- 多，loqu 言，-ent ～的〕 多言的
grandiloquent	〔grand 大，-i-，loqu 言，-ent ～的〕 誇大的，誇張的
magniloquent	〔magni 大，loqu 言，-ent ～的〕 華而不實的，誇張的

soliloquy	〔sol 單獨，獨自，-i-，loqu 言，-y 名詞字尾〕 獨白，自言自語
somniloquy	〔somn 睡眠，-i-，loqu 說，-y 名詞字尾；「睡夢中說話」〕 夢語，夢囈，說夢話
obloquy	〔ob- 反對，loqu 言；「反對之言」〕 大罵，誹謗
loquacious	〔loqu 言，-acious 形容詞字尾，～的〕 多言的，饒舌的
loquacity	〔見上，-acity 名詞字尾，表示情況〕 多話，過於健談

77　luc

長恨單字難記憶，
不知奧祕在字根；
識得 luc 心中亮，
柳暗花明又一村。

luc=light，shine 光，照，亮

lucent	〔luc 光，-ent 形容詞字尾〕 發亮的，透明的
lucency	〔luc 光，-ency 名詞字尾〕 發亮，透明
lucid	〔luc 光，-id 形容詞字尾〕 透明的，光輝的，明亮的

lucidity	〔見上，-ity 名詞字尾〕 **明白，透明，光明**
elucidate	〔e- 使～，lucid 明白，-ate 動詞字尾;「使明白」〕 **闡明，解釋**
elucidation	〔見上，-ation 名詞字尾〕 **闡明，解釋**
elucidative	〔見上，-ative ～的〕 **闡明的，解釋的**
noctiluca	〔nocti 夜，luc 光，-a 名詞字尾〕 **夜光蟲**
noctilucent	〔nocti 夜，luc 光，-ent ～的〕 **夜間發光的**
translucent	〔trans- 穿過，luc 光，-ent ～的;「光線能透過的」〕 **半透明的**
translucence	〔見上，-ence 名詞字尾〕 **半透明 (性)**
luciferous	〔luc 光，-i-，-fer 帶有，產生，-ous ～的;「產生光的」〕 **發亮的，發光的，光亮的**
lucifugous	〔luc 光，-i-，fug 逃避，-ous ～的〕 **避光的**

78 **lun**

moon 雖易認，lun 卻難識別。
中文「朦朧」是月色，
英文「moon，lun」都是月，
中英對照難忘卻。

lun=moon 月亮

lunar	〔lun 月亮，-ar 形容詞字尾，～的〕 月亮的，太陰的，似月的，新月形的
semilunar	〔semi- 半，lun 月亮，-ar ～的〕 半月形的，月牙形的
demilune	〔demi- 半，lun 月亮〕 半月，新月，彎月
plenilune	〔plen 滿，全，-i-，lun 月亮〕 滿月，望月，月滿之時
luniform	〔lun 月亮，-i-，-form ～形的〕 月形的
lunate	〔lun 月亮，-ate ～的〕 新月形的
lunet	〔lun 月亮，-et 名詞字尾，表示小〕 小月
lunitidal	〔lun 月亮，-i-，tidal 潮汐的〕 月潮的，太陰潮的
superlunar	〔super- 上，在～之上，lun 月亮，-ar ～的〕 在月球上的，世外的，天上的

sublunar	〔sub- 下，在～之下，lun 月亮，-ar ～的〕 **在月下的，地上的，塵世的**
circumlunar	〔circum- 周圍，環繞，lun 月亮，-ar ～的〕 **環月的，繞月的**
interlunar	〔inter- 中間，～之間，lun 月，-ar ～的；「介 於新月與舊月之間的」，舊月已沒，新月尚未 出現之時〕 **無月期間的，月晦的**
translunar	〔trans- 超過〕 **超過月球的，月球外側的**

79　man

mansion 為何是「宅第」？
manor 難懂又難記；
費盡苦思終不解，
為此消得人憔悴。

man=dwell，stay 居住，停留

mansion	〔man 居住，-sion 名詞字尾；「居住的地方」〕 **宅第，宅邸，大樓，大廈**
manor	〔man 居住，-or 名詞字尾〕 **莊園，莊園中的住宅**
manorial	〔見上，-ial ～的〕 **莊園的**

permanent	〔per- 貫穿，自始至終，一直，man 停留，-ent ～的；「一直停留下去的」〕 **永久的，常駐的，常設的**
permanence	〔見上，-ence 名詞字尾〕 **永久，永久性**
remain	〔re- 再，main=man 停留〕 **留下，逗留，繼續存在下去，剩下，餘留**
remainder	〔見上，-er 表示人或物〕 **留下的人；剩餘物**
remanent	〔見上，reman=remain 留下，-ent ～的〕 **留下的，剩餘的**

80 manu

初學方七日，
便知 hand 就是「手」。
寒窗雖十年，
問君是否識 manu?

manu=hand 手（也作 man）

manuscript	〔manu 手，script 寫〕 **手寫本，手稿**
manufacture	〔manu 手，fact 做，製作；「用手做」〕 **製造，加工**
manufacturer	〔見上，-er 表示人〕 **製造者，製造商**

manual	〔manu 手，-al 形容詞字尾，～的〕 **手的，手工做的，用手的** 〔轉為名詞〕 **手冊**
manumit	〔manu 手，mit 送，放；to send forth by (or from) the hand，「以手放出」〕 **釋放，解放**
manumission	〔見上， miss=mit 送，放，-ion 名詞字尾〕 **釋放，解放**
manage	〔man=manu 手；「以手操縱」，「以手處理」〕 **管理，掌管，處理**
manager	〔見上， -er 表示人〕 **掌管者，管理人，經理**
manner	〔man=manu 手→用手做→做事，行為，the way of doing〕 **舉止，風度，方式，方法**
manacle	〔man=manu 手，-acle 名詞字尾，表示小；「束縛手的小器械」〕 **手銬**
maintain	〔main ← man 手，tain 持、握；「手持」，「握有」〕 **保持，保存，維持**
maintainable	〔見上， -able 可～的〕 **可保持的，可維持的**
maintenance	〔見上，ten=tain， -ance 名詞字尾〕 **保持，保存，維持，保養，維修**

81 mar

即使你未曾見過大海，
你也知道大海叫做 sea。
除了 sea 以外，
你是否知道
mar 也表示大海的意義？

mar=sea 海

marine	（mar 海，-ine 形容詞字尾，～的） **海的，海上的，航海的**
mariner	（見上，-er 表示人） **海員，水手**
submarine	（sub- 在～下面，mar，-ine ～的） **海面下的，海底的** （轉為名詞，「潛入海面下之物」） **潛水艇**
supersubmarine	（super- 超，超級，submarine 潛水艇） **超級潛水艇**
antisubmarine	（anti- 反，見上） **反潛艇的**
aeromarine	（aero 空中，航空，飛行，marine 海上的） **海上飛行的**
transmarine	（trans- 越過，見上；「越過海的」） **來自海外的，海外的**
ultramarine	（ultra- 以外，見上） **海外的，在海那邊的**

maritime	〔來自拉丁語 maritimus，英語寫作 maritime〕**海的，海上的，海事的，海運的，沿海的**
mariculture	〔mar 海→水產，-i-，culture 培養，養殖〕**水產物的養殖**
marigraph	〔mar 海，-i-，graph 寫，記錄〕**海潮記錄儀，驗潮計**

82 medi

已識 middle，
猶苦生字無數，
無須搔頭，
且將 medi 記住。

medi=middle 中間

immediate	〔im- 無，medi 中間，-ate 形容詞字尾，「沒有中間空隙時間的」，「當中沒有間隔的」〕**立刻的，直接的**
medium	〔medi 中間，-um 名詞字尾〕**中間，中間物，媒介** 〔轉為形容詞〕**中等的**
medial	〔medi 中間，-al ～的〕**中間的，中央的，居中的**
mediate	〔medi 中間，ate 動詞字尾〕**居中調解，調停** 〔-ate 形容詞字尾，～的〕**居間的，介於中間的**

mediation	〔見上，-ion 名詞字尾〕 居中調停，調解
mediator	〔見上，-or 表示人〕 居中人，調解者，調停者
mediacy	〔medi 中間，-acy 名詞字尾〕 中間狀態，媒介，調停
intermediate	〔inter- 在～之間，medi 中間〕 中間的，居間的，居中調解，起調解作用
medieval	〔medi 中間，ev 時代，-al ～的〕 中古時代的，中世紀的
mediterranean	〔medi 中間，terr 地，陸地，-anean=-an ～的； 「位於陸地中間的」〕 地中的，被陸地包圍的；地中海
median	〔medi 中間，-an ～的〕 當中的，中央的 〔轉為名詞〕 中部，當中

83 **memor**

immemorial 為何是「遠古」？
memorandum 為何是「備忘錄」？
欲知其中道理，
須將 memor 記住。

memor=memory，mindful 記憶，記住的

memory	〔memor 記憶，-y 表示情況，狀態，行為〕 **記憶，記憶力，回憶，紀念**
memorize	〔memor 記憶，-ize 動詞字尾，使～〕 **記住，熟記**
memorable	〔memor 記憶，-able 可～的〕 **難忘的，值得紀念的**
memorial	〔memor 記憶，-ial 形容詞字尾，～的〕 **記憶的，紀念的** 〔轉為名詞〕 **紀念物，紀念日，紀念碑，紀念儀式**
immemorial	〔im- 不，無，memorial 記憶的；「無法記憶的」〕 **無法追憶的，太古的，遠古的**
memorandum	〔memor 記憶，回憶，-andum=-and/-end，名詞字尾，表示物；「以備回憶之物」，something to be remembered〕 **備忘錄**
commemorate	〔com- 加強意義，memor 記憶→紀念，-ate 動詞字尾，做～事〕 **紀念**

commemoration	（見上 -ion 名詞字尾，表示事物） **紀念，紀念會，紀念物**
commemorable	（見上，-able 可～的） **值得紀念的**
commemorative	（見上，-ative 表示有～性質的） **紀念性的**
remember	（re- 回，再，member ← memor 記憶） **想起，回憶起，記得，記住**
rememberable	（見上，-able 可～的） **可記得的，可記起的，可紀念的**
remembrance	（見上，-ance 表示情況，狀態，行為） **回憶，記憶，記憶力**
misremember	（mis- 錯，remember 記住，記憶） **記錯**
disremember	（dis- 不，remember 記得） **忘記**

84 merg

應知 merg 是「沒入水中」，
「merg」，「沒」發音幾乎相同；
中、英對照容易記憶，
無須 dip 來作說明。

merg=dip，slink 沉，沒（ merg 也作 mers ）

emerge	（e- 外，出，merg 沉；「由水中浮出」） **浮現，出現**

emergence	〔見上，-ence 名詞字尾〕 浮現，出現
emergent	〔見上，-ent 形容詞字尾〕 浮現的，突然出現的；緊急的，意外的
emergency	〔見上，-ency 名詞字尾〕 突然事件，意外之變，緊急情況
emersion	〔見上，-ion 名詞字尾〕 浮現，出現
immerge	〔im- 入內，merg 沉〕 沉入，浸入
immerse	〔im- 入內，mers 沉〕 沉浸
immersible	〔見上，-ible 可～的〕 可沉於水中的
immersion	〔見上，-ion 名詞字尾〕 沉浸，浸沒
submerge	〔sub- 下，merg 沉〕 沉下，沉於水中，沒入水中
submergence	〔sub- 下，merg 沉，-ence 名詞字尾〕 沉浸，浸沒
submergible	〔sub- 下，merg 沉，-ible 可～的〕 可沉入水中的
submersed	〔sub- 下，mers 沉，-ed ～的；「沉在水中的」〕 在水下的；（植物）生於水下的，水生的
submersible	〔sub- 下，mers 沉，-ible 可～的〕 可沉於水中的

submersion	〔見上，-ion 名詞字尾〕 沉沒，沒入，浸沒
demersal	〔de- 向下，mers 沉，-al ～的〕 居於水底的
emersed	〔e- 外，出，mers 沉，-ed ～的；「由水中浮出的」〕 (水生植物等)伸出水面的

85 migr

遷移原是 remove，
更有 migr 多用途；
e- 與 im- 加前面，
移居「移出」和「移入」。

migr=remove，move 遷移

migrate	〔migr 遷移，-ate 動詞字尾〕 遷移，移居
migration	〔migr 遷移，-ation 名詞字尾〕 移居外國，遷居
migrant	〔migr 遷移，-ant 表人與物〕 遷移者，候鳥(隨季節遷移的鳥)
emigrate	〔e- 外，出，migr 遷移，-ate 動詞字尾〕 移出，永久移居外國
emigration	〔見上，-ation 名詞字尾〕 移居，移民出境

emigrant	〔見上，-ant 表示人〕 **移居國外者，移民，移出者** 〔-ant ～的〕 **移出的，遷移的，移民的**
immigrate	〔im- 入內，migr 遷移，-ate 動詞字尾〕 **移居入境，(從外國) 移來，移入**
immigration	〔見上，-ation 名詞字尾〕 **移入，移居；外來的移民**
immigrant	〔見上，-ant 表示人〕 **移入國內者，僑民，外來的移民** 〔-ant ～的〕 **移入國內的**
transmigrate	〔trans- 轉，migr 遷移，-ate 動詞字尾〕 **移居 (從一國或一地移到另一國或一地)**
transmigration	〔見上，-ation 名詞字尾〕 **移居**
transmigrator	〔見上，-ator 者〕 **移居者，移民**
intermigration	〔inter- 互相，migr 遷移〕 **互相遷移**

86 milit

soldier 一字人人皆懂，
須知 milit 也是「士兵」。
它的意義還可引申，
既表「軍事」又表「戰爭」。

milit=soldier 兵	
militia	（milit 兵，ia 表示集合名詞） **民兵組織，民兵 (總稱)**
military	（milit 兵，軍人→軍事，-ary 形容詞字尾，～的） **軍事的，軍用的，軍隊的**
militarism	（見上，-ism 主義） **軍國主義**
militarist	（見上，-ist 表示人） **軍國主義者，軍事家**
militaristic	（見上，-istic=-ic ～的） **軍國主義的**
militarize	（見上，-ize 使～化） **使軍事化，使軍國主義化**
demilitarize	（de- 取消，非，見上） **使非軍事化**
antimilitarism	（anti- 反對，militarism 軍國主義） **反軍國主義**
militant	（milit 兵→軍事，戰鬥，-ant ～的） **戰鬥 (性) 的，好戰的，交戰中的**

militancy	〔見上，-ancy 名詞字尾，表性質、狀態〕 **戰鬥性，好戰，交戰狀態**
hypermilitant	〔hyper- 超，極度，見上〕 **極度好戰的**

87　mini

minister 是「部長」、「大臣」，
豈知原意卻是「小人」。
mini 含意本是「小」，
憑它可記單字一群。

mini=small，little 小（mini 也作 min）

minister	〔mini 小，-ster 名詞字尾，表示人；「小人」 →僕人→臣僕，古時大臣對君王自稱為「小 人」，僕人→君王或元首的僕人，轉為現今的 部長〕 **大臣，部長**
ministry	〔見上，minist(e)r+y 名詞字尾〕 **部，內閣**
administer	〔ad- 表示 to，「執行大臣或部長的任務」〕 **管理，治理，執行，施政**
administration	〔見上，-ation 名詞字尾，表示行為或由行為 而產生的事物〕 **管理，行政，行政當局，行政機關**
administrator	〔見上，-ator 表示人〕 **行政官員，管理人**

administrative	〔見上，-ative ～的〕 行政的，管理的
minify	〔mini 小，-fy 動詞字尾，使～〕 使縮小
minim	〔mini 小〕 微物，小量
minimum	〔見上，-um 名詞字尾〕 最小量
minimize	〔見上，-ize 動詞字尾，使～〕 縮到最小，使減到最少
miniature	〔mimi 小，-ature 名詞字尾，表示物〕 小型物，雛型，縮樣 〔轉為形容詞〕 小型的
minimal	〔見上，-al ～的〕 最小的，最低限度的
diminish	〔di-=dis-，加強意義，min 小，-ish 動詞字尾，使～〕 使縮小，縮減，減少
diminishable	〔見上，-able 可～的〕 可縮小的，可縮減的
undiminishable	〔un- 不，見上〕 不可縮小的
minor	〔來自拉丁語 minor，意為 smaller 或 less〕 較小的，較少的，較年幼的，未成年人
minority	〔見上，-ity 名詞字尾，表情況、性質〕 少數，未成年

minus	〔min 小→減少，直接來自拉丁語 minus〕 **減去，減號，負號，減去的，負的**
minute	〔min 小→小部分，「一小時分出的六十個小部分」，比小時「小」的時間單位〕 **分，分鐘**
minute	〔min 小，-ute ～性質的〕 **微小的，細微的**

88　mir

凝視著 mir，它像個謎，
你不解其意，緊鎖雙眉。
但你知道 wonder 是「驚奇」，
「驚奇」就是 mir 的謎底。

mir=wonder 驚奇，驚異

mirror	〔mir 驚奇，-or 表示物；能映出影像，使人感到驚奇之物。最初人們對鏡子能映出影像感到驚奇〕 **鏡子**
admire	〔ad- 加強意義，mir 驚奇，驚異→驚嘆〕 **讚賞，羨慕，讚美，欽佩**
admirable	〔見上，-able 可～的〕 **令人讚賞的，可欽佩的**
admirer	〔見上，-er 表示人〕 **讚賞者，羨慕者**
admiration	〔見上，-ation 名詞字尾，表示行為、情況〕 **讚賞，羨慕，欽佩**

mirage	〔mir 奇異→奇觀，-age 名詞字尾，表示物〕 **奇景，幻景，海市蜃樓**
miracle	〔mir 驚奇，奇異，-acle 表示事物〕 **奇事，奇蹟**
miraculous	〔見上，miracle+-ous（～的）→miraculous〕 **像奇蹟一樣的，令人驚嘆的**

89 miss

missile 為何是「飛彈」？
mission 為何稱「使團」？
不識 miss 為「送，發」，
記憶猶似蜀道難。

miss=send 投，送，發（miss 也作 mit）

missile	〔miss 投擲，發射，-ile 名詞字尾，表示物〕 **投擲物，發射物，導彈，飛彈** 〔-ile 形容詞字尾，可～的〕 **可投擲的，可發射的**
dismiss	〔dis- 離開，miss 送；「送出去」，打發走〕 **開除，免職；解散**
dismission	〔見上，-ion 名詞字尾〕 **開除，免職；解散**
mission	〔miss 送，派送，委派，-ion 名詞字尾；「被派送(委派)出去者」〕 **使團，代表團；使命**

missionary	〔見上，-ary ～的〕 **（被派遣出去）傳教的** 〔轉為名詞〕 **傳教士**
manumit	〔manu 手，mit 送出，放出；「以手放出」〕 **釋放，解放**
manumission	〔見上， -ion 名詞字尾〕 **釋放，解放**
remit	〔re- 回，mit 送；「送回」，「把錢發送回去」〕 **寄錢，匯款**
remittance	〔見上，t 重複字母，-ance 名詞字尾〕 **匯款**
remittee	〔見上，-ee 人〕 **（滙票的）收款人**
transmit	〔trans- 轉，傳，mit 送，發〕 **傳送，播送，發送**
transmission	〔見上， -ion 名詞字尾〕 **傳送，發射，播送**
transmitter	〔見上，-er 表人和物〕 **傳送者；發射機，發報機**
transmissible	〔見上， -ible 可～的〕 **能傳送的，可發射的，可播送的**
intermit	〔inter- 中間，mit 投，送；「投入中間」，「中間插入」〕 **間歇，中斷**
intermission	〔見上，-ion 名詞字尾〕 **中間休息；間歇，中斷**

emissive	〔e- 外，出，miss 發，投，-ive ～的〕 發出的，發射的
emission	〔e- 外，出，miss 發，-ion 名詞字尾〕 發出，發射，散發
emissary	〔e- 出，miss 送，派 -ary 表示人〕 派出的密使，間諜
emit	〔e- 出，mit 發〕 散發，放射；發行，發出
immit	〔im- 入內，mit 投〕 投入，注入
immission	〔im- 入內，miss 投，-ion 名詞字尾〕 投入，注入
promise	〔pro- 前，先，mis=miss 發，「事先發出」之言〕 諾言，允諾
compromise	〔見上，com- 共同，promise 諾言；a mutual promise to abide by a decision，「共同承諾」遵守一項決定〕 妥協，和解
commit	〔com- 加強意義，mit 送，委派〕 委任，委派，把～交托給
committee	〔見上，-ee 表示人；「被委派的人」→ 被委派的一組人〕 委員會
commission	〔見上，-ion 名詞字尾〕 委任，委派；委員會
commissary	〔見上，-ary 人〕 委員，代表

90 mob

朝記單字，暮記單字，
朝朝暮暮無停息；
move 已被人人知，
問誰能知 mob 意？

mob=move 動

mobile	（mob 動， -ile 形容詞兼名詞字尾） **活動的，可動的；運動的；汽車**
mobility	（mob 動，-ility 易～性） **易動性；運動性；變動性**
mobilize	（見上， -ize 動詞字尾） **動員**
mobilization	（見上，-ization 名詞字尾） **動員**
demobilize	（de- 相反；「與動員相反」） **使復員**
demobilization	（見上） **復員**
immobile	（im- 不，mobile 動的） **不動的，固定的**
immobility	（見上） **不動性，固定性**
automobile	（auto- 自己，mob 動；「自動車」） **汽車**

mob	〔mob 動→動亂，暴動→暴動的人〕 **暴民，暴徒**
mob**bish**	〔見上，mob 暴民，暴徒，-ish ～的〕 **暴徒般的，暴亂的**
mob**ocracy**	〔見上，mob 暴民，暴徒，-o-，cracy 統治〕 **暴民政治，暴徒統治**
mob**ocrat**	〔見上，-crat 統治者〕 **暴民領袖，暴徒首領**
mob**ster**	〔mob 動→暴動，-ster 表示人〕 **暴徒，匪徒**

91 **mort**

death 本是尋常字，人盡皆知，
乍見 mort 頻搔頭，未曾相識。

mort=death 死	
mort**al**	〔mort 死，-al ～的〕 **終有一死的，死的，臨死的**
mort**ality**	〔見上，-ity 名詞字尾，表示性質〕 **必死性，死亡率**
im**mort**al	〔im- 不，mort 死，-al ～的〕 **不死的，永生的，不朽的**
im**mort**ality	〔見上，-ity 表示性質、情況〕 **不死，不朽，永存**
im**mort**alize	〔見上，-ize 動詞字尾，使～〕 **使不朽，使不滅，使永存**

mortician	〔mort 死，-ician 做〜職業的人〕 承辦殯葬的人
mortuary	〔mort 死→死屍，-u-，-ary 表示場所、地點〕 停屍室，殯儀館
postmortem	〔post- 以後，〜之後，mort 死〕 死後的

92 **mot**

mot 含義君牢記，
　識字就容易；
　只識 move，
怎能記住更多字？

mot=move 移動，動

motion	〔mot 動，-ion 名詞字尾，表示行為、情況〕 運動，動
motive	〔mot 動，-ive 〜的〕 發動的，運動的 〔轉為名詞〕 動機
promote	〔pro- 向前，mot 移動；「使向前移動」〕 推進，促進，提升，升級
promotion	〔見上，-ion 名詞字尾，表示行為〕 促進，推進，提升，升級
promoter	〔見上，-er 表示人〕 促進者，推進者

demote	〔de- 向下，mot 移動；「使向下移動」〕 **使降級**
demotion	〔見上，-ion 名詞字尾，表示行為〕 **降級**
remote	〔re- 回，離，mot 移動；「移走的」，遠離的， removed to a distance〕 **遙遠的**
commotion	〔com- 加強意義，mot 動，-ion 名詞字尾，表 示行為；「激烈的動盪」〕 **騷動，動亂**
locomotive	〔loc 地方，-o-，mot 移動，-ive ～的；「能 由一個地方移動至另一個地方的」〕 **移動的，運動的** 〔轉為名詞，「能牽引他物，由一地方移動至 另一地方的事物」〕 **機車，火車頭**
locomote	〔見上〕 **移動，行進**
motor	〔mot 動，-or 表示物〕 **發動機，機動車**
automotive	〔auto- 自己，mot 動，-ive ～的〕 **自動的，機動的**
motile	〔mot 動，-ile 形容詞字尾，～的〕 **(生物) 能動的，有自動力的**

93 mur

wall 亦牆壁，mur 亦牆壁，
彼此一唱一隨；
兼識則明，偏識則暗，
二者不可偏廢。

mur=wall 牆壁

mural	（mur 牆壁，-al 形容詞及名詞字尾） 牆壁的，牆壁上的；壁畫
muralist	（mural 壁畫，-ist 人） 壁畫師，壁畫家
mure	（mur 牆；「用牆圍起來」） 監禁，禁錮
immure	（im- 內，入內，mur 牆；「置於牆內」） 監禁，禁閉
immurement	（見上，-ment 名詞字尾） 監禁，禁閉
extramural	（extra- 外，mur 牆，-al ～的） 牆外的，城外的
intermural	（inter- 中間，mur 牆，-al ～的） 壁間的，牆間的
intramural	（intra- 內，mur 牆，-al ～的；「牆內的」） 內部的，(國家、城市、團體等) 自己範圍內的
photomural	（photo 照片，mural 壁畫） 壁畫式照片，大幅照片

94 **nomin**

十年寒窗苦，name 豈能不識？
搔首問蒼天，nomin 究竟何解？

nomin=name 名	
nominal	〔nomin 名，-al ～的〕 **名義上的，有名無實的**
nominate	〔nomin 名，-ate 動詞字尾，做～事〕 **提名，任命**
nomination	〔見上，-ation 名詞字尾，表示行為〕 **提名，任命**
nominator	〔見上，-ator ～者〕 **提名者，任命者**
nominee	〔見上，-ee 被～者〕 **被提名者**
denominate	〔de- 加強意義，nomin 名，-ate 做～事〕 **給～命名**
denomination	〔見上，-ation 名詞字尾〕 **命名，名稱**
ignominious	〔ig-=in- 不，nomin 名聲，-ious 形容詞字尾； 「名聲不好的」〕 **不名譽的，不光彩的，恥辱的**
ignominy	〔見上，-y- 名詞字尾，表示性質，情況〕 **不名譽，不光彩，恥辱**
innominate	〔in- 無，nomin 名，-ate 形容詞字尾，～的〕 **無名的，匿名的**

95 **nov**

new 與 nov，它們倆並肩而立，
請你認認，你可能只識其一。

nov=new 新	
novel	〔nov 新，-el 名詞字尾，表示物；新→新奇，「新奇的事」→故事〕 **小說，長篇小說** 〔轉形容詞〕 **新奇的**
novelist	〔見上，-ist 表示人〕 **小說家，小說作者**
novelette	〔見上， -ette 名詞字尾，表示小；比長篇小說小（短）的〕 **中篇小說**
novelize	〔見上，-ize 使成～〕 **使成小說，使小說化**
novelty	〔novel 新奇的，-ty 表示情況、事物〕 **新奇，新穎，新奇的事物**
novice	〔nov 新，-ice 表示人〕 **新手，初學者**
novation	〔nov 新，-ation 表示行為〕 **更新**
innovate	〔in- 加強意義，nov 新，-ate 使～做～〕 **革新，創新**
innovator	〔見上， -or ～者〕 **革新者，創新者**

innovative	〔見上，-ive ～的〕 **革新的，創新的**
innovation	〔見上，ion 名詞字尾，表示行為〕 **革新，創新，改革**
renovate	〔re- 再，nov 新，-ate 使～；「使再新」〕 **更新，刷新，翻新，修復，革新**
renovation	〔見上，-ion 名詞字尾，表示行為〕 **更新，革新，翻新**
renovator	〔見上，-or ～者〕 **更新者，革新者，刷新者，修復者**

96 **numer**

numer 含義難領悟，
博覽群書未曾遇；
添 b 寫成 number 後，
始見廬山真面目。

numer=number 數

numeral	〔numer 數，-al ～的〕 **數字的，示數的** 〔轉為名詞〕 **數字，(語法) 數詞**
numerable	〔numer 數，-able 可～的〕 **可數的，可計算的**
numerous	〔numer 數，-ous ～的〕 **為數眾多的，許多的**

numer**ate**	〔numer 數，-ate 動詞字尾，做～〕 **計算，計數，數**
numer**ator**	〔numer 數，-ator 表示人或物〕 **計算者，計算器**
numer**ical**	〔numer 數，-ical 形容詞字尾，～的〕 **數字的，用數詞表示的**
e**numer**ate	〔e- 出，numer 數，-ate 動詞字尾，做～，「數出」〕 **數，點數，列舉**
e**numer**able	〔見上，-able 可～的〕 **可點數的，列舉的**
e**numer**ation	〔見上， -ation 表示行為及行為結果〕 **計數，列舉，細目**
in**numer**able	〔in- 無，不， numer 數，-able 可～的〕 **數不清的，無數的**
de**numer**able	〔de- 加強意義，numer 數，-able 可～的〕 **可數的**
super**numer**ary	〔super- 超，超出，numer 數，-ary ～的；「超出定數之外的」〕 **額外的，多餘的** 〔-ary 表示人或物〕 **多餘的人（或物）**

97 onym

初學三日識 name，
豈知 onym 也是「名」；
細觀下列單字裡，
onym 默默顯神通。

onym=name 名

onymous	〔onym 名，-ous ～的〕 **有名字的，署名的**
anonym	〔an- 無，onym 名〕 **匿名者，無名氏**
anonymous	〔an- 無，onym 名，-ous ～的〕 **無名的，匿名的**
anonymity	〔an- 無，onym 名，ity 名詞字尾〕 **無名，匿名**
cryptonym	〔crypt 隱，匿，onym 名〕 **匿名**
homonymous	〔hom(o) 同，onym 名，-ous ～的〕 **同名的**
matronymic	〔matr 母，onym 名，-ic ～的〕 **取自母名的 (名)**
patronymic	〔patr 父，onym 名，-ic ～的〕 **源於父名的 (姓)**
pseudonym	〔pseud- 假，onym 名〕 **假名**

pseudonymous	（pseud- 假，onym 名，-ous ～的） **（使用）假名的**
pseudonymity	（見上，-ity 名詞字尾） **使用假名**
synonym	（syn- 同，相同，onym 名；「相同名稱」） **同義詞，同義字，同義語**
synonymic	（見上，-ic ～的） **同義的，同義詞的**
synonymous	（見上，-ous ～的） **同義的，同義詞的**
synonymity	（見上，-ity 名詞字尾） **同義**
antonym	（ant-=anti- 相反，onym 名；「相反名稱」） **反義詞，反義字，反義語**

98　oper

字到用時方恨少，
熟記字根方法好。
識得 oper 是「工作」，
眾多單字忘不了。

oper=work 工作

operate	（oper 工作，-ate 動詞字尾，做～） **工作，操作，運轉；動手術**
operation	（oper 工作，-ation 表示行為） **工作，操作，運轉；(外科)手術**

operator	〔oper 工作，操作，-ator 者〕 **操作人員；(外科)施行手術者**
operative	〔oper 工作，操作，-ative ～的〕 **工作的，操作的；手術的**
operable	〔oper 工作，操作，-able 可～的〕 **可操作的；能施行手術治療的**
operose	〔oper 工作→勞動，出力，-ose 形容詞字尾〕 **費力的，用功的，勤勉的**
inoperable	〔in- 不，oper 工作，操作→動手術，-able 能～的〕 **不能施行手術的，不宜動手術的**
cooperate	〔co- 共同，oper 工作，-ate 動詞字尾，做～〕 **合作，協作**
cooperation	〔見上，-ation 表示行為〕 **合作，協作**
cooperator	〔見上，-ator 者〕 **合作者，合作社社員**
cooperative	〔見上，-ative ～的〕 **合作的，協作的** 〔轉為名詞〕 **合作社**
opera	〔oper 工作→動作→表演，作戲→戲〕 **歌劇**
operatic	〔見上，-tic 形容詞字尾，～的〕 **歌劇的，歌劇式的**

99 ori

誰都知道 east 是「東方」，
為什麼 orient 的意義也與 east 一樣？
你必須懂得 ori 的含義怎講，
你才能了解其中的文章。

ori=rise 升起

orient	〔ori 升起；原意為「太陽升起的地方」〕 東方，東方的
oriental	〔見上，orient 東方，-al ～的〕 東方的
orientate	〔orient 東方，-ate 動詞字尾，做～事〕 指向東方，定方位，指示方向
orientation	〔見上，-ion 名詞字尾，表示行為〕 向東，定向，定位，指示方向
disorient	〔dis- 離開，orient 東方，方向〕 使迷失方向 (或方位)
disorientate	〔見上，-ate 動詞字尾〕 不辨方向
disorientation	〔見上，-ion 名詞字尾〕 不辨方向
reorientation	〔re- 再，orientation 定方向〕 再定方向，重定方向
origin	〔ori 升起→發生，發起→起源〕 原始，起源，由來，出身

original	〔見上，-al ～的〕 **起源的，原始的，最初的**
originate	〔見上，-ate 動詞字尾〕 **發起，發生，起源**

100　oto

oto 兩邊是圓圈，
頗似兩個耳朵眼。
「oto」，「耳朵」音相近，
一次記住能久遠。

oto=ear 耳（oto 也作 ot）

otology	〔oto 耳，-logy ～學〕 **耳科學**
otologist	〔oto 耳，-logist ～學者〕 **耳科學者，耳科醫生**
otopathy	〔oto 耳，pathy 病〕 **耳病**
otophone	〔oto 耳，phon 聲音〕 **助聽器**
otorhinolaryngology	〔oto 耳，rhino 鼻，laryngo 喉，-logy ～學〕 **耳鼻喉科學**
otoscope	〔oto 耳，scope 鏡〕 **檢耳鏡，耳鏡**
otolith	〔oto 耳，lith 石〕 **耳石**

otalgia	〔ot 耳，alg 痛，-ia 表疾病〕 **耳痛**
otalgic	〔ot 耳，alg 痛，-ic ～的〕 **耳痛的**
otitis	〔ot 耳，-itis 炎症〕 **耳炎**
otic	〔ot 耳，-ic ～的〕 **耳的，耳部的**
parotic	〔par- 在旁邊，ot 耳，-ic ～的〕 **近耳的，耳旁的**
parotid	〔par- 在旁邊，ot 耳；「在耳旁」→在耳下〕 **耳下腺，腮腺**
parotitis	〔見上，-itis 炎症〕 **腮腺炎**

101 paci

peace 熟悉 paci 生，
二者原都是「和平」。
細嚼下列單字後，
paci 從此不陌生。

paci=peace 和平，平靜

pacific	〔paci 和平，-fic 形容詞字尾，～的〕 **和平的，太平的，平靜的**
pacify	〔paci 和平，-fy 動詞字尾，使～〕 **使和平，使平靜，使平定，撫慰**

pacifier	〔見上，-er 表示人〕 平定者，平息者，撫慰者
pacification	〔見上，-fication 名詞字尾，表示行為、情況〕 平定，平息，綏靖，太平
pacificator	〔見上，-ator 者〕 平定者
pacifism	〔見上，-ism 主義〕 和平主義，不抵抗主義
pacifist	〔見上，-ist ～主義者〕 和平主義者，不抵抗主義者
repacify	〔re- 再，pacify 平定〕 再平定，再平息

102 **past**

誰都知 past 就是「過去」，
但此處 past 另有含義。
形同義不同，
務須分清、牢記。

past=feed 餵，食

pasture	〔past 餵，食，-ure 表示行為，事物；「餵牛、羊」，「牛、羊吃草」〕 放牧，牧場 〔轉為動詞〕 (牛、羊)吃草，放牛／羊吃草

pasturage	〔見上，-age 表示行為〕 放牧 〔-age 表示場所〕 牧場
pastureland	〔見上，land 場地〕 牧場
depasture	〔de- 加強意義，pasture 放牧〕 放牧，放養，（牛、羊）吃草
pastor	〔past 餵，-or 表示人；「餵牛、羊的人」〕 牧人，牧羊人；（基督教的）牧師
pastoral	〔見上，-al ～的〕 牧（羊）人的，牧人生活方式的，畜牧的 〔轉為〕 鄉村的，田園詩的
pastoralist	〔見上，-ist 人〕 放牧者，畜牧者；田園詩人
pastoralism	〔見上，-ism 表示行為、風格等〕 畜牧，田園作品的風格
repast	〔re- 加強意義，past 食〕 餐，飲食，就餐，設宴
paste	〔past 食，吃；一種「食物」〕 （做點心用的）加油脂的麵糰；麵糊，糊狀物， 漿糊

103 pel

自古擒賊先擒王，
欲記單字先記根。
若知 pel 是「推、逐」，
如許單字在甕中。

pel=push，drive 推，逐，驅

propel	〔pro- 向前，pel 推〕 **推進，推動**
propeller	〔見上，-er 表示人或物〕 **推進者，推進器，螺旋槳**
propellent	〔見上，-ent ～的〕 **推進的** 〔-ent 表示人或物〕 **推進物，推進者**
expel	〔ex- 出，外，pel 驅逐〕 **逐出，趕出，驅逐，開除**
expeller	〔見上，-er 者〕 **逐出者，驅逐者**
expellee	〔見上，-ee 被～的人〕 **被驅逐 (出國) 者**
expellable	〔見上，-able 可～的〕 **可逐出的**
expellant	〔見上，-ant ～的〕 **趕出的，驅除的**

repel	〔re- 回，pel 逐；「逐回」〕 擊退，反擊，抵抗，防止
repellence	〔見上，-ence 表示性質〕 反擊性，抵抗性
repellent	〔見上，-ent ～的〕 擊退的，擊回的，排斥的 〔-ent 表示物〕 防護劑，防水布
dispel	〔dis- 分散，pel 驅〕 驅散
compel	〔com- 加強意義，pel 驅逐，驅使；「驅使～做某事」〕 強迫，迫使
compellable	〔見上，-able 可～的〕 可強迫的
compeller	〔見上，-er 者〕 強迫他人者，驅使別人者
impel	〔im- 加強意義，pel 推〕 推動，激勵
impeller	〔見上，-er 表示人或物〕 推動者，推動器

104　pend

depend 是「依靠」，
expend 是「花費」；
這兩個字有何內在聯繫，
尚須仔細尋覓。

小知識：
秤量物體的重量時，須將物體懸起、吊起，因此懸掛(物體)→
秤量(物體的重量)。
而金、銀等物作為錢幣使用時，付錢也須秤量其重量，於是秤量
(金銀等的重量)→付錢、支出，花費
綜上所述，pend，pens 由「懸掛」引申為「秤量」，再引申為「付
錢，支出，花費」

(a) pend，pens=hang 懸掛

depend	〔de- 下，pend 懸掛；「掛在他物下面」，「依附於另一物體」〕 **依靠，依賴**
dependent	〔見上，-ent ～的〕 **依靠的，依賴的，不獨立的，從屬的**
dependence	〔見上，-ence 名詞字尾〕 **依靠，依賴**
dependency	〔見上，-ency 名詞字尾〕 **依賴，從屬，屬地，屬國**
dependable	〔見上，-able 可～的〕 **可依賴的，可依靠的**

independent	〔in - 不，depend 依靠，-ent ～的〕 獨立的，自主的
independence	〔見上，-ence 名詞字尾，表示行為、情況〕 獨立，自主
independency	〔見上，-ency=-ence〕 獨立，獨立國
interdepend	〔inter- 互相，depend 依賴〕 互相依賴
interdependence	〔見上，-ence 名詞字尾〕 互相依賴
interdependent	〔見上，-ent ～的〕 互相依賴的
pending	〔pend 懸掛，-ing ～的〕 懸而未決的
pendent	〔pend 懸掛，-ent ～的〕 懸空的，下垂的，懸而未決的 〔-ent 表示物〕 懸垂物
suspend	〔sus=sub- 下，pend 懸，吊，掛；「掛起來」〕 掛，懸，中止，暫停
suspension	〔見上，-ion 名詞字尾，表示行為、情況〕 懸掛，懸而不決，中止，暫停
suspensive	〔見上，-ive ～的〕 懸掛的，懸而不決的，暫停的
suspensible	〔見上，-ible 可～的〕 可懸掛的，可吊起來的

append	（ap- 表示 to， pend 懸掛） 掛上，附加
appendage	（見上 -age 名詞字尾，表示物） 附加物，附屬物
impend	（im- 加強意義，pend 懸掛） 懸掛 （懸在上面→懸在頭上→事到臨頭） 即將發生，即將來臨，逼近
impending	（見上，-ing ～的） 即將來臨的，迫近的
impendent	（見上，-ent ～的） 懸掛的；即將發生的，逼近的

(b) pend，pens=weigh 秤量

dispense	（dis- 分散，pens 秤量；「分開秤量物品分量， 進行分配」） 分配，分發，配發
dispensary	（見上，-ary 表示場所、地點；「分配藥品的 地方」） 藥房，配藥處
dispensation	（見上，-ation 名詞字尾） 分配，分給；分配物
dispenser	（見上， -er 表示人） 分配者，施與者，配藥者，藥劑師 （-er 表示物） 分配器，配出器，自動售貨機
pensive	（pen 秤量→衡量，權衡→思考，-ive ～的） 沉思的

perpend	〔per- 完全，十分，徹底，pend 秤量→衡量；「仔細秤量」→仔細衡量〕 **細思，思考，考慮**
ponder	〔pond ← pend 秤量，-er 動詞字尾；秤量→衡量，權衡→量、思考〕 **深思，考慮，估量，衡量**
ponderable	〔見上，-able 可～的〕 **可衡量的，可估量的**

(c) pend，pens=pay 付錢，支出，花費

expend	〔ex- 出，pend 付錢；「把錢付出」〕 **花費，消費，用款**
expenditure	〔見上，-ture=-ure，表示行為或行為的結果〕 **支出，消費，花費**
expendable	〔見上，able 可～的〕 **可消費的**
expense	〔ex- 出，pens 付錢〕 **支出，花費，消費**
expensive	〔見上，-ive ～的〕 **花費的，花錢多的，昂貴的**
spend	〔s- 為 ex- 或 dis- 的縮形，pend 花費〕 **花錢，花費，消耗 (時間)**
pension	〔pens 付錢，-ion 名詞字尾，表示物；每年「付出的錢」〕 **年金，養老金，退休金**
pensioner	〔見上，-er ～者〕 **領取養老金者**

105 **pet**

已知 seek 是「追求」，
學無止境勿停留；
若能再知 pet 意，
才能更上一層樓。

pet=seek 追求

compete	〔com- 共同，pet 追求；「共同追求」〕 **競爭，角逐，比賽**
competition	〔見上，-ition 名詞字尾，表示行為〕 **競爭，角逐，比賽**
competitive	〔見上，-itive 形容詞字尾，～的〕 **競爭的，比賽的**
competitor	〔見上，-itor 表示人〕 **競爭者，比賽者**
appetite	〔ap- 表示 to 向，pet 追求→渴求，渴望〕 **慾望，食慾**
appetence	〔見上，-ence 表示情況〕 **強烈的慾望，渴望**
appetent	〔見上，-ent ～的〕 **渴望的，有慾望的**
appetizing	〔見上，-iz(e) +-ing ～的〕 **促進食慾的，開胃的**
petiton	〔pet 追求→請求，尋求，-ition 表示行為〕 **申請，請求，請願，請願書**

petitionary	〔見上，-ary ～的〕 請求的，申請的，請願的
petitioner	〔見上，-er 者〕 請求者，請願者
centripetal	〔centr 中心，-i-，pet 追求→趨向，-al ～的； 「趨向中心的」〕 向心的

106 # phon

microphone，麥克風，
phone 非「風」，實乃「聲」；
音譯意譯不相同，
勸君須分清。

phon=sound 聲音

microphone	〔micro- 微小，phon 聲音；「把微小聲音放大」 的儀器〕 擴音器，麥克風，話筒
telephone	〔tele 遠，phon 聲音；「由遠處（電波通過） 傳來的聲音」〕 電話
phone	〔telephone 的縮略形式〕 電話
videophone	〔video 電視，phone 電話〕 視訊電話
otophone	〔oto 耳，phon 聲音〕 助聽器

symphony	（sym- 共同→互相，phon 聲音，音響，-y 名詞字尾，表示事物） **交響樂**
symphonic	（見上，-ic ～的） **交響樂的**
phonetic	（phon 聲音→語音，-etic ～的） **語音的**
phonetics	（見上， -ics ～學） **語音學**
phonetist	（見上， -ist 表示人） **語音學家**
electrophone	（electro 電，phon 聲音） **電子樂器**
stereophone	（stereo 立體，phon 聲音） **立體音響**
gramophone	（gram 寫→記錄，-o-，phon 聲音；「記錄聲音」的儀器） **留聲機**
phonology	（phon 音→音韻，-o-，-logy ～學） **音韻學**
euphonious	（eu- 優美，好， phon 聲音，ous ～的） **聲音好聽的**
cacophonous	（caco 惡，phon 音，-ous ～的） **音調不和諧的**
phonic	（phon 聲音，-ic ～的） **聲音的，語音的**
phonics	（phon 聲音，-ics ～學） **聲學**

aphonia	〔a- 無，phon 聲音，-ia 名詞字尾〕 **失音 (症)**
dysphonia	〔dys- 困難，phon 聲音→發音〕 **發音困難**
polyphone	〔poly- 多，phon 聲音〕 **多音字母，多音符號**
polyphonic	〔見上，-ic ～的〕 **多音的**
megaphone	〔mega 大，「把聲音擴大」的儀器〕 **擴音器，喇叭筒**

107　pict

picture 與 painting，
兩個都是熟面孔。
除去字尾 -ure 與 -ing，
paint 熟悉 pict 生。

pict=paint 畫，描繪

picture	〔pict 繪，-ure 名詞字尾〕 **繪畫，圖畫，畫像，圖片**
picturesque	〔見上，-esque 如～的〕 **如畫的**
picturize	〔見上，-ize 動詞字尾〕 **用圖畫表現**
pictograph	〔pict 繪→圖形，-o-，graph 寫→文字〕 **象形文字**

pictographic	〔見上，-ic ～的〕 象形文字的
depict	〔de- 加強意義，pict 繪〕 描繪，描述
depicture	〔見上〕 描繪，描述
pictorial	〔pict 畫，-or-，-ial ～的〕 繪畫的，圖片的 〔轉為名詞〕 畫報
pictorialize	〔見上，-ize 動詞字尾〕 用圖畫表示

108 pisc

初學十日識 fish，
未聞 pisc 亦稱「魚」。
熟記字根作用大，
識字無須費苦思。

pisc=fish 魚

piscary	〔pisc 魚，-ary 表抽象名詞及場所地點〕 捕魚權；捕魚場
piscatology	〔見上，-logy ～學〕 捕魚學
piscator	〔pisc 魚，-ator 表示人〕 捕魚者；釣魚人

piscatorial	〔見上，-ial ～的〕 漁民的，漁業的
pisciculture	〔pisc 魚，-i-，culture 養〕 養魚學，養魚術
piscicultural	〔見上，-al ～的〕 養魚的
pisciculturist	〔見上，-ist ～者〕 養魚者，養魚專家
pisciform	〔pisc 魚，-i-，-form 如～形的〕 魚狀的
piscine	〔pisc 魚，-ine 如～的〕 似魚的，魚的
piscivorous	〔pisc 魚，-i-，vor 吃，-ous ～的〕 食魚的，以魚為食的

109 plen

你最先認識 full 是「滿」，
卻未曾和 plen 見過面；
雖然它不是一個單字，
也應把它當作單字來唸。

plen=full 滿，全

plenty	〔plen 滿→豐足，-ty 表示情況、狀態〕 豐富，充足，大量
plentiful	〔見上，-ful ～的〕 豐富的，充足的，大量的

plenitude	（plen 滿，全，-itude 表示情況、狀態） **豐富，充足，完全，充分**
plenary	（plen 全，-ary ～的） **完全的，全部的，全體的**
plenum	（plen 滿，全，-um 表示抽象名詞） **充滿，充實；全體會議**
plenipotentiary	（plen 全，-i-，potent 權力，權能，-i-，ary 表示人） **全權大使** （-ary ～的） **有全權的**
plenilune	（plen 滿，-i-，lun 月亮） **滿月，望月，月滿之時**
deplenish	（de- 非，相反，plen 滿，充滿，-ish 動詞字尾，做～事，「與充滿相反」的動作） **倒空，弄空，使空**
replenish	（re 再，plen 滿，-ish 動詞字尾，使～） **（再）填滿，（再）裝滿**
replenisher	（見上，-er 者） **（再）裝滿者，補充者**

110 **plic**

explication 為何是「解釋、説明」？
complication 為何是「複雜、糾紛」？
plic 猶如一把鑰匙，
助君打開解惑之門。

plic=fold 折，重疊

complicate	〔com- 加強意義，plic 重疊，重複→多層，複雜，-ate 動詞字尾〕 **使複雜，變複雜** 〔-ate 形容詞字尾，～的〕 **複雜的**
complication	〔見上，-ation 名詞字尾〕 **複雜，混亂，糾紛**
complicated	〔見上，-ed ～的〕 **複雜的，難解的**
complicacy	〔見上，-acy 名詞字尾〕 **複雜，複雜性，複雜的事物**
explicate	〔ex- 出，plic 折疊→包藏→深藏→深奧；to unfold the meaning of，「揭出深奧之處」〕 **解釋，説明**
explicable	〔見上，-able 可～的〕 **可解釋的，可説明的**
explication	〔見上，-ation 名詞字尾〕 **解釋，説明**
explicatory	〔見上，-ory ～的〕 **解釋的，説明的**

supplicate	〔sup- 下，plic 折，-ate 動詞字尾；「向下折」→折下腰→彎下身→曲膝而求〕 **懇求，哀求**
supplication	〔見上，-ation 名詞字尾〕 **懇求，哀求**
supplicatory	〔見上，-atory 形容詞字尾，～的〕 **懇求的，哀求的**
implicate	〔im-=in 內，plic=fold，-ate 動詞字尾；to fold in〕 **含有～意思；使捲入，使牽連**
implication	〔見上，-ation 名詞字尾〕 **含蓄；牽連**
duplicate	〔du 雙，二，plic 重疊，重複，-ate 使～〕 **使成雙，複製，複寫** 〔-ate ～的〕 **二重的，二倍的，複製的** 〔轉為名詞〕 **複製品**
duplication	〔見上，-ation 名詞字尾〕 **成雙，成倍，複製，複製品**
duplicity	〔見上，-ity 表示性質〕 **二重性，表裡不一，口是心非**
multiplicate	〔multi- 多，plic 重疊，-ate ～的〕 **多重的，多倍的，多樣的**
multiplicity	〔見上，-ity 表示性質〕 **多重性，多倍，多樣，複雜**

111 pon

記住 pon 的意義，
對於識字有利，
眾多字的結構，
就可容易分析。

pon=put 放置

postpone	〔post- 後，pon 放，「往後放」〕 **推後，延遲，延期**
antepone	〔ante- 前，pon 放，「往前放」〕 **移前**
component	〔com- 共同，一起，pon 放，-ent ～的；「放在一起」→合在一起〕 **合成的，組成的** 〔-ent 表示物〕 **組成部分**
compound	〔com- 共同，一起，poun=pon 放；「放在一起的」〕 **混合的，化合的，混合物，化合物**
opponent	〔op-=ob- 相反，相對，pon 放置，-ent ～的，「置於相反位置上的」〕 **對立的，對抗的** 〔-ent 表示人〕 **對手，敵手**
propone	〔pro- 向前，pon 放；「向前放」→向前呈現〕 **提出，提議，建議**

proponent	〔見上，-ent 表示人〕 **提出者，提議者**
exponent	〔ex- 出，外，pon 放，擺，-ent ～的；「擺出來的」〕 **擺明的，説明的，講解的** 〔-ent 表示人〕 **説明者**
exponible	〔見上，-ible 可～的〕 **可説明的**

112 popul

試看 popul，people，
兩者「相貌」相似。
本來就是「同胞」，
意義非常好記。

popul=people 人民	
population	〔popul 人民→居民，-ation 名詞字尾〕 **全體居民，人口**
populous	〔popul 人民→居民， -ous ～的〕 **人口稠密的**
populate	〔popul 人民，-ate 動詞字尾，使～，做～〕 **使人民居住於～中，使人口集中在～之中，移民於～**
repopulate	〔re- 再，重新，見上〕 **使人民重新居住於～**

depopulate	〔de- 除去，去掉，popul 人民 → 人口，-ate 使～〕 使 (某地) 人口減少，減少人口
depopulation	〔見上，-ation 表示行為、情況〕 人口減少
popular	〔popul 人民，民眾 → 大眾，-ar ～的〕 人民的，大眾的，大眾化的，通俗的，大眾喜歡的
popularity	〔見上， -ity 名詞字尾，表示性質〕 大眾性，通俗性
popularize	〔見上， -ize ～化，使～〕 (使) 大眾化，(使) 普及，推廣
popularizer	〔見上， -er 者〕 普及者，推廣者
popularization	〔見上，-ation 表示行為〕 普及，推廣，通俗化
unpopular	〔un- 不，popular 大眾的，通俗的〕 不通俗的，不流行的
populace	〔popul 人民 → 平民，-ace 名詞字尾〕 平民，大眾

113 port

import，export—進口，出口；
port 怎解，問君知否？

port=carry 拿，帶，運

portable	〔port 拿，帶，-able 可～的〕 **可攜帶的，手提的**
import	〔im- 入，port 拿，運；「拿進，運入」〕 **輸入，進口**
importation	〔見上，-ation 名詞字尾，表示行為〕 **輸入，進口**
reimport	〔re- 再，見上〕 **再輸入，再進口**
export	〔ex- 出，port 運，拿；「運出去」〕 **輸出，出口**
exportation	〔見上，-ation 名詞字尾，表示行為〕 **輸出，出口**
reexport	〔re- 再，見上〕 **再輸出，再出口**
transport	〔trans- 轉移，越過，由～到～，port 運〕 **運送，運輸**
transportation	〔見上，-ation 名詞字尾，表示行為〕 **運送，運輸，客運，貨運**
deport	〔de- 離開，port 運，送；「送離」，「送出去」〕 **驅逐出境，放逐**

deportation	〔見上，-ation 表示行為〕 **驅逐出境，放逐**
deportee	〔見上，-ee 被～的人〕 **被驅逐出境的人**
report	〔re- 回，port 拿，帶；「把消息、情況等帶回來」〕 **報告，匯報**
reportage	〔見上，-age 表示行為、事物〕 **新聞報導，報導文學**
portage	〔port 運，-age 表示行為、費用〕 **運輸，搬運，運費**
porter	〔port 運→搬運，-er 表示人〕 **搬運工人**
support	〔sup-=sub- 下，port 拿，持；「由下持撐」→使不倒下〕 **支撐，支持，支援**
supporter	〔見上，-er 表示人〕 **支持者，支援者**
portfolio	〔port 拿，持，folio 對折紙，對開本；「手持的對開本形之物」〕 **公文夾，文件夾，公事包**
sport	〔s-=dis- 分開，離，port=carry；to carry (or remove) oneself away from (one's) work，由工作中分身出來，把自己從工作中解脫出來→使自己輕鬆一下〕 **娛樂，玩，運動**

114 **pos**

put 雖熟，pos 猶應牢記；
下列單字，望文可以生義。

pos=put 位置

expose	〔ex- 出，外，pos 放，擺；「擺出來」→把～亮出來〕 **揭露，揭發，使暴露**
exposure	〔見上，-ure 名詞字尾〕 **揭露，揭發，暴露**
compose	〔com- 共同，一起，pos 放；「放在一起」→組合在一起〕 **組成，構成，創作**
composition	〔見上，-ition 表示物；「構成的東西」，「創作出來的東西」〕 **作文，作品，樂曲**
composer	〔見上，-er 者〕 **創作者，作曲者**
preposition	〔pre- 前，pos 放置，-ition 表示物；「放在 (名詞) 前面的詞」〕 **前置詞，介系詞**
oppose	〔op- 相反，相對，pos 位置；「置於相反位置或立場」〕 **反對，反抗，對抗**
opposition	〔見上，-ition 表示行為、情況〕 **反對，反抗，對立，相反**

opposite	〔見上，-ite 形容詞字尾，～的〕 **相反的，對立的，對面的**
dispose	〔dis- 分開，pos 放；「分開放置」，「分別擺設」〕 **布置，安排，配置，處理**
disposal	〔見上，-al 名詞字尾，表示行為、事情〕 **布置，安排，處理**
disposition	〔見上， -ition 名詞字尾〕 **布置，安排，處理**
propose	〔pro- 向前，pos 放置→呈；「向前呈」，「呈現」〕 **提出，提議，建議**
proposal	〔見上，-al 名詞字尾，表示事物、行為〕 **建議，提議；(建議等的) 提出**
proposition	〔見上，-ition 名詞字尾〕 **建議，提議，提出**
pose	〔pos 放置→擺放〕 **擺 (好) 姿勢，擺樣子，裝腔作勢**
posture	〔pos 放置→擺放，-ture 名詞字尾；「擺出的姿勢」〕 **姿勢，姿態**
reposit	〔re- 回，pos 放；「放回去」，「放回原處」〕 **保存，貯藏；使復位，使返回原處**
reposition	〔見上，-ion 名詞字尾〕 **貯藏；復位，回原處**

purpose	（pur-=pro- 前面，pos 放；放在自己前面的，that which one places before himself as an object to be attained → intention） **目的，意圖，打算，意向**
position	（pos 放置，-ition 名詞字尾；「放置的地方」） **位置**
interpose	（inter- 中間，pos 放置；「置於其中」） **插入，介入其中，干預**
transpose	（trans- 轉換，改變，pos 放置） **使互換位置，調換位置**
deposit	（de- 下，pos 放；「放下」→存放） **寄存，存放，存款，儲蓄**
depose	（de- 下，pos 放；「往下放」→使降下） **罷～的官，廢黜，免職**
deposition	（見上，-ition 名詞字尾） **免職，罷官，廢黜**

115 preci

你雖不識 preci，
但卻認識 price，
音、形略相似，
意義不難記

preci=price 價值

precious	（preci 價值，-ous 有～的；「有價值的」） **寶貴的，珍貴的**

appreciate	〔ap- 表示 at 或 to，preci 價值，-ate 動詞字尾；「論價」〕 **評價，鑑賞，欣賞**
appreciation	〔見上，-ion 名詞字尾，表示行為〕 **評價，鑑賞，欣賞**
appreciative	〔見上，-ive ～的〕 **有評價能力的，有欣賞力的**
appreciator	〔見上，-or 表示人〕 **評價者，欣賞者，鑑賞者**
depreciate	〔de- 下一降下，preci 價值，-ate 動詞字尾〕 **降低價值，跌價，貶值，輕視**
depreciation	〔見上，-ion 名詞字尾〕 **跌價，貶值，輕視**
depreciatory	〔見上，-ory ～的〕 **跌價的，貶值的，輕視的**
praise	〔prais=preci=price 價值，評價；「稱其有很高價值」，「給予很高評價」〕 **稱讚，讚美，讚揚，頌揚**

116 punct

苦恨年年記單字，
猶有 punct 未曾遇。
它與 point 音近似，
原來是「點」又是「刺」。

punct=point，prick 點，刺	
punctuate	〔punct 點，-u-，-ate 動詞字尾〕 **加標點於～，點標點**
punctuation	〔見上，-ation 名詞字尾〕 **點標點，標點法，標點符號**
punctate	〔punct 點，-ate 形容詞字尾，～的〕 **縮成一點的，點狀的**
punctual	〔punct 點，-ual ～的；「著於一點的」→限於一點的→不偏不差的〕 **精確的，準確的，準時的**
punctuality	〔見上，-ity 名詞字尾〕 **準時，嚴守時刻**
punctum	〔punct 點，-um 名詞字尾〕 **斑點**
puncture	〔punct 刺，-ure 名詞字尾〕 **刺，穿刺，刺痕** 〔轉為動詞〕 **(用針)刺，刺破，刺穿**
puncturable	〔見上，-able 可～的〕 **可刺穿的**

acupuncture	〔acu 針，puncture 刺〕 針刺、針刺療法、針灸治療
compunction	〔com- 加強意義，punct 刺，-ion 名詞字尾;「良心受到刺痛」〕 內疚，良心的責備，後悔
compunctious	〔見上，-ious ～的〕 內疚的，使內疚的，後悔的
pungent	〔pung=punct (g ← ct) 刺，-ent ～的〕 (氣味等) 刺鼻的，刺激性的，辣的;(語言等) 尖刻的，辛辣的
pungency	〔見上，-ency 名詞字尾〕 (氣味等的) 辛辣，刺激性;(語言等的) 尖刻，辛辣

117 **pur**

pur 是什麼你可能回答不了，
pure 的意義你卻早已知道。
須知在許多派生字中，
字母 e 常常被省略掉。

---

pur=pure 清，純，淨

purify	〔pur 純淨，-i，-fy 使～〕 使純淨，使潔淨
purifier	〔pur 純淨，-i，-fier 使成～的人或物〕 使潔淨的人 (或物)

purification	〔pur 純淨，-i-，-fication 名詞字尾，～化，化成～〕 **純化，淨化**
purity	〔pur 純淨，-ity 名詞字尾，表示性質〕 **純淨，潔淨，純正**
impurity	〔im- 不，見上〕 **不純，不潔**
depurate	〔de- 加強意義，pur 潔淨，-ate 動詞字尾，使成～〕 **使淨化，淨化，提純**
depuration	〔見上，-ation 名詞字尾，表示行為、情況〕 **淨化，提純**
depurative	〔見上，-ative 形容詞字尾〕 **淨化的**
depurator	〔見上，-ator 表示物〕 **淨化劑，淨化器**
depurant	〔見上，-ant 表示物〕 **淨化劑，淨化器**
purism	〔pur 純淨，-ism 表示主義、流派〕 **(藝術上的) 純粹派，純粹主義**
Puritan	〔purit(y) 清淨，純，-an 表示人〕 **清教徒 (基督教新教的一派)** 〔-an～的〕 **清教徒的**
Puritanism	〔見上，-ism 主義〕 **清教主義，清教徒的習俗和教義**
puritanize	〔見上，-ize 使成～，變成～〕 **(使) 變成清教徒**

radic

eradicate 是「根除」，
「根」在哪裡？
「除」在何處？
難住學生無其數。

radic=root 根

radical	〔radic 根，-al ～的〕 **根本的，基本的** 〔轉為名詞〕 **根部，基礎**
eradicate	〔e- 除去，radic 根，-ate 動詞字尾〕 **根除，除根，斬根，連根拔**
eradication	〔見上，-ation 名詞字尾〕 **根除，斬根，消滅**
eradicable	〔見上，-able 可～的〕 **可根除的**
eradicator	〔見上，-ator 表示人或物〕 **根除者，除根的**
eradicative	〔見上，-ative ～的〕 **根除的，消滅的**
radicate	〔radic 根，-ate 動詞字尾，使～〕 **使生根；確立**
radix	〔radix=radic〕 **根，根本，根源**

radicle	〔rad=radic 根，-icle 表示小〕 小根，幼根
radish	〔radish=radic 根；「一種植物的根」〕 小蘿蔔，蘿蔔 (蘿蔔是植物的根)

119 rect

你對 correct 當然心中了然，
rectify，rectitude 你能否分辨？
「秀才識字認半邊」，
認得 rect 可認單字一串。

rect=right，straight 正，直	
correct	〔cor- 表示加強意義，rect 正，直〕 改正，糾正，正確的
correction	〔見上，-ion 名詞字尾，表示行為、行為的結果〕 改正，糾正，矯正，校正
corrective	〔見上，-ive ～的〕 改正的，糾正的，矯正的
corrector	〔見上，-or ～者〕 改正者，矯正者，校正者
correctitude	〔見上，-itude 名詞字尾，表示情況、狀態〕 (行為的) 端正
incorrect	〔in- 不，correct 正確的〕 不正確的

rectify	〔rect 正，直，-i，-fy 使～；「使正」〕 **糾正，整頓**
rectification	〔見上，-fication 名詞字尾，表示行為〕 **糾正，整頓**
rectifier	〔見上，- fier 使成～者〕 **糾正者，整頓者，矯正器**
rectitude	〔rect 正，直，-itude 名詞字尾，表示情況、狀態、性質〕 **正直，正確，筆直**
rectilineal	〔rect 直，-i，line 線，-al ～的〕 **直線的，直線運動的**
rectangle	〔rect 直，angle 角；「直角的圖形」〕 **矩形，長方形**
erect	〔e- 出→向上，rect 直〕 **直立的，垂直的，使豎直，使豎立**
erectile	〔見上，-ile 可～的〕 **可豎直的**
erection	〔見上，-ion 名詞字尾〕 **直立，豎直**
erective	〔見上，-ive ～的〕 **直立的，豎起的**
erector	〔見上，-or 者〕 **樹立者，建立者**
rectum	〔rect 直，-um 名詞字尾，表示物〕 **直腸**

direct（1）	〔di-=de- 加強意義，rect 正→矯正，糾正→指正，指導〕 **指示，指引，指揮，命令**
direction	〔見上，-ion 名詞字尾〕 **指示，指引，說明** 〔指導；指引的方位〕 **方向，方位**
directional	〔見上，-al 形容詞字尾〕 **方向的，定向的**
director	〔見上，-or 表示人〕 **指導者，處長，局長，主任，指揮，導演**
directress	〔見上，-ress 表示女性〕 **女指導者，女指揮，女導演**
directive	〔見上，-ive 名詞字尾，表示物〕 **指令，指示，命令** 〔-ive ～的〕 **命令的，指導的**
direct（2）	〔di-=de- 加強意義，rect 直→直接〕 **直接的**
directly	〔見上，-ly 副詞字尾，～地〕 **直接地**
indirect	〔in- 不，非，direct 直接的，「非直接的」〕 **間接的，迂迴的**
indirectly	〔見上，-ly ～地〕 **間接地**
indirection	〔見上，-ion 名詞字尾〕 **間接、迂迴、兜圈子**

⑫⓪ **rupt**

乍見 rupt，知否是「破碎」？
只識 break，眾多單字難記憶

rupt=break 破	
rupture	〔rupt 破，-ure 名詞字尾，表示情況、狀態〕 **破壞，裂開，決裂** 〔轉為動詞〕 **使破裂、裂開**
interrupt	〔inter- 在～中間，rupt 破→斷〕 **中斷，打斷**
interruption	〔見上，-ion 名詞字尾〕 **中斷，打斷**
disrupt	〔dis- 分開，rupt 破裂〕 **分裂，瓦解，使崩裂**
disruptive	〔見上，-ive ～的〕 **分裂的，瓦解的**
disruption	〔見上，-ion 名詞字尾〕 **分裂，瓦解**
bankrupt	〔bank=bench 長凳，原指錢商用的長凳或台板，最初是指錢商的櫃台，rupt 破，斷；「錢商的櫃台斷了」→生意破產了〕 **破產的，破產者，使破產**
bankruptcy	〔見上，-cy 名詞字尾，表狀態〕 **破產**

corrupt	〔cor- 加強意義，rupt 破→壞→敗壞，腐壞〕 **腐壞，腐爛，敗壞，墮落，腐敗，使敗壞** 〔轉為形容詞〕 **貪汙的，腐敗的**
corruption	〔見上，-ion 名詞字尾〕 **敗壞，腐壞，腐化，貪汙**
corruptible	〔見上，-ible 易～的〕 **易腐壞的**
corruptive	〔見上，-ive 有～作用的〕 **引起腐壞的**
incorrupt	〔in- 不，未，見上〕 **未腐蝕的，未敗壞的，廉潔的**
incorruptible	〔見上，-ible 易～的〕 **不易敗壞的，不易腐蝕的**
irrupt	〔ir-=in- 入，內，rupt 破；「破門而入」〕 **闖入，侵入**
irruption	〔見上，-ion 名詞字尾〕 **侵入，闖入，闖進**
irruptive	〔見上，-ive ～的〕 **侵入的，闖進的**
erupt	〔e- 外，出，rupt 破裂；「爆裂出來」〕 **爆發，噴出，冒出，噴發**
eruption	〔見上，-ion 名詞字尾〕 **爆發，噴發，噴出物**
eruptive	〔見上，-ive ～的〕 **爆發的，噴出的，噴發的**

121 **sal**

未解 sal 義，君且莫為難；
加 t 成 salt，當知它是「鹽」。

sal=salt 鹽

salary	〔sal=salt 鹽，-ary 名詞字尾，表示物，原為古羅馬士兵領取「買鹽的錢」作為生活津貼，由此轉為「工資」〕 **薪金，工資**
salaried	〔見上，salary(y → i)+-ed 有～的〕 **有工資的，拿薪水的**
salad	〔sal 鹽，-ad 名詞字尾，表示物〕 **沙拉，一種用鹽調拌的食物**
salify	〔sal 鹽，-i，-fy 使成～〕 **使成鹽，使變鹹**
salification	〔見上，-fication 名詞字尾〕 **(化學)成鹽作用**
saline	〔sal 鹽，-ine 形容詞字尾，～的〕 **含鹽的，鹹的** 〔轉為名詞〕 **鹽湖，鹽漬地，鹽井，鹽田**
salinity	〔見上，-ity 表示性質、情況〕 **含鹽量，鹽濃度，鹹度**
salina	〔見上，-a 名詞字尾，表示物〕 **露井，鹽田，鹽沼區**
salt	**鹽**

saltish	〔salt 鹽，-ish 略〜的〕 略有鹹味的
salty	〔salty 鹽，-y 〜的，有〜的〕 鹽的，含鹽的，鹹的
saltern	〔salt 鹽，-ern 表示場所，地點〕 (製)鹽場
desalt	〔de- 除去，salt 鹽〕 除去〜的鹽分，脫鹽

122 scend

descend 是「下降」，
ascend 是「上升」。
莫愁記憶無妙術，
心有 scend 一點通。

scend，scens=climb 爬，攀	
ascend	〔a-=ad- 表示 to，scend 爬；「爬上」〕 上升，登高，攀登
ascendent	〔見上，-ent 〜的〕 上升的，向上的
ascendency	〔見上，-ency 名詞字尾；「升到高處」〕 優勢，支配地位
ascension	〔見上，-ion 名詞字尾〕 上升，升高

ascensive	〔見上，-ive ～的〕 上升的，使上升的
ascent	〔見上，由 ascend 轉成的名詞〕 上升，升高，登高
reascend	〔re- 再，ascend 上升〕 再上升，再升高
descend	〔de- 下，向下，scend 爬〕 下降；傳下，遺傳
descender	〔見上，-er 表人和物〕 下降者；下降物
descendent	〔見上，-ent 表人；「傳下來的人」〕 子孫，後代，後裔
descent	〔見上，由 descend 轉成的名詞〕 下降，降下
redescend	〔re- 再，descend 下降〕 再下降
condescend	〔con- 表加強意義，descend 下降→卑→謙〕 謙遜，俯就，屈尊
condescension	〔見上，-ion 名詞字尾〕 屈尊
transcend	〔tran-=trians- 超過，超，scend 爬，攀行〕 超出，超過，超越
transcendency	〔見上，ency 名詞字尾〕 超越，卓越
transcendent	〔見上，-ent 形容詞及名詞字尾〕 卓越的；卓越的人

123 **sci**

我對 sci 的印象一直很淺，
記得在 science 中似曾相識，
在 conscious 裡也躲躲閃閃，
它的相貌為何令人難辨？
只因它出現時，
「猶抱琵琶半遮面」。

sci=know 知

science	〔sci 知→知識，-ence 表示抽象名詞；「系統的知識」〕 **科學**
scientist	〔見上，字母拼寫改變：ce → t，-ist 表示人〕 **科學家**
scientific	〔見上，-i，-fic ～的〕 **科學 (上) 的，符合科學規律的**
conscious	〔con- 加強意義，sci 知，知道，-ous ～的；「知道的」，「感覺到的」，「覺悟到的」〕 **意識到的，有意識的，自覺的**
consciousness	〔見上，-ness 表示抽象名詞〕 **意識，覺悟，知覺**
unconscious	〔un- 無，不，見上〕 **無意識的，不知不覺的，不知道的，未發覺的，失去知覺的，不省人事的**
subconscious	〔sub- 下，見上〕 **下意識的，潛意識的**

conscience	〔con- 共同，完全，sci 知，-ence 名詞字尾；「完全知道善惡是非之分」〕 **良心，道德心**
conscientious	〔見上，字母拼寫改變：ce → t，-ious ～的〕 **憑良心的，誠心的，認真的**
scient	〔sci 知→知識，-ent ～的〕 **有知識的**
sciential	〔見上，-ial ～的〕 **知識的，產生知識的，有充分知識的**
omniscient	〔omni- 全，sci 知，-ent ～的〕 **全知的，無所不知的**
nescient	〔ne- 無，sci 知，-ent ～的〕 **無知的，缺乏知識的**
nescience	〔ne- 無，sci 知，-ence 名詞字尾〕 **無知，缺乏知識**
prescient	〔pre- 先，預先，sci 知，-ent ～的〕 **預知的，有先知之明的**
prescience	〔見上，-ence 名詞字尾〕 **預知，先見**
pseudoscience	〔pseudo- 假，science 科學〕 **假科學，偽科學**
geoscience	〔geo 地，地球，science 科學〕 **地球科學**

124 scrib

咿啞未久，
便識 write 是「書寫」；
苦學多年，
知否 scrib 作何解？

scrib=write 寫（也作 script）

describe	〔de- 加強意義，scrib 寫〕 **描寫，敘述，描繪**
describable	〔見上，-able 可～的〕 **可描寫的，可描繪的**
description	〔見上，-ion 名詞字尾〕 **描寫，敘述，描述**
descriptive	〔見上，ive ～的〕 **描寫的，描述的**
indescribable	〔in- 不，見上〕 **描寫不出的，難以描寫的，難以形容的**
misdescribe	〔mis- 誤，見上〕 **誤寫，誤述**
subscribe	〔sub- 下，scrib 寫；「在下面寫」〕 **在～下面簽名，簽署** 〔在報刊訂單下方寫上自己的姓名、地址〕 **訂閱**
subscriber	〔見上，-er 者〕 **簽名者，簽署者，報刊訂戶**

subscription	〔見上，-ion 名詞字尾〕 **簽名，簽署**
postscript	〔post- 後，script 寫〕 **信後的附言，(書後的) 附錄，跋**
transcribe	〔tran- 轉，scrib 寫〕 **轉抄，謄寫，抄寫**
transcript	〔見上〕 **抄本，謄寫本，副本**
inscribe	〔in 入，scrib 寫；「寫入」〕 **寫入名單中，編入名冊，登記；刻寫，雕刻**
inscription	〔見上，-ion 名詞字尾〕 **編入名單，登記；銘刻；銘文，碑文**
manuscript	〔manu 手，script 寫〕 **手寫本，手稿，原稿**
rescript	〔re- 再，script 寫〕 **再寫，重寫；抄件**
scribe	**抄寫員，作家**
scribal	〔scrib 寫，-al ～的〕 **抄寫的，抄寫員的，作者的**
script	〔script 寫〕 **手寫稿，手跡，筆跡**
scripture	〔script 寫，-ure 名詞字尾〕 **手稿，文件**
circumscribe	〔circum- 周圍，scrib 寫一畫〕 **在～周圍畫線，限制；下定義**

circumscription	〔見上，-ion 名詞字尾〕 界限，範圍，定義
conscribe	〔con- 共同，scrib 寫→寫入名冊中→登記〕 徵兵，徵募，招募
conscription	〔見上，-ion 名詞字尾〕 徵兵，徵募，征集

125　sec, sequ

second 既是「第二」也是「秒」，
這字是否奇怪？
persecute 為何是「迫害」，
試問道理何在？
這些字都來源於 follow，
但 follow 常被 sec，sequ 所取代。

sec，sequ=follow 跟隨

second	〔sec 跟隨；「跟隨第一個之後」〕 第二 〔一小時第一次分為六十分，「再一次」分為六十秒〕 秒
secondary	〔見上，-ary ～的〕 第二的，第二位的，第二次的
persecute	〔per- 從頭到尾，一直，sec 跟隨；「一直跟隨」→追蹤→追捕〕 迫害

persecutor	〔見上，-or 者〕 迫害者
consecution	〔con-=together，sec 跟隨→相隨，相連〕 連貫，連續，一致
consecutive	〔見上，-ive ～的〕 連貫的，連續的
sequence	〔sequ 跟隨→接著，相連接，-ence 名詞字尾〕 繼續，連續，一連串
sequent	〔見上，-ent ～的〕 連續的，相繼的
sequential	〔見上，- ial ～的〕 連續的，相繼的
consequence	〔con-=together，sequ 跟隨，隨後，-ence 名詞字尾，表示事物；「隨後發生的事」〕 後果，結果
consequent	〔見上，-ent ～的；「隨後發生的」〕 隨之發生的，必然的
subsequence	〔sub- 下面，後面，sequ 跟隨，-ence，表示事物〕 隨後，後來，隨後發生的事情
subsequent	〔見上，-ent ～的〕 隨後的，繼～之後的，後來的
sequacious	〔sequ 跟隨，隨從，-acious形容詞字尾，～的〕 盲從的
sequacity	〔見上，-acity 名詞字尾，表示情況、性質〕 盲從

sect	〔sec 跟隨→追隨;「追隨」同一領袖或信仰同一學說 (或主義) 的集團〕 **宗派,教派,派**
sectarian	〔見上,-arian 表示人〕 **宗派門徒** 〔-arian ～的〕 **宗派的,派系的**
sectarianism	〔見上,-ism 主義〕 **宗派主義,門戶之見**
sectary	〔見上,-ary 表示人〕 **宗派門徒,宗派的一員**

126 sect

處處生字閱讀中,
不勝記憶惱煞人。
勸君勿打退堂鼓,
記住 sect 添信心。

sect=cut 切割

insect	〔in- 入內,sect 切,割;「切入」,「切裂」→昆蟲軀體分節,節與節之間宛如「切裂」、「割斷」之狀,故名〕 **昆蟲**
insectology	〔見上,-o,-logy ～學〕 **昆蟲學**

section	〔sect 切，-ion 名詞字尾，表示行為及行為的結果〕 **切開，切斷，切下的部分，一部分** 〔由大機關中「分割」出來的小機關〕 **科，處，組，股**
sectional	〔見上，-al ～的〕 **部分的**
sectile	〔sect 切，-ile 易～的，可～的〕 **可切開的**
bisect	〔bi- 兩，二，sect 切；「切成兩份」〕 **二等分，平分**
bisection	〔見上，-ion 名詞字尾〕 **二等分，平分**
trisect	〔tri- 三，sect 切〕 **把～分成三份，三等分**
trisection	〔見上，-ion 名詞字尾〕 **三等分，分成三份**
dissect	〔dis- 分開，sect 切〕 **切開，解剖，仔細分析**
dissection	〔見上，-ion 名詞字尾〕 **解剖，分析**
transect	〔tran- 橫越，sect 切〕 **橫切，切斷，橫斷**
transection	〔見上，ion 名詞字尾〕 **橫切面，橫切**
vivisect	〔viv(i) 活→活體，sect 切→解剖〕 **解剖動物活體**

vivisection	（見上 - ion 名詞字尾） **活體解剖**
re**sect**	（re- 再，sect 切） **切除**
re**sect**able	（見上，-able ～的） **可切除的**
re**sect**ion	（見上，-ion 名詞字尾） **切除，切除術**
inter**sect**	（inter- 中間，sect 切；「從中間切」） **橫切，橫斷，和～交叉**
inter**sect**ion	（見上，-ion 名詞字尾） **橫斷，交叉，交叉點，交叉路口**
se**cant**	（sec=sect 割，-ant 名詞字尾） **(數學) 割線， 正割**
cose**cant**	（co- 餘，見上） **(數學) 餘割**

127 **sent**

「學生難過生字關」，
或恐此言未盡然。
試將 sent 作引導，
下列單字並不難。

sent，sens=feel 感覺

sentiment	（sent 感覺→感情，情緒，-i，-ment 名詞字尾） **感情，情緒，思想感情，意見**

sentimental	〔見上，-al ～的〕 情感 (上) 的，傷感的，多愁善感的
consent	〔con- 同，共同，sent 感覺→意識，意見；「共同的意見」〕 同意，贊同
consenter	〔見上，-er ～者〕 同意者，贊同者
consentient	〔見上，-i，-ent ～的〕 同意的，贊成的，一致的
consentaneous	〔見上，consent 同意，-aneous 形容詞字尾〕 同意的，一致的
consensus	〔con- 同，共同，sens 感覺，認識，意見，-us 名詞字尾；「共同的認識」〕 共識，意見一致
consensual	〔見上，-ual ～的〕 (法律) 經雙方同意的
dissent	〔dis- 分開→不同，sent 感覺→意見〕 不同意，持不同意見，持異議
dissension	〔見上，t → s，-ion 名詞字尾〕 意見分歧，不和，爭論，糾紛
dissenter	〔見上，-er ～者〕 不同意者，反對者，持異議者
dissentient	〔見上，-i，-ent ～的〕 不同意的
resent	〔re- 相反 sent 感覺，感情；「反感」〕 對～不滿，怨恨

resentful	〔見上，-ful ～的〕 不滿的，忿恨的
resentment	〔見上，-ment 名詞字尾〕 不滿，忿恨，怨恨
presentiment	〔pre- 預先，sent 感覺，-i-，-ment 名詞字尾〕 預感
sense	感覺，意識
sensible	〔sens 感覺，-ible 可～的〕 能感覺到的，可覺察的
sensibility	〔sens 感覺，-ibility 名詞字尾，～性〕 敏感性，感受性，感覺 (力)，觸覺
sensitive	〔sens 感覺，-itive ～的〕 敏感的，神經過敏的
sensation	〔sens 感覺，-ation 名詞字尾〕 感覺，知覺
sensational	〔見上，-al ～的〕 感覺的
sensory	〔sens 感覺，-ory ～的〕 感覺的
senseless	〔sense 感覺，-less 無～的〕 無感覺的，無知覺的，無意義的
nonsense	〔non- 無，sense 感覺，意識→意義；「無意義的話」〕 胡說，廢話，胡鬧
insensible	〔in- 無，不，sensible 感覺的〕 無感覺的，失去知覺的

insensitive	〔in- 無，sens 感覺，-itive ～的〕 感覺遲鈍的
hypersensitive	〔hyper- 過於，sens 感覺，-itive ～的〕 過敏的
oversensitive	〔over- 過於〕 過分敏感的
sensitize	〔sens 感覺，-it，-ize 使～〕 使敏感，變敏感
desensitize	〔de- 除去，消除，見上〕 使不敏感，使脫敏
desensitization	〔見上，-ation 名詞字尾，表示情況，狀態〕 脫敏 (現象)
desensitizer	〔見上，-er 表示物〕 脫敏藥，脫敏劑
extrasensory	〔extra- 超，sens 感覺，-ory ～的〕 超感覺的
assent	〔as-=to，sent 感 覺 → 意 識， 意 見；to join one's sentiment or opinion to another's，使自己的意見與別人的意見統一起來〕 同意，贊同，贊成
assentation	〔見上，-ation 名詞字尾〕 贊同，隨聲附和
assentor	〔見上，-or 表示人〕 同意者，贊成者
assentient	〔見上，-i，-ent ～的〕 同意的，贊成的

sentence	〔sent 感覺，-ence 名詞字尾;「表達感覺或意義的一組單字」〕 句子
sensual	〔sens 感覺，-ual ～的〕 **感覺的，肉感的**
sensuous	〔sens 感覺，-uous ～的〕 **感官方面，感覺上的**

128 sid

sit 天天見，不費記憶功;
sid 不露面，藏在單字中。

sid=sit 坐

preside	〔pre- 前，sid 坐，開會時，「坐在前面主要位置上」→主持會議〕 **擔任會議的主席，主持，指揮，統轄**
president	〔見上，-ent 表示人;「指揮者」，「統轄者」→首腦〕 **總統，大學校長，會長，總裁**
presidential	〔見上，-al ～的〕 **總統 (或校長) 的，總統 (或校長) 職務的**
presidium	〔見上，-ium 名詞字尾〕 **主席團**
reside	〔re- 後，sid 坐;to sit back → to stay behind，留下來→安頓下來→住下〕 **居住**

resident	〔見上，-ent 表示人〕 **居民** 〔-ent ～的〕 **居住的，居留的**
residence	〔見上，-ence 名詞字尾〕 **居住，住宅，住處，公館**
residential	〔見上，-ial ～的〕 **居住的，住宅的**
subside	〔sub- 下，sid 坐；「坐下」→沉下〕 **沉降，沉澱** 〔「坐下」→落下→沉靜下來，平靜下來〕 **平息**
subsidence	〔見上，-ence 名詞字尾〕 **沉降，沉澱，平息**
dissidence	〔dis- 分，sid 坐，-ence 名詞字尾，「與別人分開坐」→與別人不一致→持相反意見〕 **意見不同，不一致，不同意，異議**
dissident	〔見上，-ent 表示人〕 **不同意的人，持異議者** 〔-ent ～的〕 **不同意的，持異議的**
assiduous	〔as-=ad- 表示 at，sid 坐，-uous ～的；「能坐下來堅持工作的」〕 **刻苦的，勤奮的**

129 **sist**

識字已數千，
未見 sist 面。
欲與它相識，
stand 來引見。

sist=stand 站立

resist	〔re- 相反，反對，sist 立；to stand against〕 **反抗，抵抗，對抗**
resistance	〔見上，-ance 名詞字尾〕 **抵抗，反抗**
resistant	〔見上，-ant ～的〕 **抵抗的** 〔-ant 也可表示人〕 **抵抗者**
resistible	〔見上，-ible 可～的〕 **可抵抗的，抵抗得住的**
consist	〔con- 共同，一起，sist 立；「立在一起」→組合在一起→共同組成〕 **由～組成**
assist	〔as- 表示 at，sist 立，「立於一旁」〕 **幫助，援助，輔助**
assistance	〔見上，-ance 名詞字尾〕 **幫助，援助，輔助**

assistant	〔見上，-ant 表示人〕 **助手，助教，助理** 〔-ant 作為形容詞字尾，～的〕 **輔助的，助理的**
exist	〔ex- 外，出，（x 後省略 s）ist=sist；to stand forth → to emerge，to appear〕 **存在**
existence	〔見上，-ence 名詞字尾〕 **存在，存在物**
existent	〔見上，-ent ～的〕 **存在的**
insist	〔in- 加強意義，sist 立；「堅立不移」〕 **堅決主張，堅持**
insistence	〔見上，-ence 名詞字尾〕 **堅決主張，堅持**
persist	〔per- 貫穿，從頭到尾，自始至終，sist 立〕 **堅持，持續**
persistence	〔見上，-ence 名詞字尾〕 **堅持，持續**
persistent	〔見上，-ent ～的〕 **堅持的，持續的**

130 sol (1)

solo 是「獨唱」，
solitude 是「孤獨」；
「獨」在何處，
你是否能認出？

sol (1) =alone 單獨

sole	單獨的，唯一的
solo	〔sol 單獨，-o 名詞字尾，表音樂術語〕 獨唱，獨奏 (曲)
soloist	〔見上，-ist 者〕 獨唱者，獨奏者
solitude	〔sol 單獨，-itude 抽象名詞字尾〕 孤獨，隱居，寂寞
solitary	〔見上，-ary ～的〕 單獨的，獨居的
soliloquy	〔sol(i) 獨，loqu 言，語，-y 名詞字尾〕 獨白，自言自語
soliloquize	〔見上，-ize 動詞字尾〕 自言自語地說，獨白
soliloquist	〔見上，-ist 者〕 獨白者，自言自語者
soliped	〔sol(i) 獨，ped 足→蹄〕 (動物) 單蹄的；單蹄獸

desolate	〔de- 表加強意義，sol 單獨，孤寂，-ate 動詞、形容詞字尾；原意為 to leave alone, to make lonely, hence to depopulate, to forsake.〕 **使孤寂，使荒涼，使荒蕪，使無人煙；荒涼的**
desolation	〔見上，-ation 名詞字尾〕 **孤寂，荒涼，杳無人煙**

131 sol（2）

何人不識 sun ？ sol 卻無人識；
君知中文裡，「太陽」亦稱「日」。
一物兩名稱，中、英多如是。

sol（2）=sun 太陽

solar	〔sol 太陽，-ar 形容詞字尾，～的〕 **太陽的，日光的**
solarium	〔sol 太陽，-arium 名詞字尾，表示場所〕 **日光浴室，日光治療室**
solarize	〔見上，-ize 動詞字尾〕 **曬，使經受日曬作用**
insolate	〔in- 構成動詞，sol 太陽，-ate 動詞字尾〕 **曝曬**
insolation	〔見上，-ation 名詞字尾〕 **曝曬，日射，日光浴**
turnsol	〔turn 轉向，sol 日〕 **向日性植物，向日葵，燈台草**

circumsolar	〔circum- 周圍，sol 太陽，-ar 〜的〕 圍繞太陽的，近太陽的
extrasolar	〔extra- 以外，sol 太陽，-ar 〜的〕 太陽系以外的
lunisolar	〔lun 月，-i-，sol 日，-ar 〜的〕 月和日的
subsolar	〔sub- 下面，sol 太陽，-ar 〜的〕 在太陽正下面的，地(球)上的，塵世的
parasol	〔para- 防，sol 太陽；「防止日曬」之物〕 遮陽傘

132 **somn**

somn 是「睡眠」，
以前未曾見；
勝似 sleep，
相見只恨晚。

somn=sleep 睡眠

insomnia	〔in- 不，無，somn 眠，-ia 表疾病〕 失眠症，失眠
insomniac	〔見上，-ac 形容詞兼名詞字尾〕 患失眠症的；失眠患者
insomnious	〔見上，-ous 〜的〕 失眠的，患失眠症的

somnambulate	〔somn 睡，ambul 行走，-ate 動詞字尾；「睡夢中行走」〕 夢遊，夢行
somnambulation	〔見上，-ation 名詞字尾〕 夢遊，夢行
somnambulist	〔見上，-ist 者〕 夢遊者，夢行者
somnambulism	〔見上，-ism 表疾病〕 夢行 (症)
somniferous	〔somni 睡眠，fer 產生，致，-ous 〜的〕 催眠的，麻醉的
somniloquy	〔somni 睡眠，loqu 言，說，-y 名詞字尾；「睡夢中說話」〕 夢語，夢囈，說夢話
somniloquist	〔見上，-ist 人〕 說夢話的人，夢囈者
somniloquous	〔見上，-ous 〜的〕 說夢話的，夢囈的
somnipathy	〔somni 睡眠，pathy 病〕 睡眠症，催眠性睡眠
somnolence	〔somn 睡眠，-o-，-lence 抽象名詞字尾，表性質、狀態〕 想睡的狀態，睏倦
somnolent	〔somn 睡眠，-o-，-lent 形容詞字尾，有〜性質的〕 想睡的，睏倦的

133 **son**

莫認 son 為「兒子」，
它與 sound 同義；
讀音近似，
記憶容易。

son=sound 聲音	
sonic	（son 聲音，-ic ～的） **聲音的，音速的**
supersonic	（super- 超，son 聲音，-ic ～的） **超音速的**
subsonic	（sub- 亞，次，son 聲音，-ic ～的） **亞音速的**
stereosonic	（stereo- 立體，son 聲音，-ic ～的） **立體聲的**
unison	（uni 單一，son 聲音，「同一聲音」） **同音，齊唱，一致，調和**
unisonant	（見上，-ant ～的） **同音的，一致的**
dissonant	（dis- 分開→不同，son 聲音，-ant ～的；「不同聲音的」） **不和諧的，不一致的**
dissonance	（見上，-ance 名詞字尾） **不和諧，不一致**
resonant	（re- 回，son 聲音，-ant ～的） **回聲的，反響的**

resonance	〔見上，-ance 名詞字尾〕 回聲，反響
resonate	〔見上，-ate 動詞字尾〕 回聲，反響，共鳴，共振
resonator	〔見上，-or 表示物〕 共鳴器，諧振器
ultrasonic	〔ultra- 超，son 聲音，-ic 〜的〕 超聲的，超音速的 〔轉作名詞〕 超聲波
sonics	〔son 聲音，-ics 〜學〕 聲能學

134 spect

look 常相見，
spect 難相逢；
君且牢記住，
二者義相同。

spect=look 看

spectacle	〔spect 看，-acle 名詞字尾，表示物；「觀看的東西」〕 光景，景象，奇觀，壯觀
prospect	〔pro- 向前，spect 看；「向前看」〕 展望，期望，前景

prospective	〔見上，-ive ～的〕 盼望中的，未來的
retrospect	〔retro- 向後，spect 看，「向後看」〕 回顧，追溯
retrospection	〔見上，-ion 名詞字尾〕 回顧，追溯
retrospective	〔見上，-ive ～的〕 回顧的，追溯的
inspect	〔in- 內，裡，spect 看；「向裡面仔細看」〕 檢查，審查
inspection	〔見上，-ion 名詞字尾〕 檢查，審查
inspector	〔見上，-or 表示人〕 檢查員
expect	〔ex- 外，（在 x 後省略 s）pect=spect 看；「向外望」〕 盼望，期待，期望
expectation	〔見上，-ation 名詞字尾〕 盼望，期待，期望
expectant	〔見上，-ant ～的〕 盼望的，期待的 〔-ant ～者〕 期待者
respect	〔re- 再，重複，spect 看；「再看」，「重複地看」→重視，看重〕 尊重，尊敬
respectable	〔見上，-able 可～的〕 可敬的，值得尊敬的

respectful	〔見上，-ful ～的〕 尊敬人的，恭敬的
suspect	〔sus-=sub- 下，(s)pect 看；「往下看」→偷偷地看，斜眼看〕 懷疑，猜疑，疑心
suspectable	〔見上，-able 可～的〕 可疑的
suspicious	〔見上，spect → spic，-ious ～的〕 多疑的，可疑的，疑心的
suspicion	〔見上，-ion 名詞字尾〕 懷疑，疑心，猜疑
introspect	〔intro- 向內，spect 看〕 內省，進行自我反省
conspectus	〔con- 共同，全，spect 看，-us 表示物；「全看到」→總覽〕 一覽表，大綱，概況
circumspect	〔circum- 周圍，四周，spect 看；「向四周細看」〕 謹慎的，小心的，慎重的，仔細的
circumspection	〔見上，-ion 名詞字尾〕 謹慎，小心，慎重
aspect	〔a-=ad- 表示 to，spect 看→外觀〕 面貌，外表
spectate	〔spect 看，-ate 動詞字尾〕 出席觀會
spectator	〔spect 看，-ator 表示人〕 旁觀者，觀眾

conspicuous	〔con- 共同，spic=spect 看，-uous ～的；「共同看見的」→大家都能看見的，有目共睹的〕**明顯的，顯著的，惹人注目的**
specious	〔spec=spect 看，-ious ～的；「中看的」〕**外表美觀的，華而不實的**
perspective	〔per- 透過，spect 看〕**透視，透視的，透視圖，透鏡**
special	〔spec=spect 看→外觀，～狀，形象，-ial ～的；容易被「看」出的，外觀明顯的，形狀特別醒目的〕**特殊的，特別的**
speciality	〔見上，-ity 名詞字尾〕**特性，特質，特長，專業**
specialist	〔見上，-ist 表示人；「特殊的人」，有特別專長的人〕**專家**
specialize	〔見上，-ize 動詞字尾〕**特別指出，專門研究，專攻**
specially	〔見上，-ly 副詞字尾〕**特別地，專門地**
specific	〔見上，-ific=-fic ～的〕**特有的，特定的，明確的**
specifically	〔見上，-ally 副詞字尾，～地〕**特別地，尤其**
especial	〔e- 加強意義，special 特別的〕**特別的，特殊的**
especially	〔見上，-ly 副詞字尾，～地〕**特別地，尤其，格外**

speculate	〔spec=spect 看，-ul-，-ate 動詞字尾；看→觀察，觀測→推測→思考〕 **思索，沉思，推測；投機**
speculation	〔見上，-ation 名詞字尾〕 **思索，沉思，推測；投機**
speculator	〔見上，-or 表示人〕 **思索者，推測者，投機者**
specimen	〔spec=spect 看，-i-，-men 名詞字尾；「給人看的東西」〕 **樣品，樣本，標本**

135 # spir

spir 是何義？
查字典無此字，
勸君莫急，
且與 breathe 一同記。

spir=breathe 呼吸

conspire	〔con-共同，spir 呼吸；「共呼吸」→互通氣息〕 **共謀，同謀，陰謀，密謀策畫**
conspirator	〔見上，-ator 表示人〕 **共謀者，陰謀家**
conspiracy	〔見上，-acy 名詞字尾，表示行為〕 **共謀，同謀，陰謀，密謀**

inspire	〔in- 入，spir 呼吸；「吸入」，吸氣，注入→注入勇氣，注入生氣〕 **鼓舞，激勵，激起，吸入；使生靈感**
inspiration	〔見上，-ation 名詞字尾，表示行為及行為結果〕 **鼓舞，激勵，吸氣，靈感**
expire	〔ex- 出，(s)pir 呼吸；「呼出氣體」〕 **呼氣，吐氣** 〔呼出最後一口氣〕 **斷氣，死亡，終止**
expiration	〔見上，-ation 名詞字尾，表示行為〕 **吐氣，斷氣，死亡，告終**
respire	〔re- 再，spir 呼吸〕 **(連續地) 呼吸**
respiration	〔見上，-ation 名詞字尾〕 **呼吸，呼吸作用**
respirator	〔見上，-ator 表示物〕 **呼吸器，防毒面具，防塵口**
spirit	〔spir 呼吸，-it 名詞字尾；呼吸→氣息，the breath of life〕 **精神，心靈，靈魂**
spiritual	〔見上，-ual ～的〕 **精神 (上) 的，心靈的**
dispirit	〔di-=dis- 取消，除掉，spirit 精神；「使失去精神」→使失去勇氣〕 **使氣餒，使沮喪**
perspire	〔per- 貫穿，透過，spir 呼吸；「由毛孔呼出」〕 **出汗，排汗**

perspiration	〔見上，-ation 名詞字尾〕 **排汗**
perspiratory	〔見上，-atory 形容詞字尾，～的〕 **排汗的**
aspirate	〔a- 加強意義，spir 呼吸，-ate 動詞字尾；「呼氣」→送氣〕 **發送氣音** 〔轉名詞〕 **送氣音**

136 stell

應知 star 和 stell，
二者都是星星。
形狀一半相似，
讀音一半相同

stell=star 星

stellar	〔stell 星，-ar 形容詞字尾，～的〕 **星的，星球的；星形的，似星的**
stellate	〔stell 星，-ate 形容詞字尾，～的〕 **星行的，放射線狀的**
stelliferous	〔stell 星，-i-，fer 具有，帶有，-ous ～的〕 **有星的，多星的**
stelliform	〔stell 星，-i-，-form 有～形狀的〕 **星形的**

stellify	〔stell 星，-i-，-fy 使成為～〕 **使成星狀；使成明星**
stellular	〔stell 星，-ular 形容詞字尾〕 **星形的，像星形放射的**
constellate	〔con- 共同，在一起，stell 星，-ate 動詞字尾， 使～；「使群星在一起」〕 **(使)形成星座；(使)群集**
constellation	〔見上，-ation 名詞字尾〕 **星座；(如明星般的)一群**
constellatory	〔見上，-ory 形容詞字尾〕 **星座的，如星座的**
interstellar	〔inter- 中間，～之際，stell 星，-ar ～的〕 **星際的**

137 tail

「尾巴」叫 tail，
此處 tail 非「尾巴」；
究竟是何義，
須由 cut 來解答。

tail=cut 切割

tailor	〔tail 切割→剪裁，-or 表示人；「剪裁者」〕 **裁縫，成衣工，成衣商**
tailoress	〔見上，-ess 表示女性〕 **女裁縫，女成衣工**

detail	〔de- 加強意義，tail 切;「切碎的」，由整體切碎細分而成的部分〕 **細節，細目，詳情，零件**
detailed	〔見上，-ed ～的〕 **細節的，詳細的**
retail	〔re- 再，tail 切;「再切」→切碎→細分→由整變零〕 **零售，零賣，零售的**
retailer	〔見上，-er 表示人〕 **零售商**

138　tain, ten, tin

在 hold 的後面，
隱藏著 tain，ten，tin 三個身影，
在眾多的場合中，
hold 的任務都由它們三個執行。

tain，ten，tin=hold 握，持，守

contain	〔con- 共同，tain 握，持; to hold together, to hold within fixed limits〕 **容納，包含，內裝**
container	〔見上，-er 表示物〕 **容器，集裝箱，貨櫃**
obtain	〔ob- 加強意義，tain 握，持; to get hold of by effort〕 **取得，獲得，得到，買到**

obtainable	〔見上，-able 可～的〕 可獲得的，可買到的
sustain	〔sus-=sub- 下，tain 握，持；「在下面支持」〕 支持，支撐，維持，供養
sustenance	〔見上，ten=tain，-ance 名詞字尾〕 支持，維持，供養，糧食，食物
tenant	〔ten 持，握－握有，占有，-ant 者；房屋、田地等的占有者」〕 房客，承租人，租戶，佃戶
tenancy	〔見上，-ancy 表示行為、情況〕 租賃，租用，租佃
maintain	〔main=man 手，tain 握，持；to hold in hand, to keep up, to uphold〕 保持，保存，維持，堅持，供養
maintainable	〔見上，-able 可～的〕 可保持的，可維持的
maintenance	〔見上，ten=tain，-ance 名詞字尾〕 保持，維持，堅持
tenable	〔ten 持，握，守，保有，-able 可～的〕 可保持的，可防守的，守得住的
tenacious	〔ten 握，持，執，守，-acious 形容詞字尾，～的〕 緊握的，堅持的，固執的，頑強的
tenacity	〔見上，-acity 名詞字尾，表示性質〕 緊握，堅持，固執，頑強
abstain	〔abs-=ab-=from，tain 握，持，守；to hold (or keep) oneself from〕 戒，避免，避開

abstention	〔見上，ten=tain，-tion 名詞字尾〕 戒，避免，避開
continue	〔con- 共同，一起，tin 握，持；「把前後各種事物保持在一起」→使連在一起，使相連〕 連續，繼續，使連續，使繼續
continuation	〔見上，-ation 名詞字尾〕 連續，繼續，持續，繼續部分
continued	〔見上，-ed ～的〕 連續的，繼續的
continent	〔con- 共同，一起，tin 握，持，-ent 表示物；「保持連在一起的陸地」〕 大陸，陸地，大洲
continental	〔見上，-al ～的〕 大陸的，大陸性的

139 tect

cover 一字，人盡皆識，
tect 何解，鮮為人知。

tect=cover 掩蓋

detect	〔de- 除去，取消，tect 掩蓋；「除去掩蓋」→揭露祕密→查明真相〕 偵查，偵察，發覺
detection	〔見上，-ion 名詞字尾〕 偵查，偵察，察覺

detective	〔見上，-ive ～的〕 **偵探的，偵察的** 〔-ive 表示人〕 **偵探**
detectaphone	〔detect 偵察，-a-，phone 電話〕 **探聽器，竊聽器**
protect	〔pro - 前面，tect 掩蓋；「在前面掩護」〕 **保護**
protection	〔見上，-ion 名詞字尾〕 **保護，護衛，防護物**
protectionism	〔見上，-ism 主義〕 **保護 (貿易) 主義**
protective	〔見上，-ive ～的〕 **保護的，防護的**
protector	〔見上，-or 表示人或物〕 **保護者，保護器**
unprotected	〔un- 無，protect 保護，-ed ～的〕 **無掩護的，沒有防衛的，未設防的**

140 tele

你早知道 far 是「遙遠」，
你也應把 tele 記心間。
在現代科技字彙中，
tele 經常出頭露面。

---

tele=far 遠
(tele 現多用以表示與電波有關的事物，
如「電視」、「電信」、「電傳」等)

---

telecontrol	〔tele 遠，control 控制〕 遠距離控制，遙控
telescope	〔tele 遠，scop 鏡〕 望遠鏡
telephone	〔tele 遠，phon 聲音；「由遠處通過電波傳來的聲音」〕 電話
telegram	〔tele 遠，gram 寫，文字；「由遠處通過電波傳來的文字」〕 電報
telegraph	〔見上，graph 寫，文字〕 電報，電報機
television	〔tele 遠，vis 看，-ion 名詞字尾；「由遠處通過電波傳來可觀看的圖像」〕 電視
televisor	〔見上，-or 表示人或物〕 電視廣播員，電視接收機

teleview	〔見上，-view 看〕 收看電視
telecourse	〔tele 電視，course 課程〕 電視課程
telecast	〔tele 電視，cast 播〕 電視廣播
telefilm	〔tele 電視，film 影片〕 電視電影
teleplay	〔tele 電視，play 劇〕 電視 (廣播) 劇
telescript	〔tele 電視，script 稿〕 電視廣播稿，電視劇本
teleset	〔tele 電視，set 裝置，設備〕 電視機
telepaper	〔tele 電傳，paper 報紙〕 電報
teleprinter	〔tele 電傳，printer 印字機〕 電傳打印機
teletype	〔tele 電傳，type 打字機〕 電報打字機
telephoto	〔tele 遠，photo 相片〕 遠距離照相的，傳真照片
teleswitch	〔tele 遠，switch 開關〕 遙控開關，遙控鍵
telemeter	〔tele 遠，meter 測量儀〕 遙測儀，測速儀

tempor

問君能識 tempor 否？
只識 time 未足奇。

tempor=time 時	
temporary	〔tempor 時，-ary ～的；lasting for a time only〕 暫時的，臨時的
contemporary	〔con- 同，tempor 時→時代，-ary ～的〕 同齡的，當代的 〔-ary 表示人〕 同時代的人，同年齡的人
contemporize	〔con- 同，tempor 時，-ize 動詞字尾〕 同時發生，使同時發生
contemporaneous	〔con- 同，tempor 時，-aneous 形容詞字尾〕 同時期的，同時代的，同時發生的
contemporaneity	〔見上，-aneity 名詞字尾，表示性質〕 同時代性，同時發生性，同時期性
extempore	〔ex- 外，tempor 時，時間；「在規定時間之外的」→不在計畫時間之內的〕 臨時的，即席的，當場的，無準備的
extemporize	〔見上，-ize 動詞字尾，做～〕 臨時作成，即席發言，即席演奏
extemporization	〔見上，-ization 名詞字尾，表示行為〕 即席創作，即席發言
extemporaneous	〔見上，-aneous 形容詞字尾，～的〕 臨時的，當場的，無準備的

extemporary	〔見上，-ary ～的〕 =extemporaneous，同時的
temporal	〔tempor 時間，-al ～的〕 時間的，(文法)時態的；短暫的
temporize	〔tempor 時，-ize 動詞字尾，做～〕 順應時勢，迎合潮流；(為爭取時間而)拖延，應付

142 **tend**

若只認識 stretch，
這表示你的字彙量太小。
你再把 tend 的意義記牢，
識字能力才可能提高。

tend=stretch 伸（也作 tens，tent）

extend	〔ex- 外，出，tend 伸〕 伸出，伸開，擴大，擴展，擴張
extension	〔見上，tens=tend，-ion 名詞字尾〕 伸展，擴大，擴展
extensible	〔見上，-ible 可～的〕 可伸展的，可擴大的，可擴張的
extensive	〔見上，伸展→面積擴大→廣闊，-ive ～的〕 廣闊的，廣泛的
attend	〔at- 表示 to 向，tend 伸；to stretch one's mind to，「把精神或心思伸向～」〕 注意，關心；出席

attention	〔見上，tent=tend，-ion 名詞字尾〕 **注意，關心，注意力**
attentive	〔見上， -ive ～的〕 **注意的**
contend	〔con- 共同，一起，tend 伸→伸取→追求； 「與～一起伸取某物」，「與～共同追求某 物」〕 **競爭，鬥爭**
contention	〔見上， -ion 名詞字尾〕 **競爭，鬥爭**
tendency	〔tend 伸，-ency 名詞字尾，表示情況、性質； 「伸向」→傾向〕 **趨向，傾向，趨勢，傾向性**
tendentious	〔見上，-entious (=-ent+ -ious) ～的〕 **有傾向性的**
tent	〔tent 伸；能夠「伸開(張開)」的東西(如皮革、 帆布等)，用作掩蓋、庇護之用〕 **帳篷**
extent	〔ex- 出，tent 伸；伸開→廣闊〕 **廣度，寬度，長度，一大片 (地區)**
intense	〔in- 加強意義，tens 伸；伸展〕 **拉緊，繃緊，緊張的，強烈的，劇烈的**
intensify	〔見上，-fy 動詞字尾，使～〕 **加劇，加強**
intensification	〔見上，-fication 名詞字尾，～化〕 **強化，增強，加緊**
intension	〔見上， -ion 名詞字尾，表示情況、性質〕 **緊張， 強度**

intensive	（見上，-ive 的） 加強的，深入的
tension	（tens 伸→繃緊，-ion 名詞字尾） 拉緊，繃緊，緊張，張力
hypertension	（hyper- 超過，tension 張力，壓力；「血的壓力過高」） 高血壓
tense	（tens 伸，伸開→拉緊） 拉緊的，繃緊的，緊張的
tensible	（見上，-ible 可～的） 可伸展的，可拉長的
tensity	（見上，-ity 表示情況、性質） 緊張，緊張度
distend	（dis- 散開，tend 伸，擴） （使）擴張，（使）膨脹，（使）腫脹
distension	（見上，-ion 名詞字尾） 擴張，膨脹（作用）
tend（1）	（tend 伸；「把注意力伸向某人或某事」） 照料，照管，護理，服侍
tendance	（見上，-ance 名詞字尾） 服侍，照料，看護
tend（2）	（tend 伸；「伸向」） 走向，趨向，傾向
protend	（pro- 向前，tend 伸；「向前伸」） （使）伸出，（使）伸展，（使）延伸
protensive	（見上，protens=protend，-ive ～的） 伸長的，延長的，延長時間的

portend	〔por-=pro- 前，tend 伸；「伸到前面」→出現在前面,(某種情況或物) 出現在～之前〕 **預示，預兆，作為～的兆頭**
portent	〔見上，tent=tend，出現在～之前的情況或事物〕 **預兆，不祥之兆**
portentous	〔見上，-ous ～的〕 **預兆的，不祥之兆的**
pretend	〔pre- 前，tend 伸→伸開→擺開；「在別人面前擺出某種姿勢或樣子」〕 **假裝，佯裝，裝作**
pretense	〔見上，名詞〕 **假裝，做作，藉口**
intend	〔in- 入，tend 伸；「把心思伸向某事」→打算做某事〕 **想要，打算**
intention	〔見上，-ion 名詞字尾〕 **意圖，打算，目的，意向**
tender	〔tend 伸→伸出；「剛伸出 (長出) 的嫩芽」〕 **嫩的，柔軟的，溫柔的**

143 terr（1）

earth，land 早熟悉，
猶有 terr 表示「地」；
一根帶出數十字，
字字易懂又易記。

terr（1）=earth，lend 土地，陸地

territory	〔terr 土地，-it-，-ory 名詞字尾〕 領土，領地
territorial	〔見上，-al ～的〕 領土的
exterritorial	〔ex- 外，見上；「領土之外的」〕 治外法權的
exterritoriality	〔見上，-ity 名詞字尾〕 治外法權
terrace	〔terr 土地，-ace 名詞字尾〕 台地，地坪，平台，陽台
mediterranean	〔medi 中間，terr 土地，陸地〕 在陸地中的，被陸地包圍的（海等）
Mediterranean	〔見上〕 地中海
terrestrial	〔terr 土地─地球，-ial ～的〕 地球（上）的，陸上的
extraterrestrial	〔extra- 外，見上〕 地球外的

inter	〔in- 入，內，ter=terr 土；「入土」，「埋入土裡」〕 **埋葬**
interment	〔見上，-ment 名詞字尾〕 **埋葬，葬禮**
disinter	〔見上，dis- 不，相反；「與埋葬相反」〕 **挖出，發掘出**
disinterment	〔見上，-ment 名詞字尾〕 **挖出，掘出物**
subterrane	〔sub- 下，terr 土地，-ane 名詞字尾〕 **地下洞穴，地下的**
subterraneous	〔sub- 下，terr 土地，-aneous 形容詞字尾〕 **地下的**
superterrene	〔super- 上面，見上〕 **地面上，地上的**
terrain	〔terr 土地，-ain 名詞字尾〕 **地面，地帶，地域，地形**
terraneous	〔terr 土地，-aneous 形容詞字尾〕 **地上生長的，陸生的**
terramycin	〔terr 土，-a-，myc 菌→黴，-in 素〕 **土黴素**

144　terr（2）

frightful 截去字尾 -ful，
fright 的意義你早知道；
terrible 截去字尾 -ible，
terr 的意義你是否明了？

terr（2）=fright 怕，恐，嚇

terror	（terr 恐，-or 名詞字尾，表抽象名詞） 恐怖
terrorism	（見上，-ism 表行為、主義） 恐怖行為，恐怖主義
terrorist	（見上，-ist 表人） 恐怖主義者，恐怖分子
terrorize	（見上，-ize 動詞字尾） 使恐怖，恐嚇
terrorization	（見上，-ization 名詞字尾） 恐怖
terrible	（terr 怕，-ible 可～的） 可怕的，駭人的
terrify	（terr 怕，-i-，-fy 使～） 使恐怖，使驚嚇
terrific	（terr 怕，-i-，-fic ～的） 可怕的，駭人的
deter	（de- 加強意義，ter=terr 恐嚇） 嚇住，威懾，不敢，嚇阻

deterrent	〔見上，-ent ～的〕 **威懾的，嚇阻的，制止的** 〔-ent 名詞字尾，表示物〕 **威懾物，制止物，威懾力量**
deterrence	〔見上，-ence 名詞字尾〕 **威懾，嚇阻，制止**
deterrment	〔見上，-ment 名詞字尾〕 **威懾，制止，威懾物，制止物**

145 **text**

textile 是「紡織品」，
context 是「上下文」，
這兩字有何聯繫？
你不妨動動腦筋。

text=weave 編織

textile	〔text 編織，-ile 名詞字尾，表示物〕 **紡織品** 〔-ile 形容詞字尾，～的〕 **紡織的**
texture	〔text 編織，-ure 名詞字尾，表示行為的結果〕 **組織，結構；織物**
intertexture	〔inter- 互相，交，text 編織，-ure 名詞字尾〕 **交織，交織物**
text	〔text 編織→編寫；「編寫成的東西」〕 **文，本文，正文**

textual	〔見上，-ual ～的〕 本文的，正文的，原文的
context	〔con- 共同，一起，text 編織→編寫→文字，本文；「相連在一起的文字」〕 (文章的) 上下
contextual	〔見上，-ual ～的〕 上下文的，按照上下文的
pretext	〔pre- 先，預先，text 編織→編造；「預先編造的話」〕 藉口，托詞

146 the

下列單字皆有「神」，
未見 god 心納悶；
表示「神」字非一個，
莫將 the 作冠詞認。

the(o)=god 神

theism	〔the 神，-ism 論〕 有神論
theist	〔見上，-ist 者〕 有神論者
theistic	〔見上，-istic 形容詞字尾，～的〕 有神論的
theology	〔the 神，-logy ～學〕 神學

theologian	〔見上，-ian 者〕 **神學研究者，神學家**
theological	〔見上，-logical ～學的〕 **神學 (上) 的**
theocracy	〔the 神， cracy 權力，統治〕 **神權政治，僧侶政治**
theocratic	〔見上，-ic ～的〕 **神權政治的，僧侶政治的**
antitheism	〔anti- 反對，theism 有神論〕 **反有神論**
antitheist	〔見上，-ist 者〕 **反有神論者**
atheism	〔a- 無，theism 神論〕 **無神論**
atheist	〔見上，-ist 者〕 **無神論者**
atheistic	〔見上，-istic ～的〕 **無神論的**
cosmotheism	〔cosmo 宇宙，見上〕 **宇宙神論 (視宇宙為神的泛神論)，萬有神教**
montheism	〔mono- 單一， the 神， -ism 論〕 **一神論，一神教**
monotheist	〔見上，-ist 者〕 **一神論者，信一神教者**
ditheism	〔di- 兩，二，the 神， -ism 論〕 **二神論，二神教**

ditheist	〔見上，-ist 者〕 二神論者，二神教徒
ditheistic	〔見上， -ic ～的〕 二神論的
tritheism	〔tri- 三，the 神，-ism 論〕 三神論
tritheist	〔見上，-ist 者〕 三神論者
pantheism	〔pan- 泛，總，the 神，-ism 論〕 泛神論
pantheist	〔見上，-ist 者〕 泛神論者
pantheon	〔pan- 全，一切，the 神，-on 名詞字尾〕 萬神殿；眾神
polytheism	〔poly- 多，the 神，-ism 論〕 多神論，多神主義，多神教
polytheist	〔見上，-ist 者〕 多神論者，多神主義者，多神教徒
polytheistic	〔見上，-ic ～的〕 多神論的，多神主義的，多神教的

147   tort

extortion 未曾見，
乍見 tortuous 皺眉頭。
滿篇生字難記住，
tort 一出解君愁。

tort=twist 扭

extort	〔ex- 出，離去，tort 扭；「扭去」、「扭走」→奪去，奪走〕 **強取，逼取，強索，敲詐，勒索**
extortion	〔見上，-ion 名詞字尾〕 **強取，逼取，敲詐，勒索**
extortioner	〔見上，-er 表示人〕 **強取者，勒索者**
tortuous	〔tort 扭→扭彎，扭曲→彎曲，-uous 形容詞字尾，～的〕 **扭曲的，彎彎曲曲的，拐彎抹角的**
tortuosity	〔見上，-osity 名詞字尾〕 **曲折，彎曲**
torture	〔扭，歪〕 **歪曲，曲解** 〔tort 扭→扭彎→折→折磨，-ure 名詞字尾〕 **拷打，折磨，嚴刑，痛苦** 〔轉為動詞〕 **拷打，使痛苦，拷問，折磨，刑訊**
torturer	〔見上，-er 者〕 **拷打者，拷問者，虐待者**

torment	〔見上，-tor(t) +-ment〕 痛苦，折磨，使痛苦
torturous	〔見上，-ous ～的〕 使痛苦的，充滿痛苦的
contort	〔con- 加強意義，tort 扭→扭彎〕 扭歪，扭彎，曲解
contortion	〔見上，-ion 名詞字尾〕 扭彎，扭歪，曲解
contortionist	〔見上，-ist 表示人；「扭彎身體的人」〕 柔體表演的雜技演員
distort	〔dis- 離，tort 扭；「扭離正形」〕 弄歪 (嘴臉等)，使變形；歪曲，曲解 (事實)
distortion	〔見上，-ion 名詞字尾〕 弄歪，變形，歪曲，歪形
distortionist	〔見上，-ist 表示人；「善畫歪形的人」〕 漫畫家 〔「扭歪身體的人」〕 柔體表演者
tortoise	〔tort 扭→扭曲〕 烏龜 (烏龜的腳是扭曲的)
retort	〔re- 回，tort 扭；「扭回」→打回〕 反擊，回報，反駁
retortion	〔見上，-ion 名詞字尾〕 扭回，扭轉，反擊，報復
tortile	〔tort 扭，ile 形容詞字尾，～的〕 扭轉的，扭彎的
torsion	〔tors=tort 扭，-ion 名詞字尾〕 扭轉，扭力

148 **tract**

tractor 是「拖拉機」，
人人都熟悉。
哪是「拖拉」哪是「機」？
你是否會分析？

tract=draw 拉，抽，引

tractor	〔tract 拉，-or 名詞字尾，表示物〕 **拖拉機**
attract	〔at-=ad- 表示 to， tract 抽，引〕 **吸引，誘惑**
attractive	〔見上，-ive ～的〕 **有吸引力的，有誘惑力的**
attraction	〔見上，-ion 名詞字尾〕 **吸引，吸引力，誘惑力**
protract	〔pro- 向前，tract 拉；「向前拉」→拉長〕 **延長，伸長，拖延**
protraction	〔見上，-ion 名詞字尾，表示行為〕 **延長，拖延**
protractile	〔見上，-ile 可～的〕 **(爪、舌等) 可伸長的，可伸出的**
protractor	〔見上，-or 表示人〕 **延長者，拖延者**
protracted	〔見上，-ed ～的〕 **延長的，拖延的**

contract	〔con- 共同，一起，tract 拉；「把二者拉在一起」→使二者結合在一起〕 **訂約，締結，契約，合約** 〔「共同拉緊」〕 **收縮，(使) 縮小，收縮了的**
contracted	〔見上，-ed ～的〕 **收縮的，縮小的；已定約的，已訂婚的**
contractible	〔見上，-ible 可～的〕 **可收縮的，會收縮的**
contractile	〔見上，-ile 可～的〕 **可收縮的，有收縮力的**
contractive	〔見上，-ive ～的〕 **收縮的，有收縮力的**
contracture	〔見上，-ure 名詞字尾〕 **攣縮，痙攣**
contractual	〔見上， contract 契約，-ual ～的〕 **契約 (性) 的**
contraction	〔見上， -ion 名詞字尾〕 **訂約，收縮**
abstract	〔abs-=ab- 離開，去，出，tract 抽；「抽去」，「抽出」〕 **抽象，抽象的，抽取，提取，摘要**
abstraction	〔見上，-ion 名詞字尾〕 **抽象 (化)，提取，抽出，分離**
extract	〔ex- 出，tract 抽〕 **抽出，拔出，取出**
extraction	〔見上，-ion 名詞字尾〕 **抽出，抽出物，摘要**

extractor	〔見上，-or 表示人或物〕 **抽取者，抽出器**
retract	〔re- 回，tract 抽〕 **縮回，縮進，收回，撤回**
retraction	〔見上，-ion 名詞字尾〕 **縮回，收回，撤銷**
retractive	〔見上，-ive ～的〕 **縮回的**
subtract	〔sub- 下，tract 抽；「抽下」→抽去〕 **減，減去，去掉**
subtraction	〔見上，-ion 名詞字尾〕 **減，減去**
subtrahend	〔見上，trah=tract，-end 名詞字尾〕 **減數**
distract	〔dis- 分開，離開，tract 抽，引；「把注意力引開」〕 **分散 (注意力)，(使人) 分心，弄昏，迷惑**
distraction	〔見上，-ion 名詞字尾〕 **心神煩亂，精神錯亂**
distracted	〔見上，-ed ～的〕 **心煩意亂的，發狂的**
traction	〔tract 拉，拖，引，-ion 名詞字尾〕 **拖，牽引 (力)**
tractive	〔見上，-ive ～的〕 **拖，牽引的**

149 **trud**

早年哪知識字根，
而今始覺字根靈。
trud 能將難字解，
無限喜悅在心中。

trud，trus=push，thrust 推，衝

intrude	（in- 入，trud 衝，闖；「闖入」，「衝入」） **侵入，入侵，闖入**
intruder	（見上，-er 者） **入侵者，闖入者**
intrusion	（in- 入，trus 衝，闖，-ion 名詞字尾） **入侵，闖入**
intrusive	（見上，-ive ～的） **入侵的，闖入的**
extrude	（ex- 出，trud 推；「推出」） **逐出，趕走；擠壓出，噴出**
extruder	（見上，-er 表示物） **擠壓機**
extrusion	（見上，-ion 名詞字尾） **逐出，噴出，擠壓**
extrusive	（見上，-ive ～的） **逐出的，噴出的，擠出的**
protrude	（pro- 向前，trud 推；「推向前」） **使伸出，使突出**

protrudent	〔見上，-ent ～的〕 伸出的，凸出的，突出的
protrusile	〔見上，-ile 可～的〕 可伸出的，可突出的
protrusion	〔見上，-ion 名詞字尾〕 伸出，突出；突出部分
protrusive	〔見上，-ive ～的〕 伸出的，突出的
detrude	〔de- 下，trud 推〕 推下，推落，推倒，推去
detrusion	〔上，-ion 名詞字尾〕 推下，推倒

150 **un, uni**

one 乃最熟之字，
本是你喻我曉，
應知 un 亦 one 也，
不可「目不識一」。

un，uni=one 一

unite	〔un=one 一，單一，-ite 動詞字尾，使成～；「使成為一個整體」〕 統一，聯合，團結
united	〔見上，-ed ～的〕 統一的，聯合的

unitive	〔見上，-itive ～的〕 統一的，聯合的
unity	〔un 單一，ity 名詞字尾，表示情況、性質〕 統一，單一，整體，團結
disunity	〔dis- 不，見上〕 不統一，不團結
union	〔un 單一，-ion 名詞字尾，表示行為或行為的結果；「聯成一體」〕 聯合，聯合會，工會，聯盟
reunion	〔re- 再，見上〕 再聯合，再結合
disunion	〔dis- 不，見上〕 不統一，不聯合，不團結，分裂
unit	〔un 單一，-it 名詞字尾，表示物〕 單位，單元
unitize	〔見上，-ize 動詞字尾，使成～〕 使成一個單元
unique	〔un=one 一，單一，-ique=-ic ～的〕 唯一的，獨一無二的
unify	〔un=one 一，單一，-fy 動詞字尾，使成～〕 統一，使成一體，使一元化
unification	〔見上，-fication 名詞字尾〕 統一，聯合
uniform	〔uni 單一，form 形式，樣式〕 一樣的，相同的；制服
uniformity	〔見上，-ity 名詞字尾，表示情況、性質〕 一樣，一致

unanimous	〔un 單一，一個，anim 心神，意志→意見，-ous ～的；「一個意志的」，「一個意見的」〕**一致的，一致同意的**
unanimity	〔見上，-ity 名詞字尾，表示情況〕**全體一致，一致同意**
triune	〔tri- 三，un 單一，一個〕**三位一體的，三人一組**
triunity	〔見上，-ity 名詞字尾〕**三位一體**
unison	〔uni 單一，son 聲音；「同一聲音」〕**同音，齊唱，調和，一致**
unisonous	〔見上，-ous ～的〕**同音的，一致的**
unilateral	〔uni 單一，later 邊，-al ～的〕**單邊的，一邊的，單方面的**
unicycle	〔uni 單一，cycle 輪〕**獨輪腳踏車**
unidirectional	〔uni 單一，direction 方向，-al ～的〕**單向性的**

151 # urb

「城市」本稱 city，
suburb 卻是「城外」。
哪是「城」？哪是「外」？
真令人不明白。

urb=city 城市

suburb	〔sub-下，靠近，urb城市；「城下」，「靠近城」→城外〕 **郊區，郊外，近郊，城外**
suburban	〔見上，-an ～的〕 **郊區的** 〔-an 表示人〕 **郊區居民**
suburbanite	〔見上，-ite 表示人〕 **郊區居民**
suburbanize	〔見上，-ize 使～化〕 **(使) 市郊化**
urban	〔urb 城市，-an ～的〕 **城市的，都市的**
urbanite	〔見上，-ite 表示人〕 **城市居民**
urbane	〔urb 城市，-ane=-an 形容詞字尾，有～性質的，原意為「城市的人比鄉村的人文雅」〕 **文雅的，有禮貌的**
urbanity	〔見上，-ity 名詞字尾，表示性質〕 **文雅，溫文儒雅**

inurbane	〔in- 不，見上〕 不文雅的，粗野的，不禮貌的
inurbanity	〔見上，-ity 名詞字尾〕 不文雅，粗野
urbanize	〔見上，-ize 使～化〕 使都市化
urbanization	〔見上，-ization ～化〕 都市化
urbanology	〔urban 城市，-o-，-logy ～學〕 城市學，都市學
exurb	〔ex- 外，urb 城市；「遠在城市之外」〕 城市遠郊地區
exurban	〔見上，-an ～的〕 城市遠郊的
exurbanite	〔見上，-ite 表示人〕 城市遠郊區居民
interurban	〔inter- 在～之間，urb 城市，-an ～的〕 城市與城市之間的
conurbation	〔con- 共同，urb 城市 -ation 名詞字尾；「幾個城市共同組成的大城市」〕 集合城市 (擁有衛星城市的大都市，如倫敦等)

152 ut

wise 是「聰明」，
wit 是「智慧」；
二者意義有聯繫，
只是「se」換成「t」。
你是否能由此看出
use 與 ut 同樣有聯繫？

ut=use 用	
utility	〔ut 用，-ility 名詞字尾，表示性質〕 **有用，效用，實用，功利**
utilitarian	〔見上，-arian ～的；「有用的」→有利的→功利的〕 **實利的，功利的，功利主義的** 〔-arian 表示人〕 **功利主義者**
utilize	〔見上，-ize 動詞字尾〕 **利用**
utilization	〔見上，-ization 名詞字尾〕 **利用**
utilizable	〔見上，-able 可～的〕 **可利用的**
inutile	〔in- 無，ut 用，-ile ～的〕 **無用的，無益的**
inutility	〔見上，-ility 名詞字尾〕 **無用，無益，無用的人或物**

utensil	用具

153 **vac**

vacant 是「空的」，
vacation 是「假期」，
它倆似乎風馬牛不相及。
可是你不能從表面看問題，
vac 是它倆的內在聯繫。

vac=empty 空 （vac 也作 vacu）

vacation	〔vac 空，-ation 名詞字尾，表示情況、狀態；「空間的狀態」→無課業，無工作〕 **休假，假期**
vacationist	〔見上，-ist 表示人〕 **休假者，度假者**
vacant	〔vac 空，-ant ～的〕 **空的，空白的，未被占用的**
vacancy	〔vac 空，-ancy 表示情況、狀態〕 **空，空白，空處，空虛**
vacate	〔vac 空，-ate 動詞字尾，使～〕 **使空出，騰出，搬出**
evacuate	〔e- 外，出，vacu 空，-ate 動詞字尾，使～；「使某地方空出來」〕 **撤走，撤空，疏散居民，撤離（某地）**

evacuation	〔見上，-ation 名詞字尾〕 疏散，撤走，撤空
evacuee	〔見上，-ee 被〜的人〕 被疏散的人員
vacuous	〔vacu 空，-ous 〜的〕 空的，空洞的，空虛的
vacuity	〔vacu 空，-ity 名詞字尾，表示情況、狀態〕 空，空白，空虛
vacuum	〔vacu 空，-um 名詞字尾〕 真空，真空狀態，真空度
vacuumize	〔見上，-ize 動詞字尾，使〜〕 使成真空，真空包裝

154　vad

walk，go 是「行走」，
這兩字常在口。
若問 vad 作何解，
瞠目結舌十有九。

vad=walk，go 行走（也作 vas）

invade	〔in- 入，vad 走；「走入」→闖入〕 侵入，侵略
invader	〔見上，-er 表示人〕 入侵者，侵略者，侵犯者
invasion	〔見上，vad←vas，-ion 名詞字尾，表示行為〕 入侵，侵略

invasive	〔見上，-ive ～的〕 **入侵的，侵略的**
evade	〔e- 外，出，vad 走；「走出」→逃出〕 **逃避，躲避**
evasion	〔見上，-ion 名詞字尾〕 **逃避，躲避，迴避**
evasive	〔見上，-ive ～的〕 **逃避的，躲避的**
pervade	〔per-=throughout 全，遍，vad 走；「走遍」〕 **遍及，彌漫，滲透，充滿**
pervasion	〔見上，-ion 名詞字尾〕 **遍布，彌漫，滲透，充滿**
pervasive	〔見上，-ive ～的〕 **遍及的，遍布的，彌漫的，充滿的**
wade	〔w ← v，wad ← vad 行走〕 **跋涉，費力地前進**
waddle	〔見上，wad=vad 行走，d 重複字母，-le 動詞字尾，表示反覆、連續動作〕 **搖搖擺擺地走，蹣跚**

155 vag

字典終日不離身，
只緣身陷生字中。
vag 能使思路活，
眾多生字一點通。

vag=wander 漫步，漫遊

extravagant	〔extra- 以外，vag 漫步，走，-ant ～的；「走出範圍之外的」→超出範圍的〕 **過分的，過度的，無節制的，奢侈的，浪費的**
extravagance	〔見上，-ance 名詞字尾〕 **過分，過度，無節制，浪費，奢侈**
vague	〔vag 漫遊，遊蕩→遊移不定→不確定，不明確〕 **含糊的，不明確的**
vagile	〔vag 漫遊，ile 形容詞字尾〕 **漫遊的**
vagabond	〔vag 漫遊→流浪〕 **流浪的，漂泊的** 〔轉名詞〕 **流浪者**
vagabondage	〔見上，-age 名詞字尾〕 **流浪（生活）**
divagate	〔di-=dis- 離，vag 漫步，走，-ate 動詞字尾；「走離」〕 **流浪，漫遊，入歧途；（談話）離題**

divagation	〔見上，-ion 名詞字尾〕 **流浪，入歧途；離題**
noctivagant	〔nocti 夜，vag 漫遊，-ant ～的〕 **夜遊的，夜間徘徊的**

156 # val

識字良方何處尋？
單字之外記字根。
時人只將 strong 記，
不記 val 安可行？

val=strong 強

invalid	〔in- 不，val 強，-id 形容詞字尾，～的；「不強壯的」〕 **病弱的，傷殘的** 〔轉為名詞〕 **病人，傷病員**
invalidity	〔見上，-ity 名詞字尾〕 **(因病殘而) 喪失工作能力**
invalidism	〔見上，-ism 表情況、狀態〕 **久病，傷殘**
valiant	〔val 強→勇，-iant=-ant ～的〕 **勇敢的，勇猛的，英勇的**
valour	〔val 強→勇，-our 表抽象名詞〕 **勇猛，英猛**

valorous	〔見上，valor ← valour，-ous 〜的〕 **勇猛的，英勇的**
convalesce	〔con- 用作加強意義，val 強→健康，-esce 動詞字尾，表示動作開始或正在進行〕 **漸癒，恢復健康**
convalescence	〔見上，-escence 名詞字尾〕 **逐漸恢復健康**
convalescent	〔見上，-escent 形容詞字尾〕 **恢復健康的，漸癒**
prevail	〔pre- 前，在前，居先，vail=val 強；「強過」，「比〜強」〕 **勝過，優勝於，占優勢** 〔某種事物勝於其他事物→某種事物的影響力及影響範圍大於其他事物→處處都出現某種事物→某種事物普遍存在→某種事物流行〕 **盛行，流行，風行**
prevailing	〔見上，-ing 〜的〕 **占優勢的，流行的，盛行的**
prevalent	〔見上，preval=prevail，-ent 〜的〕 **流行的，盛行的，風行的，普遍的**
prevalence	〔見上，-ence 名詞字尾〕 **流行，盛行**

157 vari

changeable 早相識，
variable 可曾知？
原來造字多變化，
卻把 vari 換 change。

vari=change 變化

variable	〔vari 變化，-able 可～的，易～的〕 可變的，反覆不定的
invariable	〔in- 不，見上〕 不變的，恒定的
various	〔vari 變化→多樣，-ous ～的〕 各種各樣的，不同的
variety	〔vari 變化，-ety 名詞字尾，表示情況、性質〕 變化，多樣化，種種
vary	〔vari 變化，i → y〕 改變，變化，變更
varied	〔-ed ～的〕 多變化的，各種各樣的，不同的
unvaried	〔un- 不，見上〕 不變的，經常的，一貫的
variant	〔vari 變化，-ant ～的〕 變異的，不同的，有差別的
invariant	〔in- 不，見上〕 不變的，恒定的

variance	（vari 變化，-ance 名詞字尾，表示性質） **變化，變動，變異**
invariance	（in- 不，見上） **不變性**
variation	（vari 變化，-ation 名詞字尾） **變化，變動，變更**
varicoloured	（vari 變化→多樣，colour 顏色，-ed ～的） **雜色的，五顏六色的**
variform	（vari 變化→多樣，form 形狀） **有各種形狀的，形形色色的**
varisized	（vari 變化→多樣，size 大小，-ed ～的） **各種大小的，不同尺寸的**

158　ven

學無止境，
識得 come 只等閒；
天外有天，
表示「來」字尚有 ven。

ven=come 來

intervene	（inter- 之間，中間，ven 來；「來到其間」→介入其中） **干預，干涉，介入**
intervention	（見上，-tion 名詞字尾，表示行為） **干預，干涉，介入**

intervenient	〔見上，-ient =-ent ～的〕 干預的，干涉的，介入的
intervenor	〔見上，-or 表示人〕 干涉者，介入者
convene	〔con- 共同，一起，ven 來；「召喚大家來到一起」〕 召集 (會議)，集合
convention	〔見上，-tion 名詞字尾，表示行為的結果〕 集會，會議，大會
conventioneer	〔見上，-eer 表示人〕 參加會議的人，到會的人
convener	〔見上，-er 表示人〕 會議召集人
prevent	〔pre- 前，先，ven 來；「先來」→趕在前面→預先應付→提前準備〕 預防，防止
prevention	〔見上，-ion 名詞字尾，表示行為〕 預防，防止，阻止
preventive	〔見上，-ive ～的〕 預防的，防止的
event	〔e-=out 出，ven 來；「出來」→出現→發生→發生的事情〕 事件，大事，事變，偶然事件
eventful	〔見上，-ful 多～的〕 多事的，充滿大事的，多變故的
avenue	〔a-=ad- 表示 to，ven 來；「來時所經過的路」〕 道路，林蔭道，大街

revenue	〔re- 回，ven 來；「回來」→收回→從～收回的東西→收入〕 **(國家的) 歲收，稅收，收入**
revenuer	〔見上，-er 表示人〕 **稅務官**
circumvent	〔circum- 周圍，四周，ven 來；「從四周來」〕 **包圍，圍繞**
circumvention	〔見上，-ion 名詞字尾，表示行為〕 **包圍，圍繞**
circumventer	〔見上，-er 者〕 **包圍者，用計取勝者**
supervene	〔super- 上面，ven 來；「由上面來」→降臨→突然發生〕 **意外發生**
supervention	〔見上，-tion 名詞字尾，表示情況、事情〕 **意外發生，意外發生的事件**
contravene	〔contra-=against 反對，相反，ven 來；to come against → contrary to〕 **違反，觸犯，與～相衝突，反駁**
contravention	〔見上，-tion 名詞字尾〕 **違反，觸犯，抵觸，反駁**

159 vert

識得 turn，僅僅是初步，
尚有 vert 須記住。
記住，記住，
眾多單字易領悟。

vert=turn 轉（也作 vers）

advertise	〔ad- 表示 to 向，vert 轉，-ise 動詞字尾，使～；「使（人的注意力）轉向～」→使人注意到～→引起人注意〕 **登廣告，為～做廣告，大肆宣揚**
advertisement	〔見上，-ment 名詞字尾，表示行為、行為的結果〕 **廣告，登廣告**
anniversary	〔ann 年，-i- 連接字母，vers 轉，-ary 名詞字尾；「時間轉了一年」〕 **周年紀念日，周年紀念** 〔-ary ～的〕 **周年紀念的，周年的**
subvert	〔sub- 下，由下，vers 轉，翻轉；「由下翻轉」〕 **推翻，顛覆**
subversion	〔見上， -ion 名詞字尾〕 **推翻，顛覆**
subversive	〔見上，-ive ～的〕 **顛覆的**

divert	〔di-=dis- 分開，離，vert 轉；「由學習或工作中轉移開」〕 **娛樂，使消遣** 〔轉職〕 **轉向，使轉移**
diversion	〔見上， -ion 名詞字尾〕 **娛樂，消遣，轉向，轉移**
adverse	〔ad- 表示 to，vers 轉；「轉過來」→反轉→相反→敵對〕 **(在位置或方向上) 逆的，相反的** 〔「相反的」引申〕 **敵對的**
adversity	〔見上，advers(e) 逆的，-ity 表示情況、狀態〕 **逆境，不幸，苦難**
adversary	〔見上，advers(e) 敵對的，-ary 表示人〕 **對手，敵手**
divorce	〔dit-=dis- 分開，離，散，vorc=vers 轉 ；to turn apart〕 **離婚，分離，脫離**
reverse	〔re- 回，反→倒，vers 轉〕 **倒轉，翻轉，回轉，逆轉**
reversion	〔見上，-ion 名詞字尾〕 **倒轉，翻轉，回覆，反向**
reversible	〔見上，-ible 可～的〕 **可倒轉的，可逆的**
irreversible	〔ir- 不，見上〕 **不可倒轉的，不可逆的**
introvert	〔intro- 向內，vert 轉〕 **內省，使內彎；內向性格的人**

introversion	〔見上，-ion 名詞字尾〕 內向，內省，內灣
extrovert	〔extro-=extra- 外，vert 轉，轉向〕 外向性格的人
convert	〔con- 加強意義，vert 轉→轉變〕 變換，轉變
conversion	〔見上，-ion 名詞字尾〕 變換，轉化
versatile	〔vert 轉，-atile 形容詞字尾，可～的〕 可轉動的，多方面的，多才多藝的
controvert	〔contro-=contra- 相反，相對，vert 轉；to turn against，針鋒相對〕 爭論，辯論，論戰，反駁
controversy	〔見上，-y 名詞字尾〕 爭論，論戰，爭吵
controversial	〔見上，-ial 形容詞字尾，～的〕 爭論的，好爭論的
invert	〔in- 內；「內轉」→翻轉〕 倒轉，使倒轉，使反向，倒置，轉換
inverse	〔見上〕 相反的，倒轉的
inversion	〔見上，-ion 名詞字尾〕 反向，倒轉，轉換
inversive	〔見上，-ive ～的〕 反向的，倒轉的
diverse	〔di-=dis- 離，分開，分散，vers 轉；「轉離原樣」，「轉為多樣的」〕 和～不一樣的，多種多樣的，形形色色的

diversify	〔見上，-i-，-fy 使～〕 **使不同，使多樣化**
diversified	〔見上，-ed ～的〕 **多樣化的**
diversification	〔見上，-fication 名詞字尾，～化〕 **多樣化**
diversiform	〔見上，-form 有～形狀〕 **各種形狀的，各式各樣的**
diversity	〔見上，-ity 名詞字尾，表性質、情況〕 **多樣性，變化，異樣**
retrovert	〔retro- 向後，vert 轉；「轉向後」〕 **使向後彎曲，使反轉，使後傾**
retroversion	〔見上，-ion 名詞字尾〕 **後轉，後傾，倒退，回顧**
avert	〔a-=away， vert=turn；「轉移」→移開，to turn away〕 **避開 (災難、危險等)，轉移 (目光，思想等)**
version	〔vers 轉，-ion 名詞字尾；轉換→由一種文字轉換為另一種文字→轉譯→轉譯的文字〕 **譯文，譯本，翻譯**
vertigo	〔vers 轉→旋轉，-igo 名詞字尾，表示疾病；頭「旋轉」〕 **頭暈，暈眩，暈頭轉向**

160 vi, via

way 是「道路」，
盡人皆知，毋庸贅述。
你知不知
vi 和 via 也是「道路」？

vi，via=way 路

obvious	〔ob- 表示 in (or on)，vi 路，-ous ～的；「擺在大路上的」→大家都看得見的〕 **明顯的，顯而易見的，顯著的**
obviously	〔見上，-ly 副詞字尾，～地〕 **明顯地，顯著地**
previous	〔pre- 先，前，vi 路→走路，行走，-ous ～的；going before → foregoing〕 **以前的，先前的**
trivial	〔tri- 三，vi 路，-al ～的；「三岔路口上的」→隨處都可見到的→極普通的〕 **平凡的，平常的，不重要的，輕微的，細瑣的**
triviality	〔見上，-ity 名詞字尾〕 **瑣事，瑣碎，平凡**
deviate	〔de- 離開，vi 道路→正道，-ate 動詞字尾〕 **背離，偏離**
deviation	〔見上，-ion 名詞字尾〕 **背離，偏離，偏向，偏差**
deviationist	〔見上，-ist 表示人〕 **叛離正道者，(政黨的) 異議分子**

devious	〔de- 離開，vi 道路→大道，正道，-ous ～的〕 **遠離大路的，偏遠的，偏僻的，離開正道的， 誤入歧途的**
via	〔via 道路→經過～道路，by the way of〕 **取道，經由**
viatic	〔via 道路，-tic 形容詞字尾，～的〕 **道路的，旅行的**
viameter	〔via 道路→路程，meter 測量儀，計，儀表〕 **路程計，車程表**
viaduct	〔via 道路，duct 引導；「把路引導過去」→ 使路跨越過去〕 **高架橋，跨線橋，陸橋，棧橋**

161　vis

「用眼」的字知多少？
一個 see 字難代庖；
若知 vis 也是「看」，
眾多單字能記牢。

vis=see 看（也作 vid）

visible	〔vis 看，-ible 可～的〕 **看得見的，可見的**
invisible	〔in- 不，見上〕 **看不見的，無形的**
visit	〔vis 看，觀看→參觀〕 **參觀，遊覽，訪問**

visitor	〔見上，-or 表示人〕 **參觀者，觀光者，遊客，訪問者**
revisit	〔re- 再，見上〕 **再參觀，再遊覽，重遊**
advise	〔ad- 表示 to 向，vis 看 → 看法，意見，to give one's opinion to，「向別人提出自己的看法」〕 **向～提意見，建議，作顧問，勸告**
adviser advisor	〔見上，-er 或 -or 表示人〕 **顧問，勸告者**
advisory	〔見上，-ory ～的〕 **顧問的，勸告的，諮詢的**
advice	〔見上，字母變換，s → c，轉名詞〕 **（醫生、顧問的）意見，勸告，忠告**
revise	〔re- 再，vis 看，「再看」→ 重新審查，審閱〕 **修訂，修改，修正**
revision	〔見上，-ion 名詞字尾，表示行為及結果〕 **修訂，修改，修正，修訂本**
previse	〔pre- 前，先，預先，vis 看見〕 **預見，預知**
prevision	〔見上，-ion 名詞字尾〕 **預見，預知，預測**
supervise	〔super- 上，上面，vis 看；「從上面往下看」〕 **監視，監督，管理**
supervisor	〔見上，-or 表示人〕 **監視者，監督（人），管理人**
supervision	〔見上，-ion 名詞字尾，表示行為〕 **監督，管理**

supervisory	〔見上，-ory ～的〕 監督的，管理的
visual	〔vis 看，-ual ～的〕 看的，視覺的，視力的
visage	〔vis 看，-age 表示物〕 外觀，臉，面容，外表
vision	〔vis 看，-ion 名詞字尾〕 視，視力，視覺
television	〔tele 遠，vis 看，-ion 名詞字尾；「由遠處通過電波傳來可觀看的圖像」〕 電視
televise	〔見上〕 電視播送
televisual	〔見上，-ual ～的〕 電視的
visa	〔vis 看→審視，審查→審查後的簽字〕 簽證，簽准
evident	〔e- 出，vid 看，-ent 形容詞字尾，～的；「看得出來的」〕 明顯的，明白的
evidence	〔見上，-ence 名詞字尾〕 明顯，明白，跡象，證據
provide	〔pro- 前，先，預先，vid 看見，「預先見到而做準備」〕 作準備，預防，提供，裝備，供給
provision	〔見上，-ion 名詞字尾〕 預備，防備，供應，供應品

provident	〔pro- 前，先，vid 看見，-ent ～的〕 **有遠見的**
improvident	〔im- 無，見上〕 **無遠見的**
video	〔vid 看，「可觀看的圖像」〕 **電視，電視的**
videophone	〔見上，phone 電話〕 **視訊電話**
videocast	〔見上，cast 廣播〕 **電視廣播**

162 vit

開卷常遇 life，
此字人人熟；
只恐你對 vit 還陌生，
尚須將它熟記勿疏忽。

vit=life 生命

vital	〔vit 生命，-al ～的〕 **生命的，有生命的，充滿活力的，致命的，生命攸關的**
vitality	〔見上，-ity 名詞字尾，表示情況、性質〕 **生命力，生氣，活力**
vitalize	〔見上，-ize 動詞字尾，使～〕 **給予～生命力，使有生氣**

revitalize	〔re- 再，見上〕 **使再生，使新生，使恢復元氣**
devitalize	〔de- 除去，取消，去掉，見上〕 **使失去生命 (力)，使傷元氣**
vitamin(e)	〔vit 生命，amine 胺 (一種化合物)；「維持生命之物」〕 **維生素，維他命**
vitaminology	〔見上，-logy 〜學〕 **維生素學**
avitaminosis	〔a- 無，vitamin 維生素，-osis 表示疾病名稱〕 **維生素缺乏症**
devitaminize	〔de- 除去，去掉，vitamin 維生素，-ize 動詞字尾〕 **使 (食物) 失去維生素**

163 viv

live 很熟，相見常在朝夕，
viv 何解？相逢未必相識

viv=live 活	
survive	〔sur- 超過，viv 活；「活得比別人長」，「壽命超過別人」〕 **比〜活得長，晚死，倖存，殘存**
survival	〔見上，-al 名詞字尾，表示情況，狀態〕 **倖存，殘存，尚存**

survivor	〔見上，-or 表示人〕 倖存者，逃生者
revive	〔re- 再，vid 活〕 再生，復活，復甦
revival	〔見上，-al 名詞字尾，表示情況，狀態〕 再生，復活，復甦
vivid	〔viv 活，-id 形容詞字尾，～的〕 活潑的，有生氣的
vivacious	〔viv 活，-acious 形容詞字尾，～的〕 活潑的，有生氣的
vivacity	〔viv 活，-acity 形容詞字尾，表示情況，狀態〕 活潑，有生氣的
vivify	〔vivi=viv 活，-fy 使～〕 使活躍，使有生氣
vivarium	〔viv 活→活物，生物，動植物，-arium 表示場所〕 (造成自然環境狀態的) 動物或植物園
revivify	〔re- 再，viv(i) 活，-fy 使～〕 (使) 再生，(使) 復活，(使) 復甦
vivisect	〔viv(i) 活→活體，sect 切，割→解剖〕 解剖 (動物活體)，進行動物活體解剖
vivisection	〔見上，-ion 名詞字尾，表示行為〕 活體解剖

164　VOC

revocation，意難猜測，
convocation，不易記得，
何以解憂？唯有 voc。

voc=voice，call 聲音，叫喊（也作 vok）

vocal	〔voc 聲，-al ～的〕 有聲的，用語言表達的，口述的，歌唱的
vocalism	〔見上，-ism 表行為〕 發聲，歌唱
vocalist	〔見上，-ist 者〕 歌唱者，聲樂家
vocalize	〔見上，-ize 動詞字尾〕 發聲，唱，說
vocative	〔voc 聲，發聲→呼喚，-ative ～的〕 呼喚的，稱呼的
vociferous	〔voc 聲，-i-，fer 具有，-ous ～的〕 有大聲的，叫喊的，吵鬧的，喧嚷的
convoke	〔con- 共同，一起，vok 叫，召喚；「叫到一起來」〕 召集～開會，召集 (會議)
convocation	〔見上，-ation 名詞字尾〕 召集，集會
revoke	〔re- 回，vok 叫；「叫回」〕 撤回，撤銷

revocation	〔見上，-ation 名詞字尾〕 撤回，取消
revocable	〔見上，-able 可～的〕 可撤回的，可取消的
irrevocable	〔ir- 不，見上〕 不可挽回的，不可取消的
provoke	〔pro- 前，向前，vok 叫喊〕 對～挑撥，激怒，煽動，激起
provocation	〔見上，-ation 名詞字尾〕 挑撥，激怒，激起
provocative	〔見上，-ative 形容詞，～的〕 挑撥的，激怒的，激起～的
equivocal	〔equi 相等的，一樣的，voc 聲，言詞，-al 形容詞字尾，～的〕 (語言)模稜兩可的，雙關的，含糊的，多意的
equivocality	〔見上，-ity 名詞字尾〕 (語言)含糊，模稜兩可，多意性
equivoke	〔見上〕 模稜兩可的話，雙關語
evoke	〔e- 出，vok 聲音，叫;「叫出」,「喊出」〕 喚起，召喚
evocation	〔見上，-ation 名詞字尾〕 喚起，召喚
evocative	〔見上，-ative ～的〕 喚起～的，引起～的
vocable	〔voc 聲音→語言〕 詞，語

vocabulary	〔見上，-ary 名詞字尾〕 **詞彙，字彙，語彙，字彙量**
advocate	〔ad- 加強意義，voc 聲音→說話，-ate 動詞字尾；「大聲說」，「大聲喊叫」→極力主張〕 **擁護，提倡，鼓吹，辯護** 〔-ate 表示人〕 **擁護者，提倡者，鼓吹者，主張者**
advocacy	〔見上，-acy 名詞字尾〕 **擁護，提倡辯護，主張**
advocator	〔見上，-or 表示人〕 **擁護者，提倡者**
vocation	〔voc 聲音，語言，叫喊→召喚，-ation 名詞字尾；原意為「根據上帝召喚而做的事」→天職，後演化、引申為「職業」〕 **職業，行業**
vocational	〔見上，-al ～的〕 **職業的，行業的**

② 多認字根，多識單字

　　在上一章裡，相信大家已學習了一百多個字根，並對單字的結構與字義的形成有了初步認識。為了進一步提高識字能力，這一章裡再用一百多個字根及其例字作為讀者的實踐材料。下面的例字只註明字義，不再逐字分析，而由讀者自己根據字根去分析單字的結構，藉以培養獨立分析單字的能力，進一步擴大字彙量。一些較難分析的例字後面註有提示。

165　aer(o)=air 空氣，空中，航空

aerial
空氣，航空的

aerify
使氣體化

aeriform
氣狀的，氣體的

aerology
大氣學，氣象學

aerobiology
大氣生物學

aerospace
宇宙空間

aerophotography
空中攝影術

aerotrain
懸浮火車

aeroplane
飛機

aerotransport
運輸機

aeromedicine
航空醫學

aerophysics
航空物理學

aero-amphibian
海陸空（聯合）的

aeronautics
航空學

aerodrome
〔drom 跑，飛機跑行的地方〕機場

aerolith
〔lith 石，空中落下的石頭〕隕石

aerometer
氣體測量器

166   **alt=high 高**

altitude
高，高度

altimeter
測高計，高度表

exaltation
升高，提高

alto
（音樂）男聲最高音

altimetry
測高法

altar
〔一塊高地〕祭壇

exalt
提高，舉高，提升

altocumulus
高積雲

altostratus
高層雲

167   **am=love 愛**

amateur
業餘愛好者

amour
不正當的男女愛情

enamour
使迷戀，使傾心

amateurish
業餘的

amorous
戀愛的，色情的

paramour
情夫，情婦

amatory
戀愛的，色情的

amorist
好色之徒

168   **ambul=walk 行走**

ambulance
〔到處走動的醫院〕
野戰醫院，巡迴醫院，
救護車

ambulant
走動的，流動的

ambulate
行走，移動

ambulation
巡行，周遊

ambulator
周遊者

circumambulate
〔circum- 在周圍，環繞〕環行，繞～而行

noctambulant
〔noct 夜〕夜遊的，夢行的

nocambulist
夢行者

somnambulate
〔somn 睡眠〕夢遊，夢行

somnambulist
夢遊者

perambulate
遊歷，徘徊

perambulator
遊歷者，徘徊者

---

169 **anim=life，mind，breath，spirit**
生命，活，心神，意志，意見

unanimous
〔un 一個〕一致的，一致同意的

unanimity
一致同意

magnanimous
〔magn 大〕寬宏大量的

magnanimity
寬宏大量

longanimous
〔long 長→持久，意志能持久的〕堅忍的

reanimate
〔re- 再，復〕使復活，使重振精神

exanimate
〔ex- 無〕無生命的

longanimity
堅忍，忍耐

equanimity
〔equ=equal 平靜的，心神平靜〕沉著，平靜，鎮定

animal
動物，動物的

animality
動物性，獸性

animate
使生氣勃勃

animated
生氣勃勃的

inanimate
〔in- 無〕無生氣的，不活潑的

170　anthrop(o)=man，humankind
人，人類

anthropology
人類學

philanthropist
博愛主義者

anthropologist
人類學者

paleoanthropology
〔paleo- 古〕古人類
學

anthropoid
〔-oid 似、的〕似人
的，類人猿

Sinanthropus
〔sin(o) 中國〕中國猿
人，北京人

philanthropy
〔phil 愛〕仁愛，慈
善，博愛主義

misanthropy
〔mis(o) 恨，恐惡〕
厭世，厭恐人類

misanthropist
厭世者，厭惡人類者

anthropotomy
〔tomy 解剖〕人體解
剖 (學)

anthropophagous
〔phag 吃〕吃人的，
吃人肉的

171　arch=ruler 統治者
archy=rule 統治

anarchy
〔an- 無〕無政府狀態

anarchism
無政府主義

anarchist
無政府主義者

monarch
〔mon 獨〕君主

monarchy
君主政體

gynarchy
〔gyn 婦女〕婦人政治

polyarchy
〔poly- 多〕多頭政治

oligarchy
〔olig 少〕寡頭統治

triarchy
〔tri- 三〕三頭政治

plutarchy
〔plut 財富、財閥〕
財閥統治

patriarch
〔patri 父〕家長，族
長

matriarch
〔matri 母〕女家長，
女族長

172 avi=bird 鳥

avian
鳥的，鳥類的

aviary
〔-ary 場所〕養鳥房，
鳥舍

aviculture
養鳥（法）

aviate
〔鳥→飛行〕飛行，
駕駛飛機

aviation
飛行，飛行術

aviator
飛行員

aviatrix
〔-trix 表女性〕女飛
行員

173 bar(o)=weight 重，壓

baric
氣壓的

barometer
氣壓計，晴雨表

baroscope
氣壓測驗器

barogram
氣壓圖

isobar
〔iso- 相等〕等壓線

baritone
〔沉重的音調〕男中
音，男中音歌手

barite
重晶石

174 bat=beat，strike 打

combat
戰鬥，格鬥

combatant
戰鬥員，戰鬥的

combative
好鬥的

battle
戰鬥，戰役

battalion
營，部隊

batter
連續打

bat
〔「打擊」用的東西〕
短棍，球棒，用棒打

batsman
擊球員

baton
棍，警棍，用棍打

batting
擊球，擊球術

175   **bibli(o)=book 書**

bibliomania
書狂，藏書癖

bibliology
目錄學，版本學

bibliography
書目提要

bibliophile
〔phil 愛〕書籍愛好者

bibliopole
〔pol 賣〕書商

bibliographer
書目提要編著人

bibliophilism
愛書癖

bibliopoly
書籍販賣

Bible
聖經

bibliophobia
〔phob 憎惡〕憎惡書籍

176   **blanc=white 白**

blanch
漂白，發白

blancmange
〔「白色」的食物〕
牛奶凍

blankbook
空白簿

blanching
漂白的，使變白的

blank
〔c → k〕空白，空白
的

blanket
〔「白色」的織物〕毯
子，羊毛毯

177   brig=fight 打，戰鬥

brigade
〔戰鬥的單位〕旅，
隊

brigadier
旅長

brigand
〔打劫者〕土匪

brigandish
土匪般的

brigandism
土匪行為，掠奪

brigandage
強盜行為，打劫

178   cad，cas=fall 降落，降臨

decadent
墮落的，頹廢的

decadence
墮落，頹廢

case
〔突然降臨的事〕情
況，情形

casual
〔突然降臨的〕偶然
的，未意料到的

occasion
〔偶然降臨的情況〕
時機，機會，場合

occasional
偶然的

occasionality
偶然性

179   calor=heat 熱

calorie
〔熱量單位〕卡，卡路里
calory=calorie

caloric
熱量的，熱量

calorify
加熱於

calorifier
加熱裝置

calorific
生熱的

calorification
熱化

calorifacient
生熱的

calorimeter
量熱器

caloricity
食物的熱量

180 cardi=heart 心

cardiac
心臟的

cardiology
心病學

electrocardiogram
心電圖

carditis
心臟炎

cardiometer
心電圖

tachycardia
〔tachy 速〕心動過速

cardiogram
心動圖

epicardium
〔epi- 外〕心外膜

cardiotonic
〔tonic 強身的 (藥)〕
強心的，強心劑

bradycardia
〔brady 慢〕心動緩慢

endocardium
〔endo- 內〕心內膜

181 cert=sure 確實，確信，確定

certitude
確實性，確信

uncertain
不確定的

certifiable
可證實的

incertitude
不確定，不肯定

uncertainty
不確定

certificate
證明書

certain
確實的，確信的

certify
〔使確實〕證實，
證明

certification
證明 (書)

certainly
確實地，肯定地

certifier
證實者，證明者

ascertain
確定，查明

certainty
確定，肯定

certified
被證實的

182 cid=fall 降落，降臨

accident
〔偶然降臨的事〕偶
然的事，意外的事

accidental
偶然的，意外的

incident
〔突然降臨的事〕事
變，事件

incidental
偶然的

coincide
〔co- 共同，同時降
臨〕同時發生，相合，
一致

occident
〔太陽降落的地方〕西
方

occidental
西方的

deciduous
脫落的

indeciduous
〔in- 不〕不落葉的，
常綠的

coincident
同時發生的，重合，
的一致的

183 clin=lean 傾

decline
傾斜，下傾，衰落

declinal
傾斜的，下傾的

declination
傾科，下傾，衰落

declension
〔clin → clen〕傾斜，
衰落，衰退

declinometer
〔傾→偏〕磁偏計

isoclinal
等傾的，等斜的，等
傾線

recline
〔re- 向後〕使向後
靠，斜筒，躺

incline
傾斜，傾向於，偏愛，
喜愛

inclination
傾斜，傾向，愛好，
偏愛

inclinable
傾向於～的，贊成的

disincline
〔dis- 不〕使不愛，
使不願

disinclination
不喜愛，不願

184　cosm(o)=world 世界，宇宙

cosmic
宇宙的

cosmism
宇宙進化論

cosmology
宇宙論

cosmologist
宇宙論學者

cosmonaut
太空人

cosmonautics
宇宙航行學

cosmos
宇宙

acosmism
〔a- 無〕無宇宙論

pancosmism
〔pan- 泛〕泛宇宙論

cosmopolis
〔polis 城市〕國際都市

cosmopolitan
全世界的，世界主義的

cosmopolitanism
世界主義

microcosm
〔micro- 微小〕微觀
世界，微觀宇宙

microcosmic
微觀世界的

macrocosm
〔macro- 宏大〕宏觀
世界

macrocosmic
宏觀世界的

185　cracy=rule，a type of government
統治，政治或政體
crat=ruler，partisan of a type of government
統治者，支持～統治的人

democracy
〔demo 人民〕民主，
民主政治，民主政體，
民主主義

democrat
民主主義者

democratic
民主的，民主主義

democratism
民主主義

autocracy
〔auto- 自己，獨立〕
獨裁政治，專制制度

autocrat
獨裁者，暴君

autocratic
獨裁的，專制的

bureaucracy
〔bureau 辦公桌→辦
公處→官府→官僚〕
官僚政治，官僚主義

bureaucrat
官僚

bureaucratic
官僚主義的

bureaucratism
官僚主義

plutocracy
〔pluto 財〕財閥統
治，富豪統治

plutocrat
財閥，富豪

plutocratic
財閥政治的

theocracy
〔theo 神〕神權政治

theocratic
神權政治的

monocracy
〔mono- 單一，獨〕
獨裁政治

monocrat
獨裁統治者，獨裁者

monocratic
獨裁政治的

polycracy
〔poly- 多〕多頭政治

mobocracy
〔mob 暴民〕暴
民統治，暴民政治

mobocrat
暴民首領

186 **cryo=cold，freezing 冷、凍**

cryobiology
低溫生物學

cryometer
低溫計

cryotron
（物理）冷子管

cryophilic
喜低溫的，
好冷性的

cryopump
低溫泵

cryosurgery
冷凍手術

cryogen
〔gen 產生〕致冷劑

cryogenics
低溫學

cryoprobe
冷凍探針

cryochemistry
低溫化學

cryoelectronics
低溫電子學

cryoprotective
防冷凍的

cryoscope
冰點測定器

187   cult=till 耕作，栽培，培養

cultivate
耕作，養殖，培養，
教養

cultivable
可耕作的，可栽培的，
可教養的

cultivation
耕作，栽培，教養

cultivator
耕作者，栽培者

culture
〔由教養所形成的結
果〕文化

cultural
文化的

agriculture
〔agri 田地〕農業，
農藝，農學

vinicultural
葡萄栽培

agricultural
農業的

agriculturist
農學家

floriculture
〔flor 花〕養花，種
花，花卉栽培，花藝

floriculturist
養花者，花匠

aquiculture
〔aqu 水〕水產養殖

mariculture
〔mar 海→水產〕水
產養殖

apiculture
〔api 蜂〕養蜂（業）

apiculturist
養蜂者

pisciculturist
養魚專家

arboriculture
〔arbor 樹木〕樹
木栽培

pisciculture
〔pisc 魚〕養魚

aviculture
〔avi 鳥〕養鳥，鳥類
飼養

188 　cycl(o)=circle，wheel 圓，環，輪

cycle
周期，循環，一轉

cyclical
輪轉的，循環的

unicycle
〔uni 單一，獨〕獨輪
腳踏車

bicycle
〔bi- 兩，兩輪車〕自
行車

bicyclist
騎自行車的人

tricycle
〔tri- 三〕三輪腳踏
車，三輪摩托車

autocycle
〔auto- 自己，自動〕
摩托車，機器腳踏車

cycloid
圓形的

hemicycle
〔hemi- 半〕半圓的

cyclone
旋風

cyclometer
車輪轉數紀錄器

tetracycline
〔tetra- 四〕四環素

cyclorama
〔orama 景〕圓形畫景

recycle
〔re- 再〕再循環

cyclotron
〔-tron ～器〕回旋加
速器

189 　dem(o)=people 人民

democracy
〔cracy 統治〕民主，
民主政治，民主政體

democrat
民主主義者

democratic
民主的，民主主義的，
民主政體的

democratism
民主主義

democratize
使民主，民主化

demos
民眾

demagogue
煽動者

demagogy
〔agog 引導→煽動〕
煽動，蠱惑民心的宣
傳

demography
〔graphy 寫→統計〕
人口統計學

epidemic
〔epi- 在～中間，流行
於人民之中的〕流行
性的，傳染的，流行病

epidemiology
流行病學

190 **derm，dermat=skin 皮膚**

dermal
皮膚的，真皮的

dermatoneuritis
〔neur 神經〕神經性
皮膚炎

dermatologist
皮膚學家，皮膚病學
家

dermatopathy
皮膚病

hypoderm
〔hypo- 下〕皮下組
織，皮炎

dermatoid
〔-oid 似～的〕似皮
膚的

dermatosis
皮膚病

dermatology
皮膚學，皮膚病學

scleroderma
〔sclero 硬〕硬皮病

dermatitis
皮炎

191 **dexter=right 右**

dexterous
〔右手一般比左手靈
敏〕靈巧的，敏捷的

ambidexterous
左右手都善用的，非
常靈巧的，兩面討好
的

dextrorotatory
向右旋轉的

dexterity
靈巧，敏捷，伶俐

ambidexterity
左右手都善用的能
力，兩面討好

dextrose
右旋糖、葡萄糖

ambidexter
〔ambi- 兩，「兩隻
右手」〕左右手都善
用的(人)，兩面討好
的(人)

dextrorotation
向右旋轉

dexter
右邊的，右側的

dexteral
右邊的，用右手的

192 doc，doct=teach 教

doctor
〔教者〕醫生，博士

doctorate
博士頭銜

doctrine
教義，教條，主義

doctrinism
教條至上主義

doctrinaire
教條主義者

indoctrinate
灌輸，教

docile
易管教的，馴良的

indocile
〔in- 不〕難馴服的

document
〔教，指教→指示，
「指示性的文字」〕
公文，文件，文獻

documentary
公文的，文件的，記
錄的

documentation
文件的提供或使用

docent
教員，講師

193 dom=house 屋，家

dome
圓屋頂，大廈

semidome
〔semi- 半〕半圓屋

domestic
家裡的，國內的

domesticate
使喜於家居，馴養，
歸化

domestication
馴養，馴化

domesticable
可馴養的，習慣於家
居的

domesticity
家庭生活

domicile
住處，戶籍

domiciliary
住處的，戶籍的

domiciliate
定居，使定居

domical
圓屋頂的

194   dorm=sleep 睡眠

dormitory
寢室，宿舍

dormitive
安眠的，安眠藥

dormancy
休眠，蟄伏

dorm
（口語）宿舍

dormant
休眠的，蟄伏的

195   drom=run 跑

aerodrome
〔aero 航空→飛機，
跑飛機的地方〕飛機
場

hippodrome
〔hippo 馬，跑馬
的地方〕馬戲場

syndrome
〔syn- 同，同時跑出
來→同時發生〕綜合
病徵，症候群

motordrome
〔motor 汽車，跑汽
車的地方〕汽車比賽
場，汽車試車場

prodrome
〔pro- 跑在前面〕序
論，前驅症狀

dromedary
〔能跑長途者〕善跑
的駱駝，單峰駱駝

dromometer
速度計

196　dyn，dynam=power 力

dynast
〔掌握權力者〕君王，
君主

dynasty
王朝，朝代

dynastic
王朝的，朝代的

dyne
〔力的單位〕達因

dynamic
動力（學）的

dynamics
力學，動力學

dynaflow
流體動力

hydrodynamics
〔hydro 水〕流體動
力學

electrodynamics
電動力學

aerodynamics
空氣動力學

dynamometer
測力計

dynamo
精力充沛的人，發電機

dynamite
〔含有巨大力量之物〕
甘油炸藥

adynamic
〔a- 無〕無力的

adynamia
無力，體力缺乏

197　ego=I 我

ego
自我，自己

egoism
自我主義，利己主義

egoistical
利己（主義）的，自
私自利的

egocentric
自我中心的（人）

egoist
自我主義者，利己主
義者

egomania
〔mania 狂熱〕極端
利己主義

egomaniac
極端利己主義者

egocentricity
自我中心

198   em，am=take 拿

example
〔ex-出，外，「拿
出來」當作樣品的東
西〕例子，範例，樣
本，榜樣

exemplar
〔「拿出來」作典範
的東西〕典型，模範，
模型，樣品，範例

exemplary
模範的，示範的

exemplify
舉例說明，作為～的
例子

sample
〔由 example 轉成〕
樣品，貨樣，實例，
標本，樣本

samplar
取樣員，取樣器

exempt
〔ex- 出，「拿出」
→ 除外，除去〕免
除，豁免，被免除的
（人），免稅人

exemption
免除，豁免，免稅

exemptible
可享豁免權的

redeem
〔red- 回，「拿回」〕
贖回，買回，重獲，
挽回

redeemable
可贖回的

redemption
贖回，買回，重獲，
挽回

irredeemable
〔ir- 不〕不能贖回的

199   emper，imper=command
命令，統帥，統治

emperor
〔發布命令者，統治
者〕皇帝

emperoship
皇帝的身分或地位

empress
〔-ess 女性〕女皇，
皇后

imperious
〔發號施令的〕專橫
的，老爺式的

imperial
皇帝的，帝國的

empire
〔=emper 命令，統
治〕帝國，帝權

imperialism
帝國主義

imperialist
帝國主義者 (的)

imperative
命令的，強制的，(語
法) 祈使的

200 err=wander 漫遊，走

error
（偏離正道，走錯）
錯誤，謬誤

erring
走入歧途的，做錯事
的

errant
周遊的，漂泊的

errantry
遊俠（行為）

erratic
飄忽不定的

aberrantt
（ab- 離）走離正路
的，脫離常軌的

aberrance
離開正道，脫離常軌

aberration
離開正道

inerrable
（in- 不）不會錯的

inerrancy
無錯誤

201 fabl，fabul=speak 言

fable
寓言，傳說

fabler
編寓言者

fabulist
寓言家，撒謊者

fabulous
寓言般的，傳說的，
編寫寓言的

fabulosity
寓言性質

fabled
寓言中的，虛構的

confabulate
（con- 共同）閒談，
談心，討論，會談

confabulation
閒談，會談

confabulator
閒談者

confab
=confabulation

effable
（ef- 出）能被説出的

202   feder=league 聯盟

federal
聯盟的，聯邦的，聯邦制的

federalism
聯邦制，聯邦主義

federalize
使結成聯邦

federalization
結成聯邦

federate
同盟的；結成同盟（或聯邦）

federation
聯盟，聯合會，聯邦，聯邦政府

federative
聯合的，聯邦的

antifederal
〔anti- 反對〕反聯邦制的

confederacy
聯盟，邦聯，同盟

confederate
同盟的，聯合的，同盟者，（使）結成同盟

confederation
聯盟，邦聯

confederative
聯盟的，邦聯的

203   ferv=boil，glow 沸，熱

fervid
熾熱的，熱情的

fervidity
熾熱，熱情，熱烈

perfervid
十分熱情的，十分熱烈的

effervesce
沸騰，起泡

effervescent
沸騰的，冒泡的

fervent
熾熱的，熱情的

fervency
熾熱，熱情，熱烈

fervor
熾熱，熱情，熱烈

fervescent
發熱的

effervescible
可沸騰的

204　fict，fig=make，mould，feign，form 製造，塑造，虛構

fiction
〔虛構杜撰，虛構的事〕小說

fictionist
小說家

fictional
小說的，虛構的

fictionalize
把～編成小說

fictitious
虛構的，杜撰的

fictive
非真實的，假裝的

fictile
塑造的，可塑造的，陶製的；陶製品

nonfiction
〔non- 非〕非小說類的文學作品

figment
虛構的事物

figure
〔塑造成的形狀〕外形，輪廓，塑像，形象

figuration
成形，定形，外形

configure
使成形

configuration
構造，結構，形狀

disfigurement
毀形，毀容

transfigure
〔trans- 轉變〕使變形，使改觀

transfiguration
變形，改觀

disfigure
〔dis- 毀〕毀外形

205　fid=trust，faith 信任，信仰

fideism
信仰主義

fideist
信仰主義者

confide
信任

confidence
信任、信心、自信

confident
有信心的

confidential
受信任的，心腹的，機密的

confidant
〔-ant 表示人〕密友，知己，可信任的人

diffidence
〔dif- 不〕不自信，缺乏自信

diffident
缺乏自信的

infidel
〔in 不〕不信宗教的（人）

206 fin=end，limit 末尾，界限

final
最後的，最終的

finality
結尾，終結

finish
〔把事情進行到末尾〕
結束，完成

finis
結尾，終止

finite
有限的，(數學)有窮
的

finitude
有限，限定

infinite
〔in- 無〕無限的，無
窮的，廣大無邊的

infinitude
無限，無窮數

infinity
無限，無窮大

infinitive
不定式，不定的

define
立界限，給～下定義，
解釋

definition
定義，解說，定界，
界限，限定

definite
限定的，明確的，確
切的

definitudee
明確，精確

definitive
限定的，確定的，明
確的

undefined
未下定義的，不明確的

confine
界線，限制，監禁

confinement
限制，監禁

unconfined
無限制的，自由的

207 flat=blow 吹

inflate
〔吹入氣體〕使充氣，
使膨脹，使通貨膨脹

inflation
充氣，膨脹，通貨膨脹

inflatable
可膨脹的

inflator
充氣者，打氣筒

inflationary
通貨膨脹的

conflation
〔con- 一起，吹到一
起〕合併，合成

deflate
〔de- 出，把氣吹出，放氣〕使縮小，使扁下去，使緊縮

deflation
放氣，縮小，通貨緊縮

deflationary
緊縮通貨的

reflate
通貨再膨脹

flatus
氣息，一陣風

208　flect，flex=bend 彎曲

reflect
〔re- 回，彎回→折回〕反射，反映

reflection
反射，反映，反射光

reflector
反射鏡

reflex
（光）反射，反映

reflexible
可反射的

inflection
向內彎曲的

flection
彎曲，彎曲部分

flectional
（可）彎曲的

flex
彎曲

flexible
易彎曲的

flexure
彎曲

flexuous
彎彎曲曲的

209　flict=strike 打擊

conflict
〔con- 共同，彼此互打〕衝突，戰鬥，交鋒，鬥爭

afflict
使苦惱，折磨

infliction
使受痛苦，處罰

affliction
苦惱，折磨，苦事

afflictive
折磨人的

inflict
予以打擊，使遭受痛苦，加刑，處罰

inflictive
施加痛苦的

210　frag，fract=break 破，折

fragile
易破的，易碎的

fragility
易碎性，脆弱

fragment
破片，碎片，碎塊

fragmentary
碎片的，破片的

fragmentate
裂成碎片

fragmentation
破碎，分裂

fracture
破碎，骨折

fraction
碎片，片斷

refract
〔re- 回，使光線折回〕使折射

refraction
折射（度）

refractor
折射器

211　fug=flee 逃，散

refuge
逃難，避難

fugitive
逃亡的，逃亡者

fugacious
易散去的，轉瞬即逝的

centrifugal
〔centri 中心〕逃離中心的，離心的

fugacity
易逸性

refugee
逃難者，流亡者

insectifuge
〔insect 蟲〕驅蟲藥

vermifuge
〔verm 蟲〕驅蟲藥

febrifuge
〔febri 熱〕散熱劑

lucifugous
〔luci 光〕避光的

subterfuge
託詞

212   fund，found=bottom，base 底，基礎

profound
〔底→底下→深處→深〕深奧的，深遠的，深的；深處

profundity
深處，深度，深奧，深刻

fundament
基礎

fundamental
基礎的，根本的

found
打基礎，建立

foundation
地基，基礎，根本

foundational
基礎的，基本的

founder
奠基者，創立者

foundress
〔-ress 表示女性〕女奠基者，女創立人

213   greg=flock 群，聚集

gregarious
群居的，群集的

aggregate
聚集的，合計的，合計，總計

aggregation
聚集，聚集物

congregate
使集合；集體的

congregation
集合，集會，人群

congregational
集合的

egregious
〔e- 出，外，「出眾的」〕異乎尋常的

segregate
〔se- 離，離群〕使分離，使隔離，受隔離

segregation
分開，離群，隔離

segregationist
種族隔離主義者

214 gyn，gyneco=woman 婦女

gynecology
婦科學，婦科

gynecologist
婦科醫生

gynecoid
如婦女的

gynecian
婦女的

gynecomorphous
〔morph 形態〕有婦
女形態的

androgyny
〔andro 男〕具有男
女兩性，半男半女

monogyny
〔mono- 單一〕一妻制

monogynous
一妻制的

polygyny
〔poly- 多〕多妻，一
夫多妻制

polygynous
一夫多妻的

misogyny
〔miso 厭惡〕厭惡女人

misogynist
厭惡女人者

philogyny
〔philo 愛〕喜愛女人

philogynist
喜愛女人的人

215 heli(o)=sun 太陽

heliacal
太陽的，與太陽同時
出沒的

heliocentric
以太陽為中心的

helioscope
（天文）望日鏡

perihelion
〔peri- 靠近〕近日點

aphelion
〔ap=apo- 離，遠離〕
遠日點

heliosis
〔-osis 疾病〕日射
病，中暑

isohel
〔iso- 相等〕等日照
線

heliotherapy
〔therapy 治療〕日
光療法

heliosphere
日光層

heliotropism
〔trop 轉向〕（植物）
向日性，趨日性

216　helic(o)=spiral 螺旋

helicopter
（pter 翼，利用「旋翼」飛行）直升機

heliport
（heli=helicopter）
直升機場

helistop
（heli=helicopter）
直升機站，直升機場

helidrome
（heli=helicopter）
直升機場

helilift
（heli=helicopter）
用直升機運輸

helical
螺旋形的

helicity
螺旋性

helicoid
螺旋體（的），螺旋狀的

helix
螺旋線

217　hes，her=stick 黏著

hesitate
（「黏著」在固定地方→躊躇不前）躊躇，猶豫

hesitation
躊躇，猶豫

hesitant
躊躇的，猶豫的

adhere
黏附，膠著，依附

adherent
黏著的，附著的

adhesion
黏著，黏合

adhesive
有黏合性的

cohere
（co- 共同，一起，黏在一起）黏著附著，黏合

coherent
黏著的，相連的

coherence
黏著，相連

cohesive
黏著的，黏合的

inhere
（黏在一起→相連，並存→與生並存）生來就存在於～，原來就有～，與生俱來

inherent
生來的，固有的

346

218　horr=bristle with fear 戰慄，怕

horrible
可怕的，恐怖的

horrid
可怕的

horrification
使恐怖

horribly
可怕地

horrific
令人害怕的

horrendous
可怕的

horror
恐怖，戰慄

horrify
使恐怖，使震驚

219　hydr(o)=water 水

hydroelectric
水力發電的

carbohydrate
〔carbo 碳〕碳水化
合物

hydropower
水力發出的電力

hydroplane
水上飛機

hydrate
水合物

hydrospace
海洋水界

hydrosphere
水圈，水界

hydrolysis
水解（作用）

hydrant
配水龍頭，給水栓

hydromechanics
流體力學

hydrology
水文學

hydronaut
深水潛艇駕駛員

hydrous
含水的，水狀的

hydrography
水文學

hydrobiology
流體生物學

anhydrous
〔an- 無〕無水的

hydropathy
水療法

hydroextractor
脫水機

dehydrate
〔de- 除去〕脫去水
分，使脫水

hydrophobia
〔phob 恐〕恐水病

hydraulic
水力的，液力的

220 　hypno=sleep 睡眠

hypnology
催眠學，睡眠學

hypnologist
催眠學者

hypnotic
催眠的

hypnotism
催眠狀態

hypnotist
施行催眠術者

antihypnotic
〔anti- 反對，防止〕
防止催眠的（藥）

hypnotize
使進入催眠狀態

dehypnotize
〔de- 取消〕解除催眠
狀態，使醒過來

hypnosis
催眠狀態

autohypnosis
〔auto- 自己〕自我催
眠

hypnotherapy
催眠療法

221 　ide(o)=idea 思想，概念，意，心

idea
思想，概念，意見，
觀念

ideal
理想的，概念的

ideality
理想，想像力

idealize
使理想化，使概念化

idealism
觀念論，唯心論，唯
心主義

idealist
觀念論者，唯心論者

idealistic
唯心論的，唯心主義
的

ideological
思想上的，意識形態
的，觀念形態的

ideologist
思想家，理論家

ideogram
〔ideo 意，gram 寫
一文字〕表意文字（如
漢字）

ideograph
表意文字

ideate
形成概念，想像

ideology
思想意識，觀念形態，
意識形態

222 ign=fire 火

ignite
點燃，點火於，使燃
燒，著火

preignition
提前點火，預燃

ignitable
可燃的，可著火的

ignitron
點火管，引燃管

igniter
發火器

igneous
(似)火的，火成的

ignescent
猝發成火焰的，(碰擊
後)發出火花的

ignition
點火，著火

223 integr=whole 完整

integral
完整的，整體的

integrality
完整性

integrate
使一體化，使結合，
使併入，結成一體

integration
一體化，綜合

integrative
一體化的，綜合的

integer
〔integr=integer〕
整數，完整的東西

redintegrate
〔red- 再〕使恢復完
整，使再完整

redintegration
恢復完整

disintegrate
〔dis- 取消，不〕瓦
解，使潰散，分裂

disintegration
瓦解，潰散，分裂

disintegrator
分裂者，粉碎機

224 junct=connect 連接

junction
連接，接合（點）

juncture
接合（點）交界處

conjunct
連接的，聯合的

conjunction
連接，聯合，結合，
同時發生；連接詞

conjunctive
連接的，聯合的

disjunction
分離，分裂，折斷

disjunctive
分離（性）的

adjunct
〔連接在他物之上〕
附屬物，附加語，附
屬的

adjunctive
附屬的，附加語的

adjunction
附加，添加

225 lat=carry，bring 持，拿，帶

translate
〔trans- 轉，越過，
「拿過去」→轉過去〕
翻譯，轉化

translation
翻譯，譯文，轉化

translator
翻譯者，譯員

superlative
〔super- 上，高，擺
到上層的，置於高處
的〕最高的，（語法）
最高級

sublate
〔sub- 下，「拿下」
→拿去，除去〕消除，
勾銷，否定

sublation
消除，勾銷，否定

collate
〔col- 共同，一起，
「拿到一起來」進行
對比〕對照，核對，
校對

collation
核對

collator
核對者，校對者

ablate
〔ab- 離去，「拿去」〕
切除

ablation
部分切除，脫離

prolate
〔pro- 向前，「向前
引帶」〕延長的，擴
展的

226 lect，leg=read，speak 讀，言

lecture
講演，講課

lecturer
講演者，講師

lecturess
女講演者

dialectlogy
方言學

dialectal
方言的

idiolect
〔idio 個人的〕個人
習語

acrolect
〔acro 高〕上流語言

legible
可讀的，易讀的

legibility
可讀性

dialect
〔dia- 對，相對〕方言

illegible
〔il- 不〕不可讀的，
難讀的

illegibility
難讀，難讀性

legend
〔讀物〕傳奇，小說，
傳奇文學

legendary
傳奇的，傳說的，傳
奇似的

227　leg，legis=law 法

legal
法律上的，合法的

legality
合法性

legalist
法律家，遵法主義者，
墨守法規者

legalize
使合法化

legalization
合法化

extralegal
〔extra- 以外〕法律
權力以外的

legist
法律學家

illegal
〔il- 不〕不合法的

illegality
不合法，違法

illegalize
使不合法

legislate
立法

legislation
立法

legislative
立法的

legislator
立法者

legislature
立法機關

quasi-legislative
準立法性的

228　lumin=light 光，照

illuminate
照亮，照明，闡明，
使明白

illumination
照亮，闡明，解釋

illuminator
發光器，照明裝置，
啟發者

illuminant
發光物，發光的，照
明的

illuminance
照明度

illuminable
可被照明的

luminary
發光體，傑出人物

luminous
發光的，發亮的

luminosity
光明，光輝

luminiferous
有光的，發光的

luminescent
發光的

relumine
〔re- 再〕重新點燃，
使重新發光

luminesce
發光

luminescence
放光，發光

229　magn(i)=big，great 大

magnify
放大，擴大

magnanimous
〔anim 心神，氣度〕
大度的，寬宏大量的

magnificence
宏大，宏偉

magnifiable
可放大的

magnanimity
大度，寬宏大量

magniloquent
〔loqu 言〕誇口的，
誇張的

magnifier
放大者，放大鏡

magnific
宏大的，壯麗的

magniloquence
誇口，誇大

magnification
放大，放大率

magnificent
宏大的，宏偉的

magnate
大官，貴人

magnitude
巨大，廣大

230 maj=great 大

major
較大的，較多的，較年長的，主要的

majority
大多數

majestic
雄偉的，壯麗，崇高的

majestically
雄偉地，壯麗地，崇高地

majesty
雄偉，壯麗，崇高

mayor
〔j→y，「大人物」，「城市裡的主要人物」〕市長

mayoral
市長的

mayoress
〔-ess 表女性〕女市長，市長夫人

231 matr，mater，metro=mother 母

matriarch
〔arch 統治者，長〕女家長，女族長

matriarchy
〔archy 統治〕母權制，母系氏族制

matriarchal
母權制的

matron
主婦，老婦

matronage
主婦的身分，職務

matronymic
〔onym 名〕取自母名的名字

maternal
母親的，母性的

maternity
母性，母道，產院，產婦的

metropolis
〔polis 城，「母城」→大城〕大城市，首府

metropolitan
大城市的

metropolitanize
使大城市化

232 medic(o)=heal 醫

medicine
醫學，醫術，內科學，
藥

aeromedicine
航空醫學

medicaid
（美國的）醫療補助方
案

medical
醫學的，醫療的；醫
藥

medico
（口語）醫生，醫科學
生

medicament
藥物，藥劑

medicable
可治療的

medico-legal
法醫學的

medicaster
（-aster 對人的蔑
稱）江湖醫生，庸醫

medicate
用藥治療

medico-botanical
藥用植物學的

premedical
醫大預科的

medication
藥療法

medico-athletics
醫療體育

233 mega=1. large，great 大 2. million 百萬，兆

megacity
大都會

mega-association
大聯合

megajet
特大噴氣客機

megapark
巨型公園

megaphone
〔phon 聲音〕擴音器

megaversity
超級大學

megaministry
巨型組織

megadestruction
大毀滅

megastructure
特級大廈

megagame
大賽

megatanker
超級油輪

megamillionaire
億萬富翁

mega-corporation
特大企業

megadeath
百萬人的死亡

megaerg
〔功和能量的
單位〕兆爾格

megabusiness
超巨大企業

megabuck
（俚語）百萬美元

megabar
〔壓力單位〕兆巴

megafolly
極度的愚昧

megacycle
兆周

megation
〔核爆炸力的計算單
位〕百萬噸級

meganuit
百萬單位

megahetz
兆赫（茲）

234 **mens=measure 測量**

immense
〔im- 不，「不能測
量」其大小的，無法
測量的）廣大無邊
的，無限的，巨大的

mensurable
可測量的

commmensurate
〔com- 共同，相同〕
同量的，等量的，同
大小的

mensuration
測量，量法，巨大

commensuration
同量，等量，相稱

immensity
廣大，巨大，無限

mensural
關於度量的

235 **ment=mind 心，智，神，思，意**

mental
智力的，精神的，思
想的，內心的

mentalism
精神論，心靈主義

mention
〔意識，注意，使「注
意」到→提到）說起，
提到，論及

mentality
智力，精神，思想

mentalist
精神論者，心靈主義
者

mentionable
可提到的，可論及的

mentioner
提到者，陳述者

comment
〔思想，思考→研究
→對一個題目仔細研
究〕評論，評註

commentary
評論，評註

commentate
評述，註釋

commentator
評論員，註釋者

amentia
〔a- 無，缺乏，「缺
乏智力」〕智力缺陷，
精神錯亂

ament
智力有缺陷者

mentation
心理活動，思想

dement
〔de- 除去，「除去理
智」〕使發狂

demented
失去理智的，發狂的

dementation
精神錯亂，瘋狂

dementia
痴呆，智力衰失

236
meter=an instrument for measuring
測量器，計，表
metr(y)=an art or science of measuring
測量（學）

geometry
〔geo 地，「土地測
量法」（幾何學的來
源）〕幾何學

geometrician
幾何學者，幾何學家

trigonometry
〔tri- 三，gon 角〕
三角學，三角

trigonometric
三角學的

thermometer
〔therm 熱，溫〕溫
度計，寒暑表

thermometry
溫度測量（法）

barometer
〔bar 重，氣壓〕氣壓
計，晴雨表

metre
〔測量長度單位〕公
尺

metrology
計量學

photometer
〔photo 光〕光度計

metrologist
計量學家

seismometer
地震儀

optometer
〔opt 視〕視力計

optometry
視力測定法

audiometer
〔audi 聽〕聽力計

hygrometer
〔hygro 溼〕溼度表

symmetry
〔sym- 相同，相等，
「兩邊測量相等」〕
對稱(性)

symmetrical
對稱的

diameter
〔dia- 對穿，「圓的
對穿測量長度」〕直
徑

watermeter
水表

speedometer
速度計

gasometer
〔gas 氣〕煤氣表

spirometer
〔spir 呼吸〕肺活量
計

---

237   **min=jut，project 伸出，突出**

prominent
〔pro- 向前，「往前
伸出的」〕顯著的，
突出的，傑出的，卓
越的

prominence
傑出，突出，卓越

eminent
〔e- 外，出〕傑出的，
突出的

eminence
傑出，卓越，著名

preeminent
〔pre- 前，突出於眾
人之前的〕卓越的，
傑出的

preeminence
卓越，傑出

supereminent
〔super- 超，非常〕
非常突出的

imminent
急迫的，危急的

238 misc=mix 混雜

miscellaneous
混雜的，混合的，雜項的

miscellany
混雜，雜物，雜集

miscellanist
雜集作者，雜文家

miscible
可混合的

miscibility
可混合

immiscible
不能混合的

promiscous
混雜的

promiscuity
混雜，雜亂

239 mis(o)=hate 恨，厭惡

misanthropy
〔anthrop 人類〕厭惡人類，厭世

misanthorpist
厭世者

misanthorpic
厭世的

misogamy
〔gam 結婚〕厭婚症

misogamist
厭惡結婚者

misogyny
〔gyn 婦女〕厭惡女人，厭女症

misogynist
厭惡女人者

misoneism
〔ne=neo 新〕厭新，守舊主義

misoneist
厭新者，守舊者

misogynic
厭惡女人的

240　mon（1）=single，alone 單獨，一個

monk
〔獨身者，過孤獨生活者〕僧侶，修道士，出家人，和尚

monkish
僧侶（似）的，修道士（似）的

monkhood
僧侶（或修道士）的身分，僧侶生活

monkdom
僧侶社會

monkery
修道院，寺院

monastery
修道院，廟宇

monisim
一元論

monist
一元論者

241　mon（2）=warn，remind 告誡，提醒

monument
〔提醒→使記起，不要忘記→記住→紀念之物〕紀念碑，紀念像，紀念物

premonition
〔pre- 預先〕預先的警告（或告誡）

premonitor
預先警告者

monitor
〔告誡者〕班長，監督生，提醒者

monition
告誡，警告，忠告

monitorial
班長的，監督的

admonish
告誡，勸告，忠告

admonishment
告誡，勸告

admonition
告誡，勸告

242　morph=form，shape 形

morphology
形態學

morphologist
形態學家

geomorphic
〔geo 地〕地貌的

geomorphology
地貌學

pseudomorph
〔pseudo- 假〕偽形

amorphous
〔a- 無〕無定形的

anthropomorphous
有人形的，似人的

polymorphic
〔poly- 多〕多形的

isomorphic
〔iso- 相同〕同形的

homomorphic
〔homo- 相同〕同形
的

heteromorphic
〔hetero- 異〕異形的

243　mut=change 變換

mutable
可變的，易變的

mutability
可變性，易變性

immutable
不可改變的

immutability
不變性

mutual
〔變換→交換→相互
交換→相互之間的〕
互相的，彼此的

mutuality
相互關係

commutate
變換(電流的)方向

commutator
轉換器，交換機，整
流器

mutualize
使相互之間發生關係

mutant
變異的

mutation
變化，轉變，更換

intermutation
〔inter- 互相〕互換，
交換，交替

commute
變換，交換

commutable
可以交換的

permutation
變更，交換

transmute
〔trans- 轉〕（使）變
形，（使）變質

incommutable
不能交換的

transmutable
可變形的，可變質的，
可變的

commutation
交換，變換，轉向，
整流

permute
變更，交換

transmutation
變形，變質

---

244 nat=to be born 出生

nature
〔生→天生→天然〕
自然，天然，天性，
本性

native
天生的，土生的，出
生的，本地人

prenatal
〔pre- 前〕出生以前
的

natural
生來的，天然的，自
然的，自然界的

nativity
出生，誕生

antenatal
〔ante- 前〕出生以前
的，產前的

unnatural
不自然的

neonate
〔neo- 新〕新生嬰
兒，出生不滿一個月
的嬰兒

postnatal
〔post- 後〕出生以後
的

nation
〔誕生→血統的聯繫
→種族〕民族，國家

natal
出生的，誕生的，誕
生時的

connate
〔con- 共同〕同生的，
同族的

national
民族的，國家的，國
民的，土人

natality
出生率

cognate
〔cog- 同〕同族的，
同種的

245 nav，naut=ship 船

navy
〔船→船隊→艦隊〕
海軍

circumnavigation
環球航行

naval
船的，軍艦的，海軍
的

navigate
航行，航空

navigable
可航行的，可通航的

navigation
航行，航海，航空

astronavigation
〔astro →星→星空，
宇宙〕宇宙航行

circumnavigate
〔circum- 周圍，環
繞〕環球航行

astronautical
宇宙航行員的，太空
人的

astronautics
宇宙航行學

cosmonaut
〔cosmo 宇宙〕宇宙
航行員

circumnavigation
環球航行者

hydronaut
〔hydro 水〕深水潛
航器駕駛員

aquanaut
〔aqu 水〕潛航員，
海底作業員

astronaut
〔astro 星，宇宙〕宇
宙航行員，太空人

cosmonautics
宇宙航行學

nautical
航海的，海員的，海
上的，船舶的

aeronautics
航空學，航空術

246 nect，nex=bind 結，繫，束

connect
連結，連接，把～聯
繫起來

connection
連接，聯繫

connective
連結的，連接的

connected
連結的，關聯的

disconnect
拆開，分離

annex
〔結合在一起〕合併，
併吞，兼併，附加

annexation
合併，兼併，附加，
併吞物，附加物

reannex
〔re- 再〕再合併

unconnected
不連結的

247   **negr，nigr=black 黑**

Negro
黑人

negroite
同情黑人者

nigritude
黑色的，黑色物

Negress
女黑人

negrofy
使成為黑人，使習慣
於黑人生活

nigrescnet
發黑的，變黑的

negrodom
黑人社會，黑人全體

negrophile
〔phil 喜愛〕同友好
的人

nigrescene
變黑，黑色

Negritic
（像）黑人的

Negroid
似黑人的

negrophobe
〔phob 厭惡〕厭惡黑
人的人

denigrate
使黑，抹黑，貶低，
詆毀

Negroism
黑人的習俗

nigrify
使變黑

denigration
弄黑，貶低，詆毀

negrolet
小黑人

nigrification
使成黑色

denigrator
抹黑的，塗黑物，貶
低者，詆毀者

248 neur=nerve 神經

neurology
神經病學

neuropathic
神經病的

neuralgia
神經痛

neurologist
神經病學家

neuroma
神經瘤

neurasthenia
神經衰弱

neuropathy
神經病

neural
神經（系統）的

dermatoneuritis
〔dermat 皮〕神經性
皮炎

neuropath
神經病患者

neuritis
神經炎

249 nihil=nothing 無，不存在

annihilate
〔不存在→消亡〕消
滅，殲滅

nihilism
虛無主義

nihilistic
虛無主義的

annihilator
消滅者

nihilist
虛無主義者

nihility
無，虛無

annihilation
消滅，殲滅

250 · noc=harm 傷害

innocent
〔in- 不，無，「不會做出傷害之事」〕無罪的，無害的，清白的，天真的

innocence
無罪，無害，清白，天真

nocent
有害的，加害的，有罪的

nocuous
有害的，有毒的

innocuous
無害的，無毒的

innocuity
無害，無毒

251 · noct(i)=night 夜

noctiflorous
〔flor 花〕（植物）夜間開花的

noctiluca
〔luc 光〕夜光蟲

noctilucent
夜間發光的

noctivagant
〔vag 走〕夜間徘徊的，夜遊的

noctambulant
〔ambul 行走，夜夢中行走〕夢行的，夢遊的

noctambulation
夢遊（症）

noctambulist
夢遊者

pernoctation
〔per- 全，整〕徹夜不眠，整夜不歸

252 · nom(y)=a field of knowledge or a system of laws 學，術，法

astronomy
〔astro 星，天文〕天文學

astronomical
天文學的

astronomer
天文學家

agronomy
〔agro 田地〕農藝學，農學

agronomic
農藝學的，農學的

agronomist
農學家

autonomous
自治（權）的

autonomy
〔auto- 自己，「自己的法」〕自治（權），自主

autonomist
自治論者

aeronomy
〔aero 空中〕高空大氣物理學

anthroponomy
〔anthrop 人類〕人類進化學

bionomy
〔bio 生命〕生理學，生態學

bionomics
生態學

253

norm=rule，pattern，standard
規範，正規，正常

enormous
〔e- 外，出，「超出正常之外的」〕巨大的，龐大的

enormity
巨大，龐大

normal
正規的，正常的

normality
正常狀態

normalize
（使）正常化

normalization
正常化

subnormal
〔sub- 下，低〕低於正常的

transnormal
超常規的

supernormal
〔super- 超過〕超常態的

abnormal
〔ab- 離開〕反常的，變態的，不規則的

abnormality
反常，變態，不規則

abnormalist
不正常的人，畸形人

abnormity
異常，畸形

254 nutri=nourish 養，營養

nutrition
營養，滋養（物）

innutritious
營養不良的

nutrient
有營養的，營養品

nutritional
營養的

nutriology
營養學

nutriment
營養品

nutritious
有營養的

malnutrition
〔mal- 不良〕營養不良

nutrimental
有營養的，滋養的

innutrition
〔in- 不，無〕營養不
良，缺乏營養

255 opt=choose 選擇

adopt
採用，採取，選用

adoptive
採用的

optional
可任意選擇的

adoptable
可選用的，可採用的

opt
選擇，抉擇

optant
選擇者

adoption
採用，選用，採取

option
選擇，選擇權

256　orn=embellish，equip 裝飾，裝備

ornament
裝飾物

ornamental
裝飾的

ornamentation
裝飾，修飾，裝飾品

ornate
裝飾華麗的，過分裝飾的

inornate
〔in- 不〕不加修飾的，樸素的

suborn
〔sub- 下，底下→暗地裡，「暗地裡供給財物」〕賄賂，唆使

subornation
賄賂，唆使

adorn
裝飾，打扮

adornment
裝飾，裝飾品

257　par（1）=equal 相等

parity
相等，同等

imparity
〔im- 不〕不等，不均衡，不同，差異

nonpareil
〔non- 無，「無相等的」〕無比的，無上的

omniparity
〔omni- 全〕全平等

compare
〔相等→相比→對比〕比較，對比，對照

disparity
〔dis- 不〕不相等，不齊，差異，懸殊

comparable
可比較的

incomparable
不可比較的，無比的，舉世無雙的

comparative
比較的

comparison
比較，對照

258 par（2）=bring forth 生，產

parent
（生養子女者，生育者）父親，母親；（複數）父母

parental
父母的

parentage
出身，門第

primipara
（prim 初）初產婦

primiparous
初產的

multiparous
（multi- 多）多產的，一產多胎的

uniparous
（uni 單一）一產的，每胎生一子的

biparous
（bi- 雙）雙生的，一產雙胎的

259 parl=speak 說

parley
（說→談）談判，會談

parlor
（談話的地方）會客室，客廳，私人談話室
=parlour

parliament
（說，談→商談→會議）議會，國會

parliamentary
議會的，國會的

parliamentarian
國會議員

parliamentarism
議會制度

parlance
說法，用語，發言

260   part=divide，part 分，部分

part
〔由整體「分出來的」
部分〕一部分，局部，
部分，分開

party
〔由整體「分出來的」
一部分人所結成的組
織〕黨，黨派，政黨；
（參與共同活動的）一
批人；（社交性或娛
樂性的）聚會

particular
〔「分出來的」→單
獨的→與眾不同的〕
特殊的，獨特的，個
別的

partiality
偏心，偏袒，不公平

impartial
〔im- 不〕不偏袒的，
公正的

impartiality
不偏袒，公正

partible
可分的

impartible
〔im- 不〕不可分的

partition
分開，劃分，分隔，
隔開部分

depart
〔分→離〕（人）離開，
離去，（火車）啟程

departure
離開，出發，啟程

department
〔由大機構「分出的」
附屬機構〕局，處，
司，科，部，系，學
部，部門

partial
一部分的；〔偏愛「一
部分」的，非一視同
仁的）偏愛的，偏袒
的，不公平的

repartition
〔re 再，重新〕重新
分配

apart
隔著，相隔，相距

partake
〔來自 par(t)+take，
to take a part，
part-taking）參與，
參加，分擔，分享

particle
〔「分出來的」微小
部分〕微粒，極小

261
path(o)，pathy
=felling，disease，treatment
感情，疾病，療法

sympathy
〔sym- 同〕同情

sympathize
表同情

sympathetic
同情的

pathetic
感情（上）的

apathy
〔a- 無，沒有〕無情，
無感情

apathetic
無情的，無感情的

antipathy
〔anti- 反〕反感

antipathic
引起反感的

pathology
病理學

pathologist
病理學者

pathogeny
〔gen 產生〕致病原
因

zoopathology
動物病理學

phytopathology
〔phyto 植物〕植物
病理學

neuropathy
〔neuro 神經〕神經
病

dermatopathy
〔dermat 皮〕皮膚病

psychopathy
〔psycho 心理〕心理
病態

electropathy
電療法

hydropathy
水療法

acetopathy
醋酸療法

pathogenic
致病的，病原的

262 patr(i)，pater=father，fatherland
父，祖，祖國

patriarch
〔arch 長〕家長，族長

patriarchy
父權制

patrimony
祖傳的遺物，遺產

patricide
〔cide 殺〕殺父(者)

patrilineal
〔line 線→系〕父系的

patron
〔具有家長職責、身分的人〕庇護人，保護人

patronage
保護人的身分

patronize
保護，庇護

patronymic
取自父名的

patriot
〔-ot 表人〕愛祖國者，愛國主義者

patriotic
愛國的

paternal
父親的，父系的

paternalism
家長式統治

paternalistic
家長式的

paternality
父親的身分，父權，父系

patriotism
愛國主義，愛國心

compatriot
〔com- 同〕同國人，同胞，同國的

expatriate
〔ex- 外，出〕把～逐出國外，被逐出國外

expatriation
逐出國外

repatriate
〔re- 回〕把～遣返回國，被遺返回國者

repatriation
遣返回國

263   ped（1）=child 兒童

pedology
兒科學

pedologist
兒科專家

pedant
〔教兒童的人〕迂腐
的教師，學究，賣弄
學問的人

pedantry
迂腐，賣弄學問

pedagogy
〔agog 引導，「引導
兒童的方法」〕教學
法，教育學

pedagogic
教學法的，教師的

pedagogics
教育學，教學法

pedobaptism
幼兒洗禮

pedantocracy
〔cracy 統治〕書生政
治，腐儒政治

pediatrist
兒科醫生

264   ped（2）=foot 足

pedal
足的，腳的

pedate
足狀的

pediform
足狀的

pedicure
足科醫生

expedition
〔ex- 外，出，「出
行」→遠行〕遠征，
遠征隊

expeditionist
遠征者

uniped
〔uni 單，獨〕獨腳的

soliped
〔soli 單〕單蹄的，
單蹄獸

pedestrian
步行的，徒步的

centipede
〔centi 百，「百足」
蟲〕蜈蚣

biped
〔bi- 兩個〕兩足的，
兩足動物

quadruped
〔quadru- 四〕四足
的，四足動物

multiped
〔multi- 多〕多足的，
多足動物

265　petr(o)=stone 石

petroleum
〔ol 油〕石油

petroliferous
〔-ferous 產～的〕產
石油的，含石油的

petrolize
用石油處理

petrology
岩石學

petrologist
岩石學家

petrolic
石油的

petrify
使石化

petrification
石化作用

petrochemistry
石油化學

petrous
岩石（似）的，硬的

petrodollars
石油價格

266　phag=eat 吃

zoophagous
吃動物的，食肉的

phytophagous
〔phyto 植物〕食植
物的

polyphagous
〔poly- 多〕多食性
的，雜食的

anthropophagous
〔anthropo 人〕食人
肉的

anthropophagy
食人肉的習性

bacteriophagous
噬菌的

geophagy
〔geo 土〕食土（癖）

dysphagia
〔dys- 困難，不良〕
吞嚥困難

phyllophagous
〔phyll 葉〕食葉的，
以葉為食的

267   phil(o)=loving 愛

philanthropy
〔anthrop 人類，「愛
人類」〕博愛主義，
慈善，善心

philanthropist
慈善家

zoophilist
愛護動物者

zoophilous
愛護動物的

philology
〔log 語言〕語言學

philologist
語言學家

bibliophilist
〔biblio 書〕愛書者，
書籍愛好者

photophilous
〔photo 光〕(植物)
喜光的

Sinophile
〔sino 中國〕喜愛中
國文化的人

Japanophile
親日派人物

Russophile
親俄分子

Anglophile
親英派的人

Americanophile
親美者

thermophilic
〔therm 溫〕喜溫的

cryophilic
〔cryo 寒冷〕喜寒的

philogynist
〔gyn 婦女〕喜愛婦
女的人

268   phob，phobia=fear，dislike 怕，厭惡

photophobia
〔photo 光〕怕光，
畏光

zoophobia
動物恐怖症

phobanthropy
〔anthrop 人〕怕人
病

hydrophobia
〔hydro 水〕恐水症

dentophobia
〔dent 牙〕害怕牙科
治療

neophobia
〔neo- 新〕新事物恐
怖症

Anglophobia
恐英病，仇英心態

Americanophobe
仇美者

Russophobe
恐俄分子，仇俄分子

Sinophobe
厭惡中國的人

acrophobia
〔acro 高〕高空恐懼

ideaphobia
畏思考症

269 **phot(o)=light 光**

photograph
〔光一影，「把實物
的影子記錄下來」〕
照相，相片

photographer
攝影者

photochrome
〔chrom 色〕彩色照
片

photochemistry
光化學

photic
光的，發光的，感光
的

photism
光幻覺

photoprint
影印

photogenic
〔gen 產生〕(生物)
發光的

photoconduction
光電導

photoelectric
光電的

photoelectron
光電子

photometer
光度計

photon
(物理) 光子

photophobia
〔phobia 怕〕畏光，
恐光

photosensitive
光敏的，感光性的

phototube
光電管

photosynthesis
光合作用

phototherapy
光線療法

photocurrent
光電流

270　phyt(o)=plant 植物

hydrophyte
〔hydro 水〕水生植物

lithophyte
〔litho 石〕石生植物
（生長在石頭表面的植
物）

xerophyte
〔xero 乾燥〕旱生植
物

paleophyte
〔paleo- 古〕古生代
植物

protophyte
〔proto- 原始〕原生
植物，單細胞植物

cryophyte
〔cryo 寒冷〕冰雪植
物

microphyte
〔micro- 微小〕微植
物

phytochemistry
植物化學

phytogeography
植物地理學

phytopharmacy
植物藥劑學

phytopathology
植物病理學

phytotomy
〔tomy 切，剖〕植物
解剖學

phytocide
〔cid 殺〕殺菌機

phytoecology
植物生態學

phytotaxonomy
植物分類學

271　plex=fold 重疊，重

complex
〔重疊，重複→多重，
複雜〕複雜的

complexity
複雜（性）

simplex
〔sim 單一，「一重
的」〕單一的，單純的

duplex
〔du 雙，二〕二重的，
二倍的，雙的

triplex
〔tri- 三〕三重的，三
倍的

quadruplex
〔quadru- 四〕四重
的，四倍的

multiplex
〔multi- 多〕多重的

perplex
〔per-=thoroughly〕
使複雜化，使糾纏不
清，困惑

perplexity
糾纏，困惑

272 polis=city 城市

cosmopolis
〔cosmo 世界〕國際
都市

megalopolis
〔megalo 特大〕大都
會

megalopolitan
〔s → t〕大都會

acropolis
〔acro 高，「高城」〕
（古希臘城市的）衛城

metropolis
〔metro 母，「母城」
→主要的城〕首府，
大城市

metropolitan
〔s → t〕大城市的，
大都會的

metropolitanize
使大城市化

necropolis
〔necro 死屍，「死
者之城」〕墳地

polis
城邦（古希臘的城市
國家）

273 prim=first 第一，最初

primary
最初的，初級的，原
始的

primitive
原始的，早期的

prime
最初的，首要的，基
本的

primal
最初的，首要的

primacy
第一位，首位

primer
初級讀本，入門書，
識字，課本

primeval
〔ev 時期〕早期的，
遠古的，原始的

primipara
〔par 產〕初產婦

primogenitor
〔gen 生殖，「最初生
殖者」〕始祖，祖先

274　pun，pen=punish 罰

punish
懲罰，處罰

punishable
可受懲罰的

punitive
給予懲罰的，懲罰性的

impunity
〔im- 不〕不受懲罰

punishment
罰，處罰，刑罰

penal
當受懲罰的，刑事的

penalize
對～處以刑事懲罰，處罰

penalty
處罰，懲罰，刑罰

275　rap，rapt=seize，snatch 攫取，奪，捕

rapacious
掠奪的，強取的

rapacity
掠奪，強取

rape
強奪，強姦

rapist
強姦犯

rapine
強奪，搶劫，劫掠

raptor
〔捕食其他動物者〕猛禽

rapt
〔被奪去魂的〕銷魂的，著迷的，全神貫注的

rapture
銷魂，著迷，全神貫注

rapturous
狂喜的

enrapt
神魂顛倒的，狂喜的

276   ras，rad = scrape 擦，刮

erase
〔e- 去，除〕擦去，
抹掉，除去

erasure
擦掉，擦掉處

abrasion
擦掉，磨損，擦傷處

erasable
可擦掉的

abrade
〔ab- 離開，去〕擦
掉，磨掉，磨，擦

abrasive
有研磨作用的，磨料
（如砂紙等）

eraser
擦除器（如黑板擦、
橡皮擦等）

abradant
磨擦的，磨擦物（如
砂紙，金剛砂等）

raze
〔s → z〕刮去，削去，
鏟掉，鏟平

erasion
擦去，刮除，抹掉

abrase
擦掉，磨掉

razor
〔削刮之器〕剃刀

277   rid，ris = laugh 笑

ridiculous
可笑的

risibility
愛笑，能笑

derision
嘲笑，嘲弄，笑柄

ridicule
嘲笑，嘲弄

deride
嘲笑，嘲弄

derisive
嘲笑的，嘲弄的，幼
稚可笑的

risible
愛笑的，能笑的，可
笑的，笑的

derider
嘲笑者，嘲弄者

278 rod，ros=gnaw，bite 咬，嚙

rodent
咬的，嚙的；嚙齒動
物（如鼠等）

rodenticide
〔cide 殺〕殺鼠藥

rodential
（動物）嚙齒目的

corrode
〔咬→咬壞→侵蝕〕
腐蝕，侵蝕

erode
〔e- 去，掉；咬掉，
咬壞〕腐蝕，侵蝕

erodent
腐蝕的，侵蝕的

corrodible
可腐蝕的

corrosion
腐蝕，侵蝕

corrosive
腐蝕（性）的

anticorrosion
〔anti- 反對，防止〕
防腐蝕

anticorrosive
防腐蝕的

erosion
腐蝕，侵蝕

erosive
腐蝕性的

279 rot=wheel 輪，轉

rotate
旋轉，輪流，循環

rotation
旋轉，輪流，循環

rotatory
（使）旋轉的，（使）
輪流的，（使）循環的

rotative
旋轉的，輪流的，循
環的

levorotation
〔levo 左〕左旋

dextrorotation
〔dextro 右〕右旋

rotor
旋轉體，轉動體

rotary
旋轉運行的機器

rotund
〔輪→圓形〕圓形的，
圓

rotundity
圓，圓胖，圓形物

subrotund
〔sub- 稍，略〕稍圓
的，略圓的

280 rud=rude 原始，粗野

rude
原始的，未開化的，未加工的，粗野的，粗魯的

rudiments
〔原始→開始，初步〕初步，入門，基礎，基本原理

rudimentary
初步的，基本的

erudite
〔e- 除去；「去掉粗野無知」〕有學問的，博學的，有學問的人

rudimental
初步的，基本的，起碼的

erudition
博學

281 rur，rus=country 農村

rural
農村的，田園的

rurality
農村景色，田園風味

ruralize
使農村化，在農村居住

rustic
鄉村的，農村的，莊稼人樣子的

rusticity
鄉村風味，鄉村特點，質樸

rusticate
下鄉，過鄉村生活

rustication
鄉居，下鄉

282 sangui=blood 血

sanguinary
血腥的，血淋淋的

consanguineous
〔con- 同〕同血緣的，血親的，同宗的

consanguinity
同血緣，同宗

sanguinin
血素

sanguine
血紅的，血紅色

ensanguine
血染，血濺

sanguineous	exsanguine	exsanguination
含血的，血的，血腥的	〔ex- 無〕無血的，食血的	除血
	exsanguinate	
	使無血，除血	

283

sat，satis，satur =enough，full of food 足，滿，飽

satiable	satisfaction	unsatisfied
可使滿足的，可使飽的	滿足，滿意	未得到滿足的
insatiable	satisfiable	saturate
〔in- 不〕不能滿足的，貪得無厭的	能滿足的	使飽和，飽和的
satiate	satisfactory	saturation
使充分滿足	令人滿意的	飽和（狀態）
satiation	dissatisfy	supersaturate
充分滿足	〔dis- 不〕使不滿，使不平	〔super- 超過〕使過飽和
insatiate	dissatisfaction	supersaturation
不滿足的	不滿，不平	過飽和（現象）
satiety	dissatisfied	saturable
飽足，厭膩	不滿的	可飽和的
sate	dissatisfactory	saturated
使充分滿足	令人不滿的	飽和的
satisfy	unsatisfactory	unsaturated
使滿足，使滿意	不能令人滿意的，使人不平的	〔un- 不，非〕不飽和的，非飽和的

284　sen=old 老

senior
年長的，年長者

seniority
年長

senesce
開始衰老

senescene
衰老，老朽

senescent
衰老的，老朽的

senator
（古羅馬的）元老院，
參議員，上議院

senile
老年的，衰老的

senility
老邁，衰老

senate
（古羅馬的）元老院，
議員，參議員，上議
員

senatorial
元老院的，元老院，
議員的，參議院的，
參議員的

consenescence
衰老，老朽

285　serv=slave，servant 奴，僕

serve
〔當～的奴僕→為～
勞役〕為～服務，供
職，服侍

service
服務，服侍，幫佣，
服務機構

serviceable
有用的，肯幫忙的

servant
僕人，佣人，奴僕

servile
奴僕（般）的，奴性
的

servility
奴性，奴態，屈從

servitude
奴隸狀態，奴役，苦
役

serf
〔v → f〕農奴

serfage
農奴地位

serfdom
農奴制，農奴地位，
奴役

disserve
〔dis- 不，相反；to
render a bad (or ill)
service to）危害，
損害

disservice
危害，損害

disserviceable
危害性的

subserve
〔sub- 次，小；to serve in a minor way〕對～有幫助，輔助，促進

subservient
輔助性的，有幫助的

286　simil，simul=like 相似，相同

similar
相似的，類似的，相似的東西

similarity
相似，類似

similitude
相似，類似（物）

assimilate
同化，使相同

assimilation
同化（作用）

assimilator
同化者

assimilative
同化的

dissimilar
〔dis- 不〕不同的

dissimilarity
不同，相異點

verisimilitude
逼真，貌似真實，貌似真實的事物

simulate
〔做出相似的樣子〕模仿，模擬，假裝，冒充

dissimilate
（使）不同，（使）相異

dissimilation
相異，異化（作用）

dissimilitude
不同，不一樣

simile
〔相似一比喻〕比喻，明喻，直比

facsimile
〔fac=fact 做；「做出與原物相似之物」〕謄寫，摹寫，摹真本

verisimilar
〔veri 真實；與真實相似的〕似乎是真的，貌似真實的

simulation
模仿，模擬，假裝

simultaneous
〔在時間上「相同」〕同時發生的

simultaneity
同時性，同時發生

287 sit(o)=food 食物

sitology
飲食學，營養學

sitophobia
〔phobia 怕〕恐食症

parasite
〔para- 在～旁；「在
～身旁寄食者」〕寄
生蟲，寄生物，食客

parasitism
寄生現象

parasitical
寄生的，由寄生蟲引
起的

parasitology
寄生蟲學

parasiticide
〔cide 殺〕殺寄生蟲
藥，殺寄生蟲的

parasitosis
寄生蟲病

ectoparasite
〔ecto- 外〕體外寄生
蟲（如蚤、虱等）

endoparasite
〔endo- 內〕體內寄
生蟲

superparasite
〔super- 在上面；「在
寄生物身上的寄生
物」〕復寄生物，復
寄生蟲

288 soph=wise，wisdom 聰明，智慧

philosopher
〔philo 愛好〕哲學
家，學者，思想家

philosophy
哲學，哲理

philosophical
哲學家的，哲學（上）
的

philosophize
思考哲理

pansophic
〔pan- 全〕全知的，
無所不知的

pansophism
全知，無所不知的

sophist
〔聰明 → 狡點 → 詭
辯〕大智者，博學者，
詭辯者

sophism
詭辯（法）

sophistic
詭辯（法）的

sophistry
詭辯（法）

289　sper=hope 希望

desperate
〔de- 取消，失去，無〕失望的，無望的，絕望的；（因絕望而）不顧一切的，拼死的

desperately
絕望地，拼命地，不顧一切地

desperation
絕望，拼命，不顧一切

despair
〔de- 失去，無，spair=sper 希望〕絕望，失望

despairing
絕望的

prosperous
繁榮的，昌盛的

prosperity
繁榮，昌盛

prosper
（原意為 conforming to or answering one's hope）繁榮，昌盛

desperado
〔-ado 表示人；「絕望的人」〕亡命之徒，暴徒

290　spers=scatter，straw 散，撒

disperse
〔di=dis- 分開〕分散，散開，散去，使分散

dispersal
分散，疏散，散布

dispersion
分散，散布，驅散

dispersive
散的，分散的，散亂的

asperse
〔散─灑〕灑水於～

aspersion
灑水

intersperse
（撒在中間）散置，散布，點綴

interspersion
散置，散布，點綴

291 splend=shine 發光

splendid
有光彩的，燦爛的，
壯麗的，顯著的，傑
出的

splendent
發亮的，有光澤的，
輝煌的，顯著的

splendour
光輝，光彩，壯麗，
壯觀，顯赫，傑出

splendorous
有光輝的，有光彩的，
顯赫的

resplendent
燦爛的，光輝的

resplendence
燦爛，光輝

splendiferous
有光彩的，極光的，
華麗的

292 st，stat=stand 立

stand
站，立

stage
〔「站立」表演的地
方〕舞台

stay
〔佇「立」〕停留

contrast
〔contra- 相對；「相
對而立」〕對照，對
比

rest
〔re- 後；「後面立
者」〕其餘，剩餘者

armistice
〔arm(s) 武器→戰事；
戰事停「立」〕停戰

distance
〔di- 分開，分「立」
於兩處〕距離，遠隔

stationary
〔停「立」不動的〕
靜止的，不動的

standard
〔樹「立」的榜樣〕
標準

stable
〔牲畜停「立」處〕
牛棚，馬廄

stable
〔「立」住不動的〕
穩定的，堅固的

establish
〔使「立」住〕建立

statue
〔「立」像〕雕像，
塑像，鑄像

interstice
〔inter- 中間；可「立」
於其間〕空隙，間隙

circumstance
〔circum- 周圍；「立」
於周圍的事物〕環境，
情況，境遇

system
〔sy=syn- 共同，一起；共「立」於一處，綜合在一起〕系統

constant
〔con- 加強意義；堅「立」的〕堅定的，不變的

station
車站，站，停留地，站立

stature
〔直「立」時的高度〕身高

status
〔the way one stands〕身分，地位

static
〔停「立」不動的〕靜止的

statics
靜力學

apostate
〔apo- 離開；離教而「立」〕背教者，變節者

obstacle
〔ob=against；to stand against〕障礙

293　struct=build 建造

structure
構造，結構，結構物

structural
構造的，結構（上）的，建築的

construct
構築，建設

construction
建造，建設，建築物

constructive
建設（性）的

reconstruct
〔re- 再〕再建，重建

reconstruction
再建，重建

destruction
〔de- 非，相反；「與建造相反」〕毀壞，破壞，毀滅

destructive
破壞（性）的，毀滅（性）的

obstructor
障礙者

destructible
可破壞的

indestructible
破壞不了的，毀滅不了的

superstructure
〔super- 上〕上部結構，上層建築

substructure
〔sub- 下〕下部結構，下層建築

obstruct
〔ob-=against；to build (or pile) up against〕設置障礙，障礙

obstructive
妨礙的，阻擋的，引起阻塞的

obstruction
阻礙，障礙物

---

294   **tact，tag=touch 觸，接觸**

tactual
觸覺(器官)的

contact
接觸，聯絡，聯繫

contagium
接觸傳染物

tactile
觸覺的，有觸覺的

contagion
接觸傳染，傳染病

anticontagious
〔anti- 反對，防止〕
預防傳染的

tactility
觸覺，有觸覺

contagious
接觸傳染的

intact
〔in- 未〕未觸動的

---

295   **therm(o)=heat 熱**

thermal
熱的，熱量的

thermodynamics
熱力學

thermonuclear
熱核的

thermos
熱水瓶

thermoelectron
熱電子

thermalloy
熱合金

thermometer
〔meter 計，表〕溫度計，寒暑表

electrothermics
電熱學

diathermal
〔dia- 穿，透〕透熱的

thermochemistry
熱化學

thermosphere
熱大氣層，熱電離層

adiathermic
〔a- 不〕不透熱的

thermion
熱離子

isotherm
〔iso- 相等〕等溫線，恒溫線

isothermal
等溫（線）的

synthermal
〔syn- 同〕同溫的

thermoscope
測溫器

exothermic
〔exo- 外，出〕放熱的

296　tim=fear 怕

timid
膽怯的，易受驚的

timidity
膽怯，膽小，羞怯

intimidate
〔in- 使，使膽怯〕恫嚇，恐嚇，威脅

intimidation
恫嚇，恐嚇，威脅

intimidator
恐嚇者，威脅者

timorous
膽小的，易受驚的

297　tir=draw 拉，引

retire
〔re- 回；拉回，「引回」〕引退，退隱，退休，退職，退卻，撤退

retired
退休的，退職的

retirement
退休，引退，撤退

retiree
〔-ee 表示人〕退休者，退職者，退役者

tirade
〔「拉長」的演說〕長篇演講，冗長的演說

298　tom，tomy=cut 切，割

atom
〔a- 不；「不能再分割的」最小物質〕原子（過去認為原子為最小物質）

atomic
原子的

atomics
原子工藝學

atomism
原子論，原子學說

atomist
原子學家

subatomic
〔sub- 次，亞〕亞原子的，比原子小的

polyatomic
〔poly- 多〕多原子的

tome
〔割－分開；書的「分冊」〕冊，卷

anthropotomy
〔anthrop 人〕人體解剖（學）

zootomy
動物解剖（學）

phytotomy
〔phyto 植物〕植物解剖（學）

entomotomy
〔entomo 昆蟲〕昆蟲解剖（學）

neurotomy
〔neur 神經〕神經切除術

lithotomy
〔lith 石→結石〕膀胱結石切除術

anatomy
〔ana=up；to cut up〕解剖，解剖學，分解，剖析

anatomist
解剖學者

enterotomy
〔enter 腸〕腸切開術

appendectomy
〔append=appendix 闌尾，ec- 出〕闌尾切除術

299   ton=sound，tone 音

tone
音，音調

toneless
缺乏聲調的，單調的

tonetic
聲調的

tonetics
聲調學

monotone
〔mono- 單一〕單調

monotonous
單調的

monotony
單音，單調

intone
發長音，吟誦

intonation
聲調，語調

undertone
〔under- 下，低〕低
音，小聲

semitone
〔semi- 半〕半音，
半音休止

microtone
〔micro- 微〕微分音

baritone
〔bari 重；沉重的音
調〕男中音

diatonic
〔dia- 貫穿，全〕全
音階的

tonal
音調的

tonality
音調

atonal
〔a- 無〕無調的

300   tour=turn 轉，迂迴

tour
〔到處「轉」，「迂迴」
而行〕旅遊，遊歷

detour
〔de- 離；「轉離」正
道〕彎路，迂迴路，
繞道

tourism
旅遊，旅遊業

tourist
旅遊者

touring
遊覽 (的)

contour
〔「迂迴」地畫〕畫
輪廓，輪廓，外形

tourer
旅遊車

301 tox=poison 毒

toxin
毒素

toxic
有毒的

toxicity
毒性

toxicology
毒理學，毒物學

toxicologist
毒理學家

toxicaction
中毒（作用）

toxoid
〔-oid 類似～之物〕
類毒素

antitoxic
抗毒的

toxicide
〔cide 殺→消滅〕消
毒劑，解毒藥

detoxify
〔de- 除去〕除去毒
性，使解毒

detoxification
解毒

neurotoxic
〔neuro 神經〕毒害
神經的

pyrotoxin
〔pyro 火，熱〕熱毒
素

antitoxin
〔anti- 抗〕抗毒素

302　　turb=disorder 混亂，騷擾

disturb
〔dis- 加強意義〕擾
亂，打擾

undisturbed
沒受干擾的

disturber
擾亂者，打擾者

disturbance
騷動，動亂，干擾

turbid
混亂的，混濁的

turbulent
騷亂的

turbulence
騷亂，騷動

perturb
〔per- 加強意義〕使
紊亂，擾亂，煩擾

perturbance
紊亂，擾亂，煩擾

perturbative
擾亂性的，煩擾性的

perturbation
紊亂，不安

perturbational
騷亂的，不安的

303　　tut，tuit=watch，protect 監護

tutor
〔監護→管教，教導〕
家庭教師，監護人，
教導教師

untutored
未受教育的

tutorage
家庭教師的職位

tutoress
〔-ess 表女性〕女家
庭教師，女指導師，
女助教

tutorial
家庭教師的，教導教
師的

tutorship
家庭教師（或指導教
師）的地位或職責

tutee
〔-ee 被～的人〕被教
導者，被指導者，學
生

tuition
教導，講授，學費

tuitional
教導的，講授的

304 umbr=shade，shadow 蔭，影

umbrella
〔-ella 表示小；可出現「小陰影」，遮擋之物〕傘

umbra
暗影

umbrage
樹蔭，陰影

umbriferous
〔-ferous 有～的〕有陰影的

penumbra
〔pen- 半〕半影

adumbral
陰影的，遮日的

adumbrate
〔畫～的影〕勾畫，畫～的輪廓，在～上投下陰影

inumbrate
投以暗影，遮暗，蔭蔽

305 ur=urine 尿

urine
尿

urinate
排尿，撒尿

urination
撒尿

urinal
尿壺，小便池

urinary
尿的，泌尿的

uretic
尿的，利尿的

urology
泌尿學

urologist
泌尿學家

uroscopy
驗尿法

polyuria
〔poly 多〕尿多，多尿症

oliguria
〔olig 少〕尿少，少尿症

306　van=empty 空，無

vanish
突然不見，消失

vanity
空虛，虛誇，虛榮心

evanescene
消失，消散

evanish
消失，消散

evanesce
逐漸消失，消散

evanescent
很快消失的

307　verb=word 字，詞，言

verbal
詞語的，言語的，動詞的

verbalize
用詞語描述，使變為動詞

verbatim
〔-atim 逐～地〕逐字地，照字面地

verbiage
冗長，贅字

hyperverbal
〔hyper- 過多〕話說太多的

verbose
囉嗦的，冗長的

proverb
〔pro- 前，以前〕格言，諺語

proverbial
格言的

verb
動詞

verbify
使變為動詞

adverb
副詞

adverbial
副詞的，狀語的

308 ver(i)=true 真實

very
真實的，真正的

verism
真實主義

verification
證實，核實，證明

verily
真實地，真正地

verity
真實性，事實

verifier
核實者，核實器

veracious
真實的，準確的，誠實的

veritable
確實的，真正的

verisimilar
〔與真實相似的〕擬真的，貌似真實的

verify
證實，核實

veracity
真實性，確實，準確性，誠實

verifiable
可證實的

verisimilitude
逼真，貌似真實，逼真的事物

309 vol，volunt=will 意志，意願

volition
意志，意志力

malevolence
〔male- 惡，壞；「惡意」，壞心〕惡意，惡毒行為

voluntary
志願的，自願的，故意的

volitive
意志的

volitional
意志（力）的

involuntary
〔in- 非，不〕非自願的，非故意的

benevolence
〔bene- 好；「好意」，好心〕仁慈，善心，善行，慈善

volunteer
意願者，自願參加者，志願兵

malevolent
含有惡意的，惡毒的

benevolent
善心的，慈善的

310　volv，volut=roll 滾，轉，捲

revolution
〔滾，轉→轉動，變
動→變革〕革命，劇
烈的變革，旋轉

revolutionary
革命者，革命的

evolve
〔e- 外；「向外捲」
─展開，to unroll，
to unfold〕展開，
發展，進化，演化

evolution
進化，進展，演化

evolutionism
進化論

evolutionist
進化論者

convolute
捲繞，旋繞

voluble
易旋轉的

volume
〔捲，古時書籍成卷
軸形〕卷，冊

involve
〔in- 入；「捲入」，
包入〕包纏，包含，
使捲入

intervolve
〔inter- 互相〕互捲，
互相纏繞

revolve
旋轉，使旋轉

revolver
〔轉動之物（或人）〕
轉爐，左輪手槍，旋
轉者

311　vor=eat 吃

voracious
貪吃的，狼吞虎嚥的

voracity
貪食，暴食

devour
〔vour=vor〕吞食

omnivorous
〔omni- 全，一切〕
一切食物都吃的，雜
食性的

granivorous
〔gran=grain〕食穀
的

herbivorous
〔herb 草〕食草的，
以草為食的

carnivorous
〔carni 肉〕食肉的，
以肉為食的

insectivorous
〔insect 蟲〕食蟲的，
以蟲為食的

frugivorous
〔frug 果實〕以果實
為食

312 zo(o)=animal 動物

zoology
動物學

zoologist
動物學家

zoo
動物園

zootomy
動物解剖學

zoopathology
動物病理學

zoomorphic
〔morph 形〕動物形
的，獸形的

zoolite
〔lite 石〕動物化石

zoic
動物的

zoo-ecology
動物生態學

zoophilist
〔phil 愛〕愛護動物
者

zoogeography
動物地理學

memo

單字的附件

字　綴

① 字首

1 a-

(1) 無、不、非

acentric 無中心的	asymmetry 不對稱	asexual 無性別的	ahistorical 與歷史無關的
asocial 不好社交的	adynamic 無力的	aperiodic 非周期的	
atypical 非典型的	amoral 非道德的	apolitical 不關心政治的	

(2) 含有 in、on、at、by、with、to、of 等意義

asleep 在熟睡中	abed 在床上	ahead 向前，在前頭	atop 在頂上
aside 在一邊	afield 在田裡，在野外	abreast 肩並肩地	afire 在燃燒中
ashore 向岸上，在岸上	aground 在地面上；擱淺	afoot 徒步	aback 向後

(3) 加強意義

aloud 高聲地	await 等待	afar 遙遠地	aweary 疲倦的，厭倦的
awake 喚醒，使醒	arise 起來，升起	aright 正確地	ashamed 羞恥的

alike
相同的／地

awash
被浪潮沖打的

② ab-

離去、相反、不

abnormal
反常的

abduct
誘去，騙走

abaxial
離開軸心的

ablactation
斷奶

abuse
濫用

absorb
吸去

③ ac-

含有 at、to 之意，或表示加強及引申意

accustom
使習慣

acclimate
（使）適應氣候

account
計算，算帳

acculturation
文化移入

accredit
信任，相信

acknowledge
認知，承認

accompany
陪伴

acquit
釋放，免罪

④ ad-

含有 at、to 之意，或表示加強意義

adjust
調整

admonition
告誡，勸告

adjunction
添加，附加

adjoin
毗連，相接，
貼近

adventure
冒險

admixture
混雜

5 af-

含有 at、to 之意，或表示加強意義

affright
震驚，恐懼

affamish
使飢餓

affirm
肯定，確認

affront
對抗，冒犯

afforest
造林，綠化

affix
附加，貼上

6 ag-

含有 at、to 之意，或表示加強意義

aggrandize
增大

aggrieve
使悲痛

aggravate
加重

aggrade
（河底）增高

7 amphi-

兩、雙

amphicar
水陸兩用車

amphibian
水陸兩棲的

amphibiology
兩棲生物學

amphitheatre
兩邊都可觀看
的劇場，圓形
劇場

8 an-

(1) 無、不

anonymous
無名的

anechoic
無回聲的

anelectric
不導電的

anoxia
缺氧症

anharmonic
不和諧的

anarchism
無政府主義

(2) 加強或引申意義

annotate
註解

annihilate
消滅

announce
宣布，佈告

annul
使無效，廢除

9 ante-

前、先

anteroom
前室，接待室

antechamber
前廳

antedate
比實際早的日期

antenuptical
婚前的

anteport
前港，外港

antetype
原型

antenatal
出生前的

antecessor
先行者，先驅者

antemeridian
午前的

10 anti-

反對、相反、防止

antiwar
反戰的

antiforeign
反外的，排外的

antislavery
反奴隸主義

antinoise
防噪音的

anti-imperialist
反帝的

anti-colonial
反殖民主義的

antimissile
反飛彈的

antitank
反坦克的

antiageing	antifat	antiaircraft	anticontagious
防衰老的	防止肥胖的	防空襲的	防止傳染的

antigas
防毒氣的

11 **ap-**

加強或引申意義

appoint	approximate	apposition	apprehension
指定，任命	近似的	並置，同位	理解，領悟

appease	appraise
平息，綏靖	評價

12 **apo-**（亦作 **ap-**）

離開

apogee	aphelion	apology	apostasy
遠地點（遠離地球之處）	（天文）遠日點	道歉，解釋	脫黨，叛教

13 **ar-**

含有 at、to 之意，或表示加強及引申意義

arrange	arrear	arrect	arrive
安排，佈置	往後，拖延	直立的	到達

⑭ as-

含有 at、to 之意，或表示加強及引申意義

assimilate
同化

ascertain
確定，查明

associate
聯合，結合

assign
指定，分派

assure
使確信，擔保

assort
分類

⑮ at-

含有 at、to 之意，或表示加強及引申意義

attrap
使入陷阱

attract
吸引

attune
調定聲音，合調

attest
證明

⑯ auto-

自己、自動

autocriticism
自我批評

autosuggestion
自我暗示

autorotation
自動旋轉

autoinfection
自體感染

autobiography
自傳

auto-timer
自動定時器

autoalarm
自動報警器

autobike
電動腳踏車

17 be-

(1) 使～、使成為～

| belittle | bedim | befriend | bedevil |
| 使縮小，貶低 | 使模糊不清 | 以朋友相待 | 使著魔 |

| becalm | benumb | befool | bemuse |
| 使鎮靜 | 使麻木 | 欺騙，愚弄 | 使發呆 |

(2) 加以～、飾以～、用～（做某事）

| bepowder | becloud | bejewel | bedew |
| 在～上撒粉 | 遮蔽，遮暗 | 飾以珠寶 | 沾溼 |

(3) 在

| beside | below | behind | before |
| 在～旁邊 | 在～下面 | 在～後面 | 在～以前 |

(4) 加強及引申意義

| befall | besiege | bespatter | bedeck |
| 降臨，發生 | 包圍，圍攻 | 濺汙 | 裝飾，修飾 |

| bethink | bedaub | belaud | besprinkle |
| 想起，思考 | 塗汙，亂塗 | 大加讚揚 | 潑，灑 |

| befit | bepaint | bemoan | besmirch |
| 適合，適宜 | 著色，畫 | 悲嘆，哀泣 | 弄髒，玷汙 |

18 bene-

善、好

benevolent	benefaction	benediction	beneficent
善心的，慈善的	恩惠，善行	祝福	行善的

19 bi-

兩、二

biweekly	biplane	bilingual	bicycle
雙周刊	雙翼飛機	兩種語言的	〔cycle 輪〕自行車

bicolour	bimetal	bimonthly	bilateral
兩色的	雙金屬	雙月刊	雙邊的

bisexual	biform	bipolar	bifacial
兩性的	有二形的	兩極的，雙向的	兩面一樣的

20 by-

旁、側、非正式、副

byroad	byname	by-effect	bypath
小路，僻徑	別名，綽號	副作用	小道，僻徑

bywork	bystreet	by-business	bytime
業餘工作	旁街，僻街	副業	餘暇，閒暇

by-product	by-law		
副產品	附法，細則		

21 **circum-**

周圍、環繞

circumplanetary 環繞行星的	circumposition 周圍排列	circumpolar 在兩極周圍的	circumlunar 環繞月球的
circumfluence 周流，環流	circumnavigate 環球航行	circumaviate 環球飛行	circumsolar 環繞太陽的

22 **co-**

共同

cooperation 合作	cohabitation 同居，姘居	coagent 共事者	co-owner 共同所有人
coeducation 男女同校	corotation 共轉	co-worker 共同工作者	comate 同伴，夥伴
coexistence 共存，共處	copartner 合夥人	co-founder 共同創立者	coauthor 共同著書者
co-flyer 副飛行員	coaction 共同行動		

23 **col-**

共同

collaboration 協作，勾結	collinear 在同一直線上 的	collingual 用同一種語言 的	collocate 並置，並列

24 com-

(1) 共同

compatriot 同國人，同胞	combine 聯合，結合	compassion 同情	commensal 共餐的
commiserate 同情			

(2) 加強或引申意義

commove 使動亂	commix 混合	compress 壓縮	commemorate 紀念

25 con-

(1) 共同

concolorous 同色的	concourse 合流，匯合	connatural 同性質的	conjoin 聯合，結合
concentric 同一中心的	condominate 共同管轄的	contemporary 同時代的	consanguineous 同血緣的

(2) 加強或引申意義

conclude 結束，終結	confront 使面對	confirm 使堅定	convolution 旋繞，捲繞
consolidate 鞏固，加強	contribute 貢獻，捐獻	condense 凝結，縮短	configure 使具形體

26 **contra-**

反對、相反、相對

contra-missile 反飛彈的飛彈	contraposition 對照，針對	contradict 反駁，相矛盾	contradistinction 對比的區別
contraclockwise 逆時針方向的			

27 **cor-**

(1) 共同、互相

correlation 相互關係	correspond 符合，相應；通訊	corradiate 使(光線)共聚於一點

(2) 加強或引申意義

correct 改正，糾正	corrival 競爭者；競爭的	corrupt 腐敗，敗壞	corrugate 使起皺紋

28 **counter-**

反對、相反

counterrevolution 反革命	counteroffensive 反攻	counteraction 反作用	countereffect 反效果
counterattack 反攻，反擊	counterblast 逆風	counterwork 對抗行動	counterevidence 反證

countermarch 反方向行進	countermove 反向運動	counterdemand 反要求	counterplot 反計，將計就計
countercurrent 逆流	counterspy 反間諜	countertrend 反潮流	countercharge 反訴，反告

 de-

(1) 否定、非、相反

denationalize 非國有化	depoliticize 使非政治化	destruction 破壞	decompose 〔與 compose 相反〕分解
demilitarize 使非軍事化	deemphasize 使不重要	demobilize 〔與 mobi- lize 相反〕復 員	dematerialize 非物質化
decolonize 使非殖民化	dechristianize 非基督教化	demerit 〔非優點〕缺點	

(2) 除去、取消、毀

desalt 除去鹽分	defog 清除霧氣	deforest 砍伐森林	depollution 消除汙染
decontrol 取消管制	defrost 除霜，解凍	deface 毀棄外觀	decode 解譯密碼
dewater 除去水分	decamp 撤營	decolour 使褪色	degas 消除毒氣，排 毒
de-ink 除去汙跡	deflower 摘花	de-oil 脫除油脂	decivilize 使喪失文明

(3) 離開

detrain	deplane	dethrone	derail
下火車	下飛機	廢黜王位	使（火車）出軌

(4) 向下、降低、減少

depress	devalue	depopulation	declass
壓低，壓下	降低價值，貶值	人口減少	降低社會地位

(5) 使成～、作成～，或僅作加強意義

delimit	depicture	denude	design
劃定界限	描繪，描述	使裸露	計畫，設計

30 deca-

十

decasyllable	decameter	decagon	decagram
十音節字	十公尺	十角形	十克

31 deci-

十分之一

decigram	decimeter	decilitre	deciare
十分之一克，分克	十分之一公尺，分米	十分之一升，分升	十分之一公畝

32 demi-

半

demigod	demitint	demidevil	demilune
半神半人	(繪畫)半濃半淡	半惡魔	半月,新月

demi-fixed	demiwolf
半固定的	狼犬

33 di-

二、雙

diatomic	ditheisin	dichromatic	diacid
二原子的	二神論	兩色的	二酸

disyllable	digamy	dioxide	diarchy
雙音節字	二婚,再婚	二氧化物	雙頭政治

34 dia-

貫通、對穿、透過、相對

diagonal	diameter	dialogue	diathermal
對角線	直徑	對話	導熱的

35 dif-

分開、否定、不

diffluence	diffident	differ	diffuse
分流	無自信的	不同,相異	散開,散布

dis-

(1) 不、無、相反

dislike 不喜歡的	dishonest 不誠實的	disagree 不同意	dispraise 貶損，非難
discontinue 不繼續，中斷	disappear 不見，消失	disorder 無秩序，混亂	disremember 忘記
disbelieve 不相信	discomfort 不舒服	disproof 反證	disability 無能，無力

(2) 取消、除去、毀

disforest 砍伐森林	disarm 解除武裝，裁軍	disroot 拔根，根除	dishearten 使失去信心
discourage 使失去勇氣	disburden 解除負擔	disrobe 脫衣	discolour （使）褪色的
dispirit 使氣餒，使沮喪			

(3) 加在含有「分開」、「否定」等意義的單字之前，dis-則作加強意義

dispart 分離，裂開	dissever 分裂，切斷	dissemination 散布，傳播	disannul 使無效，廢除

(4) 分開、離、散

dissect
切開

dispel
驅散

dispense
分配

dissipate
驅散

distract
分心

dissolve
分離，溶解

*註　dis-有時作di-，如：

digress
離正題，入歧途

divest
脫～的衣服

divert
使轉向

divorce
離婚

37　dys-

不良、惡、困難

dysfunction
機能失調

dysgenesis
生殖力不良

dyspathy
反感

dysopsy
視力弱，弱視

dyspepsia
消化不良

dysphonia
發音困難

38　e-

(1) 加強或引申意義，使～

evaluate
評價

evanish
消失，消散

elongate
使延長，拉長

elaborate
努力製作

estop
阻止，禁止

especially
特別，格外

estrange
使疏遠

evaporate
蒸發

(2) 出、外

eject 投出，擲出	erupt 噴出	emerge 浮出，出現	evade 逃出
elect 選出	emigrate 移居國外		

(3) 除去

eradicate 除根，根除	emasculate 割除睪丸

39 **ef-**

出、離去

effluence 流出	efflation 吹出，吹出之物	effoliation 落葉	effable 說得出口的

40 **em-**

(1) 表示「置於～之內」、「上～」

embay 使(船)入灣	embed 〔as in a bed〕 安置	emplane 搭機	embog 使陷入泥沼中
embosom 藏於胸中，擁抱，環繞	embus 裝入車中，上車		

(2) 表示「用～做某事」、「飾以～」、「配以～」

embalm 塗以香料	emblazon 飾以紋章	embank 築堤防護	embar 上門閂

(3) 表示「使成某種狀態」、「致使～」、「使之～」、「做成～」

embow 使成弓形	embitter 使苦	embody 體現，使具體化	embrown 使成褐色
empurple 使發紫	empower 使有權力，授權		

41 en-

(1) 表示「置於～之中」、「登上～」、「使上～」

encage 關入籠中	encave 藏於洞中	entrain 上火車	enthrone 使登上王位
encase 裝入箱中	enroll 記入名冊中	enplane 上飛機	enshrine 藏於神龕中

(2) 表示「用～來做某事」、「飾以～」、「配以～」

enchain 用鏈鎖住	entrap 用陷阱誘捕	enwreathe 飾以花環	enlace 用帶縛，捆紮
encloud 陰雲遮蔽			

(3) 表示「使成某種狀態」、「致使～」、「使之如～」

enlarge
使擴大，放大

encamp
使紮營

encrimson
使成深紅色

ensky
使聳入天際，
把～捧上天

ensphere
使成球形

encash
兌換現金

encircle
作成一圈，包
圍

enslave
使成奴隸，奴
役

enrage
激怒

enrich
使富足

ennoble
使成貴族，使
高貴

encourage
使有勇氣

endear
使受喜愛

enable
使能夠

enfeeble
使衰弱

encipher
譯成密碼

endanger
使遭遇危險

(4) 加在動詞之前，表示「in」，或作加強意義

entrust
信託，委託

enwrap
包入，捲入

endamage
損壞，損害

enlink
把～連結起來

enkindle
點火

enwind
纏繞

enclothe
給～穿衣服

engird
捲，纏

enclose
圍入，關進

entangle
纏住，套住

enlighten
啟發，用事

engorge
大口吃，吞食

enfold
包入

42 endo-

內

endoparasite
體內寄生蟲

endogamy
（同族）內部通婚

endolymph
內淋巴

endogen
內生植物

43 ennea-

九

enneasyllable
九音節

ennead
九個一組

enneahedron
九面體

enneagon
九角形

44 eu-

優、善、好

eugenics
優生學

euphemism
婉詞，婉言

eupepsia
消化良好

euthenics
環境優生學

eulogize
讚美

euphonic
聲音優美的

45 ex-

(1) 出、外、由～中弄出

export
出口，輸出

exit
出口

exclude
排外，排斥

exhume
掘出

expose
展出，揭露

extract
抽出，拔出

excavate
挖出，發掘

expel
趕出，逐出

(2) 前任的，以前的

ex-president 前任總統	ex-premier 前任總理	ex-Nazis 前納粹分子	ex-wife 前妻
ex-mayor 前任市長	ex-soldier 退伍軍人	ex-chancellor 前任大學校長	ex-husband 前夫

(3) 表示「使～」、「做～」，或作加強意義

expurgate 使清潔	excruciate 施刑，使苦惱	exalt 使升高，增高	exaggerate 誇大

46 **exo-**

外、外部

exobiology 外太空生物學	exosphere 外大氣層	exogamy 外族通婚	exoskeleton 外骨骼

47 **extra-**

以外、超過

extraofficial 職權以外的	extracurriculum 課外的	extrapolitical 政治外的，超政治的	extrareligious 宗教外的
extraterritorial 治外法權的	extra-special 特別優秀的	extralegal 法律權力以外的	extrasolar 太陽系以外的
extrajudical 法庭管轄以外的	extraprofessional 職業以外的	extraordinary 格外的	extrasensory 超感覺的

48 fore-

前、先、預先

foretell 預言	foretime 已往，過去	foreword 序言，前言	foreground 前景
forehead 前額	forefather 前人，祖先	foreknow 先知，預知	forerun 先驅，前驅
forearm 前臂	foresee 預見，先見		

49 hecto-

百

hectogram 百克	hectometer 百公尺	hectowatt 百瓦	hectoampere 百安培

50 hemi-

半

hemisphere 半球	hemicycle 半圓形	hemiparasite 半寄生物	hemipyramid 半錐面

51 hepta-（在母音前作 hept-）

七

heptagon 七角形	heptahedron 七面體	heptode 七極管	heptarchy 七頭政治

52 hetero-

異

heteropolar
異級的

heterosexual
異性的

heterodoxy
異教，異端

heteromorphic
異形的

53 hexa-（在母音前作 hex-）

六（在母音前作 hex-)

hexagon
六角形

hexode
六極管

hexangular
有六角的

hexameter
六韻腳詩

54 holo-

全

hologram
全息圖

holohedron
全面體

holocrystalline
全結晶的

holophote
全射鏡

holophone
聲音全息紀錄器

holography
全息照相術

55 homo-

同

homotype
同型

homocentric
同中心的

homopolar
同極的

homograph
同形異義字

homosexual
同性戀的

homothermic
同溫的

homophone
同音異義字

homogenous
同族的

56 hyper-

超過、過多、太甚

hypermilitant
極度好戰的

hypercriticism
過分批評

hypersuspicious
過分多疑的

hyperactive
活動過度的

hypersensitive
過度敏感的

hypersonic
特超音速的

hyperverbal
話太多的

hyperacid
胃酸過多的

hypersexual
性慾極強的

hyperslow
極慢的

57 hypo-

下、低、次、少

hyposensitize
減弱敏感度的

hypochlorite
次氯酸鹽

hypoglossal
舌下的

hypotension
低血壓

hypothermia
體溫過低

hypodermic
皮下的

58 il-（用在 l 之前）

(1) 不、無、非

illegal
非法的

illocal
位置不定的

illimitable
無限的

illiberal
不大方的

illiterate
不識字的

illogical
不合邏輯的

(2) 加強或引申意義

illustrate
説明，表明

illuminate
照耀

59 im- (用在 b、m、p 之前)

(1) 不、無、非

impossible
不可能的

imbalance
不平衡

impolite
無禮的

immovable
不可移動的

imperfect
不完美的

immaterial
非物質的

impassive
無表情的

immortal
不朽的，不死的

immoral
不道德的

immemorial
無法追憶的，
太古的

impersonal
非個人的

impassable
不能通行的

impure
不純潔的

(2) 向內、入

import
輸入，入口

immission
注入，投入

imbibe
吸入

immerge
沒入，浸入

immigrate
移居入境

imprison
下獄，監禁

(3) 加強意義，或表示「使成」、「飾以」、「加以」

impulse
衝動

impel
驅使，推動

imperil
使處於危險

imparadise
如置天堂

impaste 使成漿糊狀	imbrute 使成禽獸一樣	impearl 使成珍珠，飾以珍珠	impawn 典當，抵押
immanacle 加以手銬			impassion 使動感情

60 in-

(1) 不、無、非

inglorious 不光彩的	inhuman 不人道的	incomparable 無比的，不能比較的	inartistic 非藝術的
incorrect 不正確的	injustice 不公正	insensible 無感覺的	informal 非正式的
incomplete 不完全的	incapable 無能為力的		

(2) 內、入

inside 內部，裡面	inland 內地的，國內的	inbreak 入侵	inbreathe 吸入
indoor 室內的	inject 投入，注射	intake 納入，吸入	inrush 湧入，闖入

(3) 加強意義，並表示「使～」、「作～」

inspirit 使振作精神	invigorate 給予勇氣，鼓舞	inflame 燃燒	ingraft 接枝
intrench 掘壕溝	incurve 使彎曲	intone 發音，吟誦	

61 **infra-**

下、低

infrared 紅外線（低於紅線）	infrahuman 低於人類的	infrastructure 下部結構	infraorbital 眼眶下的
	infrasound 亞音速	infrasonic 低於聲頻的	

62 **inter-**

(1) 在～之間、～際

international 國際的	intercity 城市之間的	interlay 置於其間	intersexual 兩性之間的
intercontinental 洲際的	interpersonal 人與人之間的	interplant 在～間套種	intergroup 團體之間的
interoceanic 大洋之間的			

(2) 互相

interchange 互換	interdependence 互相依靠	interview 會見	intermix 互混，混雜
interact 相互作用	intercourse 交際	interweave 混紡，交織	interconnect 使互相連接

63 intra-

在～之內、內部

intraparty 黨內的	intracollegiate 大學內的	intraregional 地區內的	intra-trading 公司貿易的
intracity 市內的	intracloud 雲間的	intracompany 公司內部的	intraoffice 辦公室內的
intraday 一天之內的	intrapersonal 個人內心的		

64 intro-

向內、入內

introduce 引入，介紹	introflection 向內彎曲	introvision 內省	introvert 內向，內省
introspect 內省，反省	intromit 插入		

65 ir- (用在 r 之前)

(1) 不、無

irregular 不規則的	irrational 不合理的	irresistible 不可抵抗的	irresolute 無決斷的
irremovable 不可移動的	irrealizable 不能實現的	irrelative 無關係的	irreligious 無宗教信仰的

(2) 向內、入

irruption
闖入，衝入

irrigate
灌入水，灌溉

66 iso-

等、同

isogon
等角多邊形

isoelectronic
等電子的

isotope
同位素

isospore
同形孢子

isoelectric
等電位的

isomagnetic
等磁力的

isomorph
同晶形體

isotherm
等溫線

67 kilo-

千

kilogram
千克，公斤

kiloton
千噸

kilowatt
（電力）千瓦

kilovolt
（電壓）千伏

kilometer
千米，公里

kilolitre
千升

kilocycle
千周

kilocalorie
（熱量）千卡

68 macro-

大、宏觀的、長

macroclimate
大氣候

macrochange
大變動

macroscale
大規模

macrocosm
宏觀世界

macroeconomics
大經濟學

macroplan
龐大的計畫

macroworld
宏觀世界

macrostructure
宏觀結構

macrophysics
宏觀物理學

macrobian
長壽的（人）

macrosociology
宏觀社會學

macropod
長足的（動物）

 mal-（亦作 **male-**）

惡、不良、失、不

maltreat
虐待

malposition
位置不正

malcontent
不滿的

maladministration
管理不善

malpractice
不法行為

malediction
惡言，詛咒

maldevelopment
不正常發展

malfunction
機能失常

malnutrition
營養不良

malodour
惡臭，惡味

malformation
畸形

malefaction
壞事，惡行

70 meta-

(1) 超

metaphysical
超自然的，形
而上學的

metachemistry
超級化學

metageometrical
超幾何學的

metaculture
超級文化

metamaterialist
超唯物論者

(2) 變化

metamorphosis
變形

metachromatism
變色反應

metagenesis
世代交替

metachrosis
變色機能

71 **micro-**

微

microscope 顯微鏡	microwave 微波	microelement 微量元素	microbus 微型公共汽車
microsystem 微型系統	microprint 縮微印刷品	microskirt 超短裙，露股裙	microcomputer 微型電腦
microworld 微觀世界	microbiology 微生物學		

72 **milli-** （亦作 mill 與 mille-）

(1) 千分之一、毫

milligram 千分之一克， 毫克	millimeter 千分之一米， 毫米	millisecond 千分之一秒， 毫秒	millilitre 千分之一升， 毫升

(2) 千

millipede 千足蟲，多足 患	millepore 千孔蟲	millennial 一千年的	milligrade 千度的

73 mini-

小

ministate 小型國家	miniwar 小規模戰爭	miniskirt 超短裙、迷你裙	minicrisis 短暫危機
minipark 小型公園	minielection 小型選舉	minishorts 超短褲、熱褲	miniradio 小收音機
minitrain 小型列車	minibus 小型公共汽車		

74 mis-

誤、錯、惡、不

misspell 拼錯	mistranslate 錯譯	misremember 記錯	misrule 對～施暴政
misread 讀錯	misstep 失足	misdoing 惡行，壞事	mistrust 不信任
misuse 誤用，濫用	mispolicy 失策	mistreat 虐待	misfortune 不幸
misunderstand 誤解	mishear 誤聞，聽錯		

75 mono- （在母音前作 mon-）

單一、獨

monosyllable 單音節字	monotone 單音，單調	monatomic 單原子的	monoplane 單翼飛機
monodrama 單人劇	monarch 獨裁者	monocycle 獨輪腳踏車	monoxide 一氧化物

76 multi-

多

multiparty 多黨的	multicentric 多中心的	multilateral 多邊的	multilingual 多種語言的
multi-purpose 多種用途的	multiracial 多種族的	multidirectional 多向的	multiheaded 多彈頭的
multinational 多國的	multiform 多種形式的	multistorey 多層樓的	multicoloured 多種色彩的

77 neo-

新

neorealism 新現實主義	neoimperialism 新帝國主義	neonatal 新生的，初生的	neolithic 新石器時代的
neocolonialism 新殖民主義	neofascism 新法西斯主義	neogamist 新婚者	neoimpressionism 新印象派

78 non-

(1) 不

nonsmoker
不抽菸的人

noncooperation
不合作

nonaligned
不結盟的

nonstop
（車船等）中途
不停的，直達
的

nondrinker
不喝酒的人

noncontinuous
不繼續的

nonexistent
不存在的

(2) 非

nonnatural
非天然的

nonmetal
非金屬

nonage
未成年

nonwhite
非白種人的

nonhuman
非人類的

nonconductor
非導體

nonproductive
非生產性的

nonperiodic
非周期性的

(3) 無

noneffective
無效力的

nonreader
無閱讀能力的人

nonsexual
無性別的

nonelastic
無彈性的

nonparty
無黨派的

nonpayment
無力支付的

79 octa- （亦作 octo- 與 oct-）

八

octagon
八角形

October
（古羅馬八月）十月

octosyllable
八音節字

octameter
八韻腳詩

octavalent
（化學）八價的

octocentenary
八百周年紀念日

octolateral
八邊的

octachord
八弦琴

80 omni-

全、總、公、都

omnipresent 無所不在的	omnibus 公共汽車	omnipotent 全能的	omnirange 全向導航台
omnidirectional 全向的	omniparity 一切平等	omniform 樣式齊全的	omniscient 無所不知的

81 out-

(1) 勝過，超過

outdo 勝過，戰勝	outgo 走得比～遠	outrun 跑過，追過	outact 行動上勝過
outlive 活得比～長	outeat 吃得比～多	outbrave 以勇勝過	outnumber 在數量上超過

(2) 過度、太甚

outsize 尺寸過大	outdream 做太多夢	outwear 穿壞，穿破	outgrow 使長得太大
outsit 坐得太久	outspend 花費過度		

(3) 外、出

outdoor 戶外的	outwork 戶外工作	outflow 流出	outtell 說出
out-city 市外的，農村的	outhouse 外屋	out-party 在野黨	outrush 衝出

(4) 除去

outroot
除根

outgas
除去氣體

outlaw
奪走法律上的
權利

82 over-

(1) 過度、太甚

overstudy
用功過度

overuse
使用過度

overpraise
過獎

overdrink
飲酒過甚

overtalk
過分多言

overproduction
生產過剩

overpay
多付（款項）

overwork
過度勞累

(2) 在上、在外、從上、越過

overbridge
跨越橋、天橋

overshoe
套鞋

oversea(s)
海外的

overlook
俯視

overcoat
外套，外衣

overfly
飛越

overleap
跳過

(3) 顛倒、反轉

overturn
傾覆，傾倒

overset
翻轉，翻倒

overthrow
推翻

83 **paleo-**

古、舊

paleozoology 古動物學	paleoclimate 史前氣候	paleolithic 舊石器時代的	paleochronology 古年代學
paleobotany 古植物學	paleoanthropology 古人類學	paleography 古文書（學）	paleophyte 古生代植物

84 **pan-**

全、泛

Pan-american 全美洲的，泛美的	pantheism 泛神論	Pan-asianism 泛亞洲主義	pantropical 遍布於熱帶的
pancosmism 泛宇宙論	pansophic 全知的	Pan-african 泛非洲的	panchromatic 全色的

85 **para-** (1)

(1) 半、類似、準

para-party 半政黨組織	parareligious 半宗教性的	paramilitary 準軍事性的	pararuminant 類反芻動物
para-church 準教會	parapolitical 半政治的	para-academic 半學術性的	para-government 仿政府的
para-institution 半官方機構	parastatal 半官方的，半政府的	para-book 類似書籍的刊物	

(2) 輔助、副

para**language** 輔助語言	para**legal** 法務助理	para**professional** 專職人員助手	para**typhoid** 副傷寒
para**linguistics** 輔助語言學	para**medic** 醫務輔助人員	para-**police** 輔助警察的	para**nuclein** 副核素
para**banking** 輔助銀行業務			

(3) 旁、靠近、外

para**central** 靠近中心的	para**site** 寄生蟲(sit 食， 在他體旁寄食 者)	para**biosphere** 外生物圈的	para-**appendicitis** 闌尾旁組織炎

(4) 錯誤、偽

para**chronism** 記時錯誤	para**dox** 謬論，邪説	para**mnesia** 記憶錯誤	para**selene** 幻月，假月
para**logism** 不合邏輯的推論	para**phasia** 語言錯亂	para**chromatism** 色覺錯誤	

86 **para-**（2）

> 防、避開、保護

parachut
〔chute=fall，「保護降落」之意〕降落傘，用降落傘降落
*註 para-代替parachut，現已被廣泛使用。它表示「空投」、「空降」、「傘投」、「傘兵」、「降落傘」等意義。

parabomb
傘投炸彈

paratroops
傘兵部隊

paratrooper
傘兵

paraoperation
傘兵戰

paramedic
傘兵軍醫，傘降醫生

paraglider
滑翔降落傘

parawing
翼狀降落傘，滑翔翼

parasol
〔sol=sun，「防止日曬」之意〕遮陽傘

paradog
傘降犬，空投犬

paradrop
空投，空降

parapack
空投包裹

pararescue
傘投人員進行的救援

parashoot
射擊敵人傘兵

paraspotter
守望傘兵者

parakite
飛行降落傘

87 **pen-**（亦作 **pene-**）

> 幾乎、相近、相似、不完全是、差不多

peninsula
〔pen- 幾乎、相似，insula 島；幾乎是一個島，與一個島相似，不完全是一個島→半島〕半島

penultimate
〔pen- 幾乎，相近，ultimate 最後；幾乎是最後一個，與最後一個相近，緊挨著最後一個→倒數第二個〕倒數第二個

penumbra
〔pen- 幾乎，umbra 影；幾乎是一個陰影，不完全是一個陰影〕半陰影

peneplain
〔受侵蝕作用，幾乎成為平原的地帶〕近似平原，準平原

⑧⑧ penta-（在母音前作 pent-）

五

pentagon
五角形
the Pentagon
五角大廈，美國國防部辦公大樓

pentode
五極管

pentachord
五弦琴

pentangular
有五角的

pentagram
五角星形

pentatomic
有五原子的

pentavalent
（化學）五階的

pentameter
五韻詩

pentarchy
五頭政治

pentoxide
五氧化物

⑧⑨ per-

(1) 貫穿、通、透、全、遍、自始至終

perspective
〔spect 看〕透視的

perennial
〔enn 年〕全年的

perspire
〔spir 呼吸〕出汗

permanent
〔man 停留〕永遠的，永久的

persist
〔sist 立〕堅持

perambulate
〔ambul 走〕步行穿過

perfect
完全的，全然的

pernoctation
〔noct 夜〕通宵不歸，徹夜不眠

perfuse
〔fus 流〕灑
滿，灌滿

perorate
（演說時）作結
束語

pervade
〔vad 走〕遍
及

pervious
〔vi 路〕能被
通過的

perform
完成，執行

(2) 加強意義

perplex
使複雜

percussion
敲打

perfervid
十分熱情的

persuade
勸說

perturb
擾亂

permute
變換

(3) 過、高，大多用於化學名詞

peroxide
過氧化物

persulphate
過硫酸鹽

periodite
高碘化物

permanganate
高錳酸鹽

perchloride
高氯化物

peracid
過酸

90 peri-

周圍、外層、靠近

pericentral
中心周圍的

period
（od=way）周
期

perigee
近地點

perilune
近月點

perigon
周角，360 度角

perimeter
周界，周邊

perihelion
近日點

periastron
近星點

periderm 外皮	pericarp 果皮	pericardial 心臟周圍的	periarticular 關節周圍的

91 poly-

多

polycentric 多中心的	polycrystal 多晶體	polydirectional 多方向的	polyarchy 多頭政治
polysyllable 多音節字	polyfunctional 多功能的	polygon 多角形	polyclinic 多科醫院
polyatomic 多原子的	polytechnical 多工藝的		

92 post-

後

postwar 戰後的	posttreatment 治療期以後的	postpone 推後，延期	postoperative 手術以後的
post-liberation 解放後的	postface 刊後語	postmeridian 午後的	postnatal 誕生後的，產後的
postgraduate 大學畢業後的，研究生	postdate 把日期填遲	postscript 編後記，跋	

93 pre-

(1) 前

prewar 戰前的	prehistory 史前期	preposition 前置詞，介系詞	preteen 十三歲以前的 孩子
pre-liberation 解放前的	precondition 前提	prefix 前綴，字首	preconference 會議前的
preschool 學齡前的	prehuman 人類以前的	predawn 黎明前的	predeparture 出發前的

(2) 預先

preexamination 預試	prejudge 預先判斷	predetermine 預定，先定	precool 預先冷卻
prebuilt 預建的，預製的	premade 預先做的	preheat （爐灶等）預熱	precook 預煮
prepay 預付	prechoose 預先選擇		

94 pro-

(1) 向前、在前

progress 向前進，進步	project 向前投出，射出	prospect 向前看，展望	promote 促進，提升
prolong 向前延長	prologue 前言，序言	protrude 向前伸出	propel 推進

(2) 代理、代替

pronoun	pro-consul	procurator	prolocutor
代名詞，代詞	代理領事	代理人	代言人

(3) 擁護、贊成

pro-British	proslavery	proabortionist	pro-German
親英的	贊成奴隸制度的	贊成墮胎者	親德的

pro-American			
親美的			

95 proto-

原始

protohuman	protolanguage	protocontinent	protozoan
早期原始人的	原始母語	原始大陸	原生動物

protohistory	prototype	protozoology	protogenic
史前時期	原型	原生動物學	原生的

96 pseudo-（在母音前作 pseud-）

假

pseudo-democratic	pseudology	pseudopregnancy	pseudograph
假民主的	謊話	假孕	冒名作品

pseudoscience	pseudoclassic	pseudocrystal	pseudocompound
偽科學	偽古典的	偽晶體	假化合物

pseudonym	pseudomyopia		
假名，筆名	假性近視		

97 quadri-（亦作 quadru-，母音前作 quadr-）

四

quadrilingual
用四種語言的

quadrilateral
四邊的

quadricycle
四輪車

quadrennial
四年的

quadrisyllable
四音節字

quadruped
四足動物

quadrivalent
（化學）四價的

quadruplane
四翼飛機

quadripartite
分四部分的

quadrangle
四角形

98 quasi-

類似、準、半

quasi-judicial
準司法性的

quasi-sovereign
半獨立的

quasi-shawl
類似圍巾的東西

quasi-cholera
擬霍亂

quasi-legislative
準立法性的

quasi-war
準戰爭

quasi-public
私營公用事業的

quasi-conductor
半導體

quasi-official
半官方的

quasi-historical
似屬歷史的

99 quinque-（在母音前作 quinqu-）

五

quinquesyllable
五音節字

quinqueliteral
有五字的

quinquangular
五角形的

quinquepartite
分五部分的

quinquesection
五等分

quinquennial
每五年的

quinquevalence
（化學）五價

quinquelateral
有五邊的

re-

(1) 回、向後

return 回來、返回	reflect 回想	retreat 後退	retract 縮回，取回
recall 召回，回憶	reclaim 收回	regress 倒退，退步	rebound 彈回，跳回

(2) 再、重複、重新

reprint 重印，再版	rebirth 再生，新生	reexchange 再交換	reexamination 複試，再試
reproduction 再生產	renumber 重編號碼	rearm 重新武裝	remarry 再婚
rebuild 重建，再建	restart 重新開始	reconsider 重新考慮	rebroadcast 重播，再播

(3) 相反、反對

reaction 反動，反應	rebel 反叛，謀反	revolt 反叛，造反	resent 不滿，忿恨
resist 反抗，抵抗	reverse 反轉的，顛倒的		

101 **retro-**

向後、回、反

retrogress	retroject	retrograde	retrocession
倒退，退步	向後拋擲	退，倒退	退後，後退

retroact	retroflex	retrospect	retroversion
倒行，起反作用	反曲的	回顧	後傾，翻轉

102 **se-**

離開、分開

seduce	secede	segregate	secern
引誘，拐騙	脫離，退出	分離，分開	區分，分開

seclude	select
使退隱	選出

103 **semi-**

半

semiweekly	semi-colony	semiliterate	semicivilized
半周刊	半殖民地	半文盲的	半開化的

semimonthly	semiconductor	semicommercial	semiskilled
半月刊	半導體	半商業性的	半熟練的

semiofficial	semicircle	semimetal	semiautomatic
半官方的	半圓	半金屬	半自動的

104 sept-（亦作 septi- 及 septem-）

> 七

septangle 七角形	septilateral 七邊的	septuple 七倍的	septempartite 分七部分的
septisyllable 七音節字	septfoil 七葉形	septennial 每七年的	September （古羅馬七月） 九月

105 sex-（亦作 sexi-）

> 六

sexangle 六角形	sexcentenary 六百年的	sexdigitism 六指／趾	sexfoil 六葉形
sexisyllable 六音節字	sexto 六開本	sexpartite 分為六部分的	sexennial 每六年的
sexivalence （化學）六價			

106 Sino-

> 中國

Sino-American 中美的	Sino-Russian 中俄的	Sino-Tibetan 漢藏語系	Sinology 漢學，中國問 題研究
Sino-German 中德的	Sino-Japanese 中日的	Sino-French 中法的	Sinomania 中國熱

Sinophile
喜愛中國 (人)
的

Sinophobe
厭惡中國 (人)
的

107 step-

後、繼，繼父／繼母所生的，或前妻／前夫所生的

stepfather
繼父

stepchild
繼子女

stepbrother
後父(或後母)，
異父(母)兄弟

stepsister
後父 (或後母)
之女，異父(母)
姐妹

stepmother
繼母

stepdaughter
繼女

stepson
繼子

108 stereo-

立體

stereosonic
立體聲的

stereotelevision
立體電視

stereograph
立體照片

stereogram
立體圖

stereophony
立體音響

stereotape
立體聲磁帶

stereography
立體攝影術

stereoproject
立體投影

sub-

(1) 下

subway 地下鐵道	sub-cloud 雲下的	subsurface 表面下的	subconscious 下意識的
substructure 下層建築	substratum 下層	subnormal 低於正常的	subaverage 低於一般水平的
submarine 海面下的	subglacial 冰川下的	sub-zero 零度以下的	submontane 山腳下的
subsoil 下層土，底土	substandard 標準以下的		

(2) 次、亞、準、第二的

subcontinent 次大陸	subtropics 亞熱帶	subcollege 準大學程度的	submetallic 亞金屬的
subsonic 亞音速的	subfamily（生物）亞科	subatomic 亞原子的	

(3) 稍、略、微

subacid 略酸的	subarid 略乾燥的	subconical 略作圓錐形的	subcylindrical 略呈圓筒狀的
subangular 稍有稜角的	subacute 略尖的		

(4) 副、分支、下級

subworker 副手，助手	subeditor 副編輯	subdean 副教務長	subdepartment 分部，支局
subbranch 分支，支店	subhead 副標題	suboffice 分辦事處	subcommittee 小組委員會
subagent 副代理人	subtitle （書的）副標	subarea 分區	subofficer 下級官員

(5) 接近

subcentral 接近中心的	subteen 將近十三歲的 （小孩）	subequal 接近相等的	subequatorial 近赤道的
subadult 接近成年的		subarctic 近北極圈的	

(6) 更進一層、再

subdivide 再分，細分	subculture 再次培養	sublet 轉租，再租	subtenant 轉租租戶

(7) 用於化學名詞，表示化合物成分含量少的

subcarbide 低碳化物	subchloride 低氯化物	suboxide 低氧化物	subsulphide 低硫化物

 super-

(1) 超、超級

superspeed 超高速的	superpower 強權，超能力	supertrain 超高速火車	supersecrecy 絕對機密
supersized 超大型的	supercountry 超級大國	superhighway 超級公路	supersonic 超音速的
supermarket 超級市場	supercity 超級城市	superprofit 超額利潤	supernatural 超自然的

(2) 上

superstructure 上層建築	superaqueous 水上的	superstratum 上層	superterrene 地上的，地面的
superimpose 放在～上面	supervise 〔從上面看〕監視		

(3) 過度、過多

superexcitation 過度興奮	supersensitive 過度敏感的	supercool 過度冷卻	supersaturate 過度飽和
supercharge 過重，超負載	superheat 過熱	supernutrition 營養過多	

⑪ **supra-**

超、上

supra-class
超階級的

supranational
超國家的

supraconductivity
超導電性

suprarenal
腎上腺的

supra-politics
超政治的

supramundane
超越現世的，
遠離俗世的

supramolecular
超分子的

supramaxilla
上顎

⑫ **sur-**

上、外、超

surface
表面

surtax
超額稅

surcoat
外衣，女上衣

surprint
加印於～上

surpass
超過，越過

surround
圍繞，包圍

surmount
登上

surplus
多餘的，過剩的

surcharge
超載

surrealism
超現實主義

⑬ **sym-**

共同、相同

sympathy
同情

symmetallism
金銀混合本位

symmety
（兩邊相同之
意）對稱

symbiosis
（生物）共生，
共棲

symphony
交響樂，合音

114 syn-

共同、相同

synactic 共同作用的	synthermal 同溫的	syntony 共振，諧振	synthesis 合成
synonym 同義字	synchronous 同時發生的		

115 tetra-（在母音前作 tetr-）

四

tetracycline 四環素	tetragon 四角形	tetrasyllable 四音節字	tetroxide 四氧化物
tetrode 四極管	tetrachord 四弦樂器		

116 trans-

(1) 越過、橫過、超

transoceanic 橫渡大洋的	transatlantic 橫渡大西洋的	transpersonal 超越個人的	transnormal 超出常規的
transcontinental 橫貫大陸的	transmarine 越海的	transnational 超越國界的	transfrontier 在國境外的
transpacific 橫渡太平洋的			

(2) 轉移、變換

transform 使變形，改造	transfigure 使變形	transship 換船，轉乘另 一船	translocation 改變位置
transcode 譯密碼	transplant 移植	transvest 換穿別人衣服	transmigrate 移居
transposition 互換位置	transport 運輸		

117 **tri-**

三

tricolour 三色的	triatomic 三原子的	tricar 三輪汽車	trilingual 三種語言的
triangle 三角（形）	triunity 三位一體	trisyllable 三音節字	triweekly 三週刊
trigonometry 三角學	trisection 三等分	trilateral 三邊的	trijet 三引擎噴氣機

118 **twi-**

二、兩

twiformed 有二形的	twiblade 雙葉蘭	twilight 黎明，黃昏， 暮光	twiforked 有兩叉的
twifold 兩倍，雙重			

119 ultra-

(1) 極端

ultra-democracy 極端民主	ultraclean 極潔淨的	ultra-left 極左的	ultracritical 過度批評的
ultra-reactionary 極端反動的	ultrathin 極薄的	ultramilitant 極端好戰的	ultra-right 極右的
ultra-fashionable 極其時髦的	ultrapure 極純的		

(2) 超，以外

ultramodern 超現代化的	ultrasonic 超音速的	ultrared 紅外線的	ultramontane 山外的
ultrashort 超短 (波) 的	ultra-microscope 超顯微鏡	ultramarine 海外的	ultra-violet 紫外線的

120 un-

(1) 不

unreal 不真實的	unwelcome 不受歡迎的	uncomfortable 不舒服的	unfortunate 不幸的
unclear 不清楚的	unclean 不潔的	unfriendly 不友好的	uneconomic 不經濟的
unhappy 不快樂的	unkind 不和善的	unequal 不平等的	unchangeable 不能改變的

(2) 無

unconditional 無條件的	unlimited 無限的	untitled 無標題的	unaccompanied 無伴侶的
unsystematic 無系統的	unfathered 無父的	unaccented 無重音的	unexampled 無先例的
unmanned 無人駕駛的	unbounded 無邊的	unbodied 無形體的	unambitious 無野心的

(3) 非

unjust 非正義的	unsoldierly 非軍人的	unartistic 非藝術的	undesigned 非預謀的
unofficial 非官方的	unalloyed 非合金的	unspecialized 非專業化的	unprofessional 非職業性的
unartificial 非人工的	unorthodox 非正統的	unworldly 非塵世的	unintentional 非故意的

(4) 未

uncorrected 未改正的	uneducated 未受教育的	unchanged 未改變的	unripe 未熟的
undecided 未定的	uncut 未割的	unawaked 未醒的	uninvited 未經邀請的
unfinished 未完成的	uncoloured 未染色的	uncivilized 未開化的	undeclared 未經宣布的

(5) 相反動作、取消、除去

unlock 開鎖	uncap 脫帽	untie 解開	uncover 揭開蓋子
unbind 解開，釋放	undo 取消，解開	unbutton 解開鈕扣	undress (使)脫衣服

(6) 由～中弄出

untomb 從墓中掘出	uncage 放～出籠	unhouse 把～趕出屋外	unbosom 吐露(心事)
uncase 從盒中取出	unearth 由地下挖出		

121 under-

(1) 下

underground 地下的	undersea 在海底	underworld 下層社會	underlay 置於～之下
underfoot 在腳下	underline 劃線於～之下	underwrite 寫於～之下	underside 下側，下面

(2) 內 (用於衣服)

underclothing 內衣褲	undervest 貼身內衣	underthings 女子內衣褲	underpants 內褲，襯褲
undershirt 貼身內衣	underwear 內衣 (通稱)	underskirt 襯裙	undershorts 短襯褲

(3) 不足、少

underpay 工資不足	undermanned 人員不足的	underdress (衣服) 穿太少	undersized 不夠大的
underwork 工作少做	underpopulated 人口稀少的	underfed 餵得太少的	underdeveloped 不發達的
underestimate 低估	underproduction 生產不足		

(4) 副、次

underagent 副代理人	underofficer 下級官員	underking 副王，小王	undersecretary 次長，副部長

122 **vice-**

副

vice-chairman 副主席	vice-minister 副部長	vice-governor 副總督	vice-consul 副領事
vice-president 副總統	vice-regent 副攝政	vice-principal 副校長	vice-manager 副經理
vice-premier 副總理，副首相			

123 **with-**

向後、相反

withdraw 撤回，撤退	withhold 阻止	withstand 抵抗，反抗

② 字尾

1 -ability [名詞字尾]

> 由 -able+-ity 而成，構成抽象名詞，表示「可～性」、「易～性」、「可～」

knowability
可知性

movability
可移動性

lovability
可愛

preventability
可防止

readability
可讀性

inflammability
易燃性

dependability
可靠性

adaptability
可適應性

useability
可用性、能用

changeability
可變性

2 -able [形容詞字尾]

> 表示「可～的」、「能～的」，或具有某種性質的

knowable
可知的

movable
可移動的

lovable
可愛的

preventable
可防止的

readable
可讀的

inflammable
易燃的

dependable
可靠的

adaptable
可適應性

useable
能用的

changeable
可變的

3 **-ably** [副詞字尾]

由 -able 轉成，表示「可～地」、「～地」

peaceably 和平地	movably 可移動地	dependably 可靠地	lovably 可愛地
laughably 可笑地	comparably 可比較地	changeably 可變地	honourably 光榮地
comfortably 舒適地	suitably 合適地		

4 **-aceous** [形容詞字尾]

表示有～性質的、屬於～的、如～的、具有～的

rosaceous 玫瑰色的	carbonaceous 含碳的	olivaceous (似)橄欖的	orchidaceous 似蘭花的
herbaceous 草本的	curvaceous 有曲線美的	crustaceous 外殼的，甲殼 類的	
foliaceous 葉狀的			

5 -acious [形容詞字尾]

> 表示多～的、有～性質的、屬於～的、具有～的

rapacious 掠奪的	loquacious 多言的	vivacious 活潑的，有生氣的	veracious 真實的
sagacious 聰明的	edacious 貪吃的	sequacious 盲從的	audacious 膽大的
capacious 容量大的			

6 -acity [名詞字尾]

> 構成抽象名詞，表示性質、狀態、情況，與形容詞字尾 acious 相對應

rapacity 掠奪	loquacity 多言，健談	vivacity 活潑，有生氣	audacity 大膽
sagacity 聰明、賢明	sequacity 盲從	veracity 誠實，真實	edacity 貪吃
capacity 容量			

7 -acle [名詞字尾]

構成實物名詞及抽象名詞

receptacle 容器，花托	spiracle 通氣孔	miracle 奇蹟	tentacle 觸角，觸鬚
manacle 手銬	spectacle 景物	obstacle 障礙	pentacle 五角星形

8 -acy [名詞字尾]

構成抽象名詞，表示性質、狀態，行為、職權等

determinacy 確定性	literacy 識字	conspiracy 陰謀，密謀	privacy 隱居
supremacy 至高無上	intimacy 親密	candidacy 候選人的地位	accuracy 精確

9 -ade [名詞字尾]

(1) 表示行為、狀態，事物

blockade 封鎖	gasconade 吹牛，誇口	decade 十年	fanfaronade 吹牛
escapade 逃避	cannonade 炮擊	fusillade （子彈）齊射、 連發	
masquerade 化裝舞會			

(2) 表事物 (由某種材料製成者或按某種形狀製成者)

orangeade 橘子汽水	lemonade 檸檬水	balustrade 欄杆	arcade 拱廊
stockade 柵欄，木籬	cockade 帽章		

(3) 表示參加某種行動的個人或集體

brigade 旅，隊	Crusade 十字軍	renegade 叛徒，變節者	cavalcade 騎兵隊

10 -age [名詞字尾]

(1) 表示集合名詞，事物的總稱

wordage 文字，字彙量	acreage 英畝數	wattage (電) 瓦數	leafage 葉子 (總稱)
tonnage 噸數，噸位	assemblage 集合的人群	herbage 草本植物	peerage 貴族 (總稱)
mileage 英哩數	percentage 百分比		

(2) 表示場所、地點

orphanage 孤兒院	hermitage 隱士住處	village 村莊	vicarage 牧師住所
anchorage 停泊所	passage 通道	cottage 村舍	pasturage 牧場

(3) 表示費用

postage 郵資	expressage 快遞費	towage 拖船費	porterage 搬運費
railage 鐵路運費	lighterage 駁運費	wharfage 碼頭稅	brokerage 經手費
waterage 水運費	haulage 拖運費	freightage 貨運費	demurrage 滯留費
cartage 車運費	pilotage 領航費		

(4) 表示行為或行為的結果

marriage 結婚	clearage 清除，清理	rootage 生根	tillage 耕作，耕種
brigandage 強盜行為	wastage 耗損	breakage 破碎，破損	pilgrimage 朝聖
stoppage 阻止，阻塞	shrinkage 收縮、皺縮	brewage 釀造	storage 貯存，保管

(5) 表示狀態、情況、身分及其他

shortage 短缺	visage 面貌	adventage 利益	dotage 老年昏聵
pupilage 學生身分	reportage 報導文學	verbiage 冗詞，贅語	language 語言
alienage 外國人身分	parentage 出身，門第		

(6) 表示物

roofage 蓋屋頂的材料	carriage 馬車，客車廂	blindage 盲障，掩體	droppage 落下物
package 包裹	altarage 祭壇的祭品	wrappage 包裝材料	appendage 附屬物
bandage 繃帶	roughage 粗糧，粗飼料		

11 -ain [名詞字尾]

表示人

riverain 住在河邊的人	villain 惡棍，壞人	chieftain 酋長，頭子	chaplain 小教堂的牧師
captain 船長	chamberlain 財務管理人		

12 -aire [名詞字尾]

表示人

millionaire 百萬富翁	occupationaire 軍事占領人員	commissionaire 看守人	doctrinaire 教條主義者
billionaire 億萬富翁	solitaire 獨居者	concessionaire 特許權所有人	

13 -al

① [形容詞字尾]
表示屬於～的、具有～性質的、如～的

personal 個人的	frontal 前面的，正面的	national 國家的，民族的	conversational 會話的
autumnal 秋天的	governmental 政府的	imaginal 想像的	natural 自然 (界) 的
emotional 感情的	regional 地區的，局部的	coastal 海岸的	continental 大陸的
global 全球的	educational 教育的	invitational 邀請的	exceptional 例外的
parental 父母的	prepositional 介詞的		

② [名詞字尾]
(1) 構成抽象名詞，表示行為、狀況、事情

refusal 拒絕	supposal 想像，假定	recital 背誦	overthrowal 推翻，打倒
withdrawal 撤退	survival 尚存，倖存	arrival 到達	revival 再生，復活
removal 移動，遷移	reviewal 複習	appraisal 評價	approval 批准，贊成
renewal 更新	proposal 提議	dismissal 解雇，開除	trial 試驗，嘗試

(2) 表示人

criminal 犯罪分子	corporal 班長，下士	rascal 惡棍，歹徒	arrival 到達者
aboriginal 土著	rival 競爭者		

(3) 表示物

mural 壁畫	arsenal 軍火庫	dial 日晷，標度盤， 撥盤	urinal 尿壺，小便池
manual 手冊	signal 信號	hospital 醫院	diagonal 對角線

14 -ality [名詞字尾]

複合字尾，由 -al+-ity 而成，構成抽象名詞，表示狀態、情況、性質；「～性」

personality 個性，人格	emotionality 富於感情	criminality 有罪	conditionality 條件性
nationality 國籍	commonality 公共，普通	formality 禮節，拘謹	technicality 技術性
exceptionality 特殊性	logicality 邏輯性		

15 -ally [副詞字尾]

複合字尾，由 -al+-ly 而成，表示方式、程度、狀態；「～地」

dramatically 戲劇性地	continually 連續地	climatically 在氣候上	naturally 自然地
exceptionally 例外地	conditionally 有條件地	systematically 系統地	artistically 藝術性地
heroically 英勇地	practically 實際上		

16 -an

① [形容詞字尾]
表示屬於～的、屬於某地方的。帶此字尾的形容詞有的兼作名詞，表示某地的人

amphibian 水陸兩棲的	republican 共和國的	American 美洲的，美洲人，美國人	Chilian 智利的，智利人
urban 城市的	Roman 羅馬的，羅馬人	African 非洲的，非洲人	
suburban 郊區的	European 歐洲的，歐洲人		

② [名詞字尾]
表示人

partisan 同黨人	publican 旅店主人	castellan 城堡主，寨主	Mohammedan 伊斯蘭教徒
artisan 技工，手藝人	Puritan 清教徒	Spartan 斯巴達人	Elizabethan 伊麗莎白女王 時代的人

17 -ance [名詞字尾]

構成抽象名詞，表示狀態、情況、性質、行為，與 –ancy 同。
許多字具有 –ance 與 –ancy 兩種字尾形式

resistance 抵抗	clearance 清除，清理	guidance 指導	forbearance 克制，忍耐
expectance 期待，期望	repentance 後悔	buoyance 浮力	accordance 一致
luxuriance 奢華，華麗	endurance 持久，忍耐	assistance 援助	ignorance 無知，愚昧
continuance 繼續，連續	reliance 依賴	vigilance 警惕 (性)	
appearance 出現	attendance 出席，到場	disturbance 騷擾	

18 -ancy [名詞字尾]

構成抽象名詞，表示狀態、情況、性質、行為，與 –ance 同。
許多字具有 –ance 與 –ancy 兩種字尾形式

expectancy 期待，期望	compliancy 依從，服從	conservancy 保護，管理	constancy 持久不變
luxuriancy 奢華，華麗	militancy 交戰，戰事	brilliancy 光輝	elegancy 優美，高雅
buoyancy 浮力	occupancy 占有，占用		

19 -aneity [名詞字尾]

構成抽象名詞，表示性質、狀態、情況，與 –aneous 相對應

instantaneity 立刻	contemporaneity 同時代	simultaneity 同時發生	spontaneity 自發（性）
instantaneous 立刻的	contemporaneous 同時代的	simultaneous 同時發生的	spontaneous 自發的

⑳ **-aneous** [形容詞字尾]

> 表示有～性質的、屬於～的，一部分與 -aneity 相對應，參見上條

instantaneous 立刻的	extemporaneous 臨時的，即席的	spontaneous 自發的	miscellaneous 雜項的，各種的
contemporaneous 同時代的	simultaneous 同時發生的	consentaneous 同意的，一致的	extraneous 外來的
subterraneous 地下的			

㉑ **-ant**

> ① [形容詞字尾]
> 大部分與 -ance 或 -ancy 相對應，表示屬於～的、具有～性質的

expectant 期待的	buoyant 有浮力的	attendant 在場的	accordant 和諧的，一致的
luxuriant 奢華的	ignorant 無知的	determinant 決定性的	reliant 依賴的
resistant 抵抗的	vigilant 警惕的	repentant 後悔的	abundant 豐富的
assistant 輔助的			

② [名詞字尾]
(1) 表示人

examinant 主考人	participant 參與者	insurant 被保險人	assistant 助手，助理
inhabitant 居民	registrant 管理登記者	accountant 核算者，會計	discussant 參加討論者
occupant 占據者	accusant 控告者	executant 執行者	attendant 出席者
informant 提供消息者	disputant 爭論者	servant 僕人	confidant 信任者，知己

(2) 表示物

coolant 冷卻物	decolourant 脫色劑	digestant 消化劑	depressant 抑制劑
excitant 興奮劑	dependant 依附物	stimulant 刺激物	disinfectant 消毒劑

22 -ar

① [形容詞字尾]
表示有～性質的、屬於～的、如～的

linear 線的，線性的	insular 海島的，島形的	peculiar 特有的	solar 太陽的
similar 同樣的，相似的	singular 單獨的	familiar 熟知的	angular 有角的
consular 領事的	polar 南 (北) 極的	nuclear 核子的	molecular 分子的

② [名詞字尾]
(1) 表示人

scholar
學者

bursar
大學會計

liar
說謊的人

Templar
聖殿騎士

beggar
乞丐

justiciar
法官，推事

pedlar
商販，小販

burglar
夜盜，夜賊

registrar
管理登記的人

(2) 表示物及其他

cellar
地窖

grammar
文法，語法

calendar
日曆

collar
領子

altar
祭壇

exemplar
模範，典型

23 -ard [名詞字尾]

表示人 (大多含有貶義)

drunkard
酒鬼，酒徒

dotard
年老昏聵的人

bastard
私生子，混蛋

wizard
奇才，巫師

Spaniard
西班牙人

sluggard
懶漢

coward
膽小鬼

niggard
守財奴

dullard
笨人，笨漢

laggard
落後者

24 -arian [名詞字尾]

(1) 表示人

parliamentarian
國會議員

alphabetarian
學字母的人

fruitarian
主要靠吃水果
過日子的人

unitarian
擁護政治統一
的人

attitudinarian
裝模作樣者

antiquarian
古物家

abecedarian
教或學 abcd 的
人，初學者，啟
蒙老師

(2)帶此字尾的名詞有的可兼作形容詞，表示～的、～主義的

humanitarian
人道主義者，
人道主義的

equalitarian
平均主義者，
平均主義的

establishmentarian
擁護既成權力
機構的（人）

vegetarian
素食者，素食的

doctrinarian
教條主義者，
教條主義的

disciplinarian
受訓練者，受
訓練的

utilitarian
功利主義者，
功利主義的

25 -arium [名詞字尾]

表示場所、地點。～館、～室、～院、～所等

planetarium
天文館

atomarium
原子館

insectarium
昆蟲館

sanitarium
療養院

aquarium
水族館，養魚池

frigidarium
冷藏室

ovarium
卵巢

oceanarium
（海洋）水族館

herbarium
植物標本室

vivarium
動物飼養所

serpentarium
蛇類展覽館

solarium
日光浴室

columbarium
鴿棚

26 -ary

> ① [形容詞字尾]
> 表示有～性質的、屬於～的、關於～的

secondary
第二的，次要的

expansionary
擴張性的

honorary
榮譽的

imaginary
想像中的

questionary
詢問的

disciplinary
紀律的

unitary
單元的

customary
習慣的

elementary
基本的

revisionary
修訂的

planetary
行星的

revolutionary
革命的

limitary
限制的

> ② [名詞字尾]
> (1) 表示場所、地點

rosary
玫瑰園

depositary
存放處

dispensary
藥房

aviary
養鳥室

infirmary
醫院，醫務室

granary
〔gran=grain〕
穀倉

library
圖書館

apiary
養蜂所

(2) 表示人

secretary 書記，祕書	plenipotentiary 全權代表	missionary 傳教士	functionary 職員，官員
adversary 對手	dignitary 居高位者	revolutionary 革命者	notary 公證人

(3) 表示物

dictionary 字典，詞典	diary 日記本	luminary 發光體	distributary 江河的支流
glossary 字彙表	piscary 捕魚權	formulary 公式彙編	anniversary 周年紀念
salary 薪資			

27 -ast [名詞字尾]

表示人

gymnast 體操家	scholiast 註解者	symposiast 參加宴會的人	ecdysiast 脫衣舞孃
enthusiast 熱心者	encomiast 讚美者		

28 **-aster** [名詞字尾]

表示人(貶義)

poetaster 劣等詩人	medicaster 江湖醫生,庸醫	criticaster 低劣的批評家	philosophaster 膚淺的哲學家

29 **-ate**

① [動詞字尾]
表示做、造成,使之成~、做~事等意義

hyphenate 加連字符	oxygenate 氧化,充氧於	triangulate 使成三角形	liquidate 清洗,清除
differentiate 區別	originate 發源,發起	luxuriate 享受,沉溺	assassinate 行刺,暗殺
maturate 使成熟	orientate 使向東,定位		

② [形容詞字尾]
表示有~性質的、如~形狀的、具有~的

lineate 有線的,畫線的	collegiate 大學的,學院的	fortunate 幸運的	private 私人的
roseate 玫瑰似的	determinate 確定的	proportionate 成比例的	passionate 熱情的
considerate 考慮周到的			

③ [名詞字尾]
(1) 表示人

graduate
畢業生

magistrate
地方行政官

curate
助理牧師

advocate
辯護者

candidate
候補者，候選人

delegate
代表

(2) 表示職位、職權、總稱等

doctorate
博士頭銜

professoriate
教授職位

directorate
指導者的職位

electorate
全體選民

(3) 構成化學名詞，大多數表示由酸而成的鹽類

carbonate
碳酸鹽

nitrate
硝酸鹽

acetate
醋酸鹽

alcoholate
乙醇化物

sulphate
硫酸鹽

borate
硼酸鹽

30 -atic [形容詞字尾]

表示有～性質的、屬於～的、具有～的

systematic
有系統的

diagrammatic
圖解的

idiomatic
慣用語的

thematic
題目的，主題的

problematic
有問題的

lymphatic
淋巴的

emblematic
象徵的

axiomatic
公理的

31 -ation [名詞字尾]

(1) 表示行為、情況、狀態

interpretation 翻譯，解釋	transportation 運輸	exportation 輸出，出口	colouration 色彩，特色
exploitation 剝削	forestation 造林	excitation 興奮，刺激	continuation 延續，繼續
preparation 準備	conservation 保存，保護	starvation 飢餓	ruination 毀滅，毀壞
invitation 邀請	importation 輸入，進口	relaxation 鬆弛，緩和	lamentation 悲傷

(2) 表示行為的過程、結果，或由行為而產生的事物

consideration 考慮	explanation 說明，解釋	information 通知，消息	declaration 宣言，聲明
reformation 改革	determination 決定	combination 結合，聯合	limitation 限制
imagination 想像	occupation 占領，占據	quotation 引文，引語	exclamation 感嘆詞

32 -ative [形容詞字尾]

表示有～性質的、與～有關的、屬於～的、有～傾向的、有用的,帶此字尾有時可兼作名詞

talkative 愛說話的	argumentative 爭論的	determinative 有決定作用的	calmative 鎮靜的,鎮靜劑
quotative 引用的	informative 報告消息的	preventative 預防的	fixative 固定的,固著劑
opinionative 意見(上)的	preparative 準備的	designative 指定的	comparative 比較的
limitative 限制的	formative 形成的	continuative 繼續的	affirmative 肯定的

33 -ator [名詞字尾]

表示做～工作的人或物

designator 指定者	pacificator 平定者	comparator 比較器	trafficator (汽車的)方向 指示器
conservator 保護者	valuator 評價者	condensator 凝結器	excavator 挖掘者
continuator 繼續者	commentator 評論者	computator 計算機	

34 -atory

① [形容詞字尾]
表示有～性質的、屬於～的、具有～的，帶有此字尾的形容詞
有時可兼作名詞

condemnatory 譴責的	informatory 報告消息的	exclamatory 感嘆的	signatory 簽約的；簽約國
excitatory 顯示興奮的	declaratory 宣告的	defamatory 誹謗的	accusatory 責問的
explanatory 解釋的	pulsatory 跳動的	pacificatory 和解的	inflammatory 煽動的
preparatory 準備的	invitatory 邀請的		

② [名詞字尾]
表示場所、地點

observatory 天文台	conservatory 暖房，溫室	laboratory 實驗室	lavatory 盥洗室，廁所

35 -ce [副詞字尾]

表示「～次數」、「自～」、「從～」

once
一次

thrice
三次

thence
自那裡，從那
時起

whence
從何處，由此

twice
二次

hence
因此，從今以後

36 -cy [名詞字尾]

表示性質、狀態、職權、官銜

normalcy
正常狀態

bankruptcy
破產

surgeoncy
外科醫生職務

ensigncy
海軍少尉

vacancy
空白，空虛

infancy
幼年期

colonelcy
上校

idiocy
白痴，痴呆

captaincy
船長的職位

generalcy
將軍職權、任期

37 -dom [名詞字尾]

(1) 表示情況、狀態、性質、身分

freedom
自由

bachelordom
獨身 (狀態)

chiefdom
首領身分、地位

beggardom
乞丐身分

wisdom
智慧

martyrdom
殉難，殉國

serfdom
農奴身分

monkdom
和尚身分

(2) 表示領域、「～界」，或指某物的集體、總稱

kingdom 王國，領域	stardom 明星界	Christendom 基督教世界	devildom 魔界
sportsdom 體育界	newspaperdom 報界	negrodom 黑人社會	scoundreldom 流浪漢總稱
filmdom 電影界	officialdom 官場，政界	missiledom 飛彈世界	

38 -ed [形容詞字尾]

(1) 在名詞之後，表示「有～的」、「如～的」、「～的」

coloured 有色的	haired 有毛髮的	kind-hearted 好心的	bearded 有鬍鬚的
moneyed 有錢的	winged 有翅的	conditioned 有條件的	aged 年老的
gifted 有天才的	booted 穿靴的	privileged 有特權的	balconied 有陽台的
talented 有才能的	dark-haired 黑髮的	skilled 熟練的	horned 有角的

(2) 在動詞之後，表示「已～的」、「被～的」、「～了的」

failed 已失敗的	liberated 解放的	retired 已退休的	condensed 縮短了的

educated
受過教育的

finished
完成的

confirmed
證實的

considered
考慮過的

married
已婚的

fixed
被固定的

returned
已歸來的

oiled
上了油的

restricted
受限制的

determined
已決定了的

condemned
定了罪的

wounded
受傷的

closed
關閉的

extended
擴展的

39 -ee [名詞字尾]

(1) 表示人
a. 被動者

employee
被雇者，雇員，雇工

payee
接受付給者

appointee
被任命者

interviewee
被接見者

electee
被選出者

detainee
受拘留者

callee
被呼喚者

deportee
遭驅逐出境者

invitee
被邀請者

indictee
被告

bombee
被轟炸的人

trustee
被信託者

testee
被測驗者

rejectee
被拒絕者

expellee
被驅逐者

awardee
受獎者

examinee
接受考試者

trainee
受訓練的人

tailee
被尾隨者

b. 主動者

meetee 參與會議者	**refug**ee 難民，逃難者	**devot**ee 獻身者	**stand**ee （劇院中）站票觀眾，（車、船中）站立乘客
absentee 缺席者	**return**ee 歸來者	**retir**ee 退休者	
			embarkee 上船者
escapee 逃亡者，逃犯，逃俘	**confer**ee 參加商談者		

c. 不含主動或被動意義者

townee 城裡人，市民	**grand**ee 要人，顯貴

(2) 表示物

coatee 緊身上衣	**goat**ee 山羊鬍子	**sett**ee 有靠背的椅子	**boot**ee 輕便短統女靴
vestee 背心形的衣服			

40 **-eer** [名詞字尾]

表示人（專做某種工作或從事某種職業的人）

weaponeer 武器專家	**fiction**eer 小說家	**profit**eer 牟取暴利者	**cabin**eer 卡賓槍手
rocketeer 火箭專家	**cannon**eer 炮手	**chariot**eer 駕駛馬車者	**mountain**eer 登山者

sloganeer 使用口號者	engineer 工程師	amphleteer 小冊子作者	marketeer 市場上賣主
cameleer 趕駱駝的人	volunteer 志願者		

【注】-eer 也可作動詞字尾，如：

electioneer 進行選舉活動	auctioneer 拍賣	commandeer 徵用，強徵	domineer 飛揚跋扈
profiteer 牟取暴利	mountaineer 登山		

41 -el [名詞字尾]

(1) 表示小

model 〔比原物小〕模型	runnel 小河，小溪	parcel 小包裹	cupel 煙灰缸

(2) 表示人，集體、總稱

personnel 全體人員	scoundrel 惡棍，壞人	wastrel 浪費者	minstrel 吟遊詩人
sentinel 哨兵			

(3) 表示物

roundel 圓形物	flannel 法蘭絨	cartel 交換俘虜協議書	funnel 漏斗
novel 小說	costrel 有耳的酒壺	chisel 鑿子	

(4) 表示場所、地點

hotel 旅館，飯店	hostel 旅店	tunnel 隧道，坑道	chancel 聖壇
kennel 狗窩	brothel 妓院	channel 航道，海峽	charnel 屍骨存放所

42 -en

① [動詞字尾]
表示做、使、成為～、使變成～

shorten 使縮短	moisten 弄溼，使溼	darken 使黑，變黑	straighten 弄直，使變直
gladden 使快活	deepen 加深，使深	youthen 變年輕	broaden 加寬
harden 使變硬	sharpen 削尖	heighten 加高，提高	sweeten 使變甜
flatten 使變平	richen 使富	fatten 使肥胖，致肥	thicken 使變厚
strengthen 加強	quicken 加快	lengthen 使延長，伸長	soften 弄軟，使軟化

② [形容詞字尾]
表示由～製成的、含有～質的、似～的

wooden
木製的

golden
金質的，似金的

earthen
泥質的，泥製的

ashen
灰的，似灰的

leaden
鉛製的

silken
絲的，如絲的

waxen
蠟製的，似蠟的

oaken
橡樹製的

woolen
羊毛製的

wheaten
小麥製的

③ [名詞字尾]
(1) 表示人

warden
看守人

citizen
公民

vixen
刁婦，潑婦

denizen
居民

(2) 小的

maiden
少女

chicken
小雞

kitten
小貓

43 **-ence** [名詞字尾]

> 與形容詞字尾 -ent 相對應，構成抽象名詞，表示性質、狀態、行為，義同 -ency。有些字具有 -ence 和 -ency 兩種字尾形式

existence 存在，生存	confidence 信任	difference 不同，區別	excellence 傑出，優秀
insistence 堅持	persistence 堅持，持續	despondence 沮喪，洩氣	occurrence 發生，出現
dependence 依賴	coherence 黏著	innocence 無罪，天真	convergence 聚集，集中
emergence 浮現，出現			

44 **-ency** [名詞字尾]

> 與形容詞字尾 -ent 相對應，構成抽象名詞，表示性質、狀態、行為，義同 -ence。有些字具有 -ency 與 -ence 兩種字尾形式

urgency 緊急	innocency 無罪，天真	coherency 黏著	insolvency 無償還能力
insistency 堅持	despondency 沮喪，洩氣	tendency 意向，傾向	convergency 會眾，集中
emergency 緊急情況	persistency 持續，堅持		

45 **-end** [名詞字尾]

構成抽象名詞，大多見於數學術語，亦作 -and

dividend 被除數	addend 加數	minutend 被減數	errend 使命

| multiplicand
被乘數 | subtrahend
減數 | legend
傳奇，傳說 | |

46 **-enne** [名詞字尾]

表示女性

comedienne 女喜劇演員	tragedienne 女悲劇演員	equestrienne 女騎手，女馬術師

47 **-ent**

① [形容詞字尾]
與名詞字尾 -ence 或 -ency 相對應，表示具有～性質的、關於～的

existent 存在的，現存的	confident 自信的	despondent 沮喪的	different 傑出的

| insistent
堅持的 | persistent
持久的，堅持的 | different
不同的 | occurrent
偶然發生的 |

| emergent
緊急的 | dependent
依賴的 | | |

② [名詞字尾]
(1) 表示人

student
學生

correspondent
通訊員

patient
病人

antecedent
先行者

president
總統，大學校長

resident
居民

(2) 表示物，～劑、～藥

detergent
洗滌劑

solvent
溶劑

abluent
洗淨劑

corrigent
矯正藥

corodent
腐蝕劑

absorbent
吸收劑

48 -eous [形容詞字尾]

表示有～性質的、關於～的、如～的、具有～的，與-ous 同

righteous
正直的

gaseous
氣體的，氣態的

duteous
忠實的

erroneous
錯誤的

beauteous
美麗的

carneous
肉色的

courteous
有禮貌的

aqueous
水的，水做的

④⁹ -er

> ① [名詞字尾]
> (1) 表示人
> a. 行為的主動者，做某事的人

singer 歌唱家	**writ**er 作者，作家	**fight**er 戰士	**farm**er 農民
dancer 舞者	**read**er 讀者	**work**er 工人	**turn**er 車床工
teacher 教師	**lead**er 領袖		

> b. 與某事物有關的人

hatter 帽商，製帽工人	**tinn**er 錫匠	**teenag**er (十三至十九歲的)青少年	**weekend**er 度周末假者
banker 銀行家	**mil**er 一英哩賽跑運動員	**six-foot**er 身高六英尺以上的人	
wagoner 駕駛運貨車的人			

c. 屬於某國、某地區的人

United Stateser 美國人	New Zealander 紐西蘭人	Britisher 英國人	islander 島民
New Yorker 紐約人	northerner 北方人	Londoner 倫敦人	inlander 內地人
Thailander 泰國人	southerner 南方人	Icelander 冰島人	villager 村民

(2) 表示物（與某事物有關之物或能做某事之物）及動物（能做某事的動物）

washer 洗衣機	cutter 切削器，刀類	tenner 十元鈔票	woodpecker 啄木鳥
lighter 打火機	boiler 煮器，鍋	silencer 消音器	creeper 爬行動物，爬蟲類
heater 加熱器	fiver 五元鈔票		

(3) 加在方位字上表示「風」

norther 北風	northwester 西北風	souther 南風	southeaster 東南風

② [動詞字尾]
表示反覆動作、連續動作及擬聲動作

waver 來回擺動	stutter 結舌，口吃	mutter 喃喃自語	patter 發出嗒嗒聲
chatter 喋喋不休	batter 連打	clatter 作卡嗒聲	whisper 低語，作沙沙聲

③ [形容詞及副詞字尾]
表示比較級，「更～」

greater 更大	happier 更快樂	earlier 更早	harder 更努力
warmer 更暖	faster 更快		

50 -ern

① [形容詞字尾]
加在方位字上表示「～方向的」

eastern 東方的	western 西方的	northern 北方的	southwestern 西南的
southern 南方的	northeastern 東北的		

② [名詞字尾]
表示場所、地點

saltern	cavern	lectern	cistern
鹽場	洞穴	（教堂）讀經台	蓄水池，水塘

51 -ery [名詞字尾]

(1) 表示場所、地點、工作處

printery	vinery	smithery	rookery
印刷所	葡萄園	鐵工廠	白嘴鴉巢

nursery	drinkery	rosery	spinnery
托兒所	酒吧間	玫瑰園	紡紗廠

brewery	dancery	bakery	greenery
釀造廠	跳舞廳	烤麵包房	花房，溫室

piggery	eatery	nunnery	goosery
豬舍	餐館，食堂	尼姑庵	養鵝場

(2) 表示行為、狀態、情況、性質

robbery	trickery	bravery	bribery
掠奪，搶劫	欺詐	勇敢，大膽	賄賂

foolery	doggery		
愚蠢行為	狗性，卑鄙行為		

(3) 表示行業、法、術、身分等

fishery	cookery	missilery	slavery
漁業，捕魚術	烹調法	飛彈技術	奴隸身分

drapery	housewifery		
布匹服裝行業	家務，家政		

52 -esce [動詞字尾]

> 表示動作開始或正在進行。它的對應名詞字尾為 -escence 或 escency；對應形容詞字尾為 -escent

evanesce 漸漸消失	coalesce 聯合，結合	rejuvenesce (使)返老還童	deliquesce 潮解，液化
effloresce 開花	fluoresce 發出螢光	obsolesce 廢除不用	incandesce (使)白熱化， 熾熱化
senesce 開始衰老	convalesce 痊癒，恢復健康		

53 -escence [名詞字尾]

> 構成抽象名詞，表示開始、正在、逐漸形成某種狀態、情況或性質。它的對應形容詞字尾為-escent，有些字具有-escence 和-escency 兩種字尾形式

efflorescence 開花期，花開	juvenescence 年輕，青春	coalescence 聯合，結合	deliquescence 潮解，液化
senescence 衰老	incandescence 白熾	evanescence 漸漸消失	rejuvenescence 返老還童

54 **-escent** [形容詞字尾]

> 表示開始、正在、逐漸成為某種狀態的，似～的，略～的

efflorescent 正在開花的	senescent 逐漸衰老的	incandescent 白嫩的	ingravescent (病等)越來越 重的
evanescent 漸漸消失的	liquescent (可)液化的	juvenescent 逐漸成為青年的	ignescent 發出火花的
rejuvenescent 返老還童的	convalescent 逐漸痊癒的		

55 **-ese**

> ① [形容詞兼名詞字尾]
> 表示某國的、某地的；某國或某地的人及語言

Chinese 中國的(人)， 中文	Burmese 緬甸的(人、語)	Cantonese 廣州的(人、語)	Milanese 米蘭的(人)
Japanese 日本的(人)， 日語	Portugese 葡萄牙的(人、 語)	Viennese 維也納的(人)	Siamese 暹羅的(人、語)
Vietnamese 越南的(人、語)	Maltese 馬爾他的(人、 語)	Congolese 剛果的(人、語)	

② ［名詞字尾］
表示某派（或某種）的文體、文風或語言

translationese
翻譯文體

journalese
新聞文體

childrenese
兒童語言

televisionese
電視術語

officialese
公文體

Americanese
美式英語

computerese
計算機語言

bureaucratese
官腔

academese
學院派文體

telegraphese
電報文體

educationese
教育界術語

legalese
法律術語

56 -esque ［形容詞字尾］

表示如～的、～式的、～派的、～風的

picturesque
如畫的

gardenesque
如花園的

Japanesque
日本式的

Romanesque
羅馬式的

lionesque
如獅的，凶猛的

robotesque
機器人似的

Arabesque
阿拉伯式的

Dantesque
但丁派的

gigantesque
如巨人的

statuesque
如雕像的

Disneyesque
迪士尼式的

Zolaesque
左拉風格的

57 **-ess** [名詞字尾]

> 表示女性（人）或雌性（動物）

citizeness 女公民	governess 女統治者	lioness 雌獅	heiress 女繼承人
manageress 女經理	Jewess 猶太女子	leopardess 母豹	hostess 女主人
poetess 女詩人	tailoress 女裁縫	eagless 雌鷹	murderess 女凶手
authoress 女作家	shepherdess 牧羊女	giantess 女巨人	patroness 女保護人
mayoress 女市長，市長 夫人	goddess 女神	astronautess 女太空人	millionairess 女百萬富翁

58 **-est** [形容詞及副詞字尾]

> 表示最高級

smallest 最小	happiest 最快樂	fastest 最快	hardest 最努力
largest 最大	earliest 最早		

59 -et [名詞字尾]

表示小

floweret 小花	eaglet 小鷹	circlet 小圈	packet 小包，小捆
lionet 幼獅	crotchet 小鉤	medalet 小獎章	islet 小島
dragonet 小龍	verset 短詩		

60 -eth [形容詞兼名詞字尾]

表示第～十或～十分之一

thirtieth 第三十；三十 分之一	fortieth 第四十；四十 分之一	fiftieth 第五十；五十 分之一	sixtieth 第六十；六十 分之一

61 -etic [形容詞字尾]

表示屬於～的、有～性質的、關於～的

theoretic 理論上的	tonetic 聲調的	apologetic 道歉的	dietetic 飲食的，營養的
energetic 精力旺盛的	genetic 產生的，發生的	zoetic 生命的，有生 氣的	uretic 尿的，利尿的
sympathetic 同情的	phonetic 語音的		

62 **-ette** [名詞字尾]

(1) 表示小

roomette
小房間

kitchenette
小廚房

tankette
小坦克

millionette
小百萬富翁

novelette
〔比 novel 短〕
中篇小說

essayette
短文

statuette
小雕像

balconette
小陽台

historiette
小史

storiette
小故事

parasolette
小陽傘

cigarette
〔比 cigar 小〕
菸捲

pianette
小豎式鋼琴

wagonette
輕便遊覽車

(2) 表示女性

sailorette
女水手

typette
女打字員

conductrette
女售票員

undergraduette
女大學生

(3) 在商業上表示「仿造物」、「替代品」

leatherette
人造皮革

rosette
玫瑰花形物

linenette
充亞麻織物

flannelette
棉法蘭絨

(4) 其他

serviette
餐巾

launderette
自動洗衣店

63 -ety [名詞字尾]

構成抽象名詞，表示性質、狀態、情況

gayety
快樂

anxiety
焦慮，懸念

satiety
飽足，厭膩

propriety
適當，適合

variety
變化

notoriety
惡名昭彰

64 -eur [名詞字尾]

來自法語，表示人

amateur
業餘愛好者

restauranteur
飯店老闆

farceur
滑稽演員

petroleur
用石油放火者

saboteur
怠工者

litterateur
文人，文學家

65 -faction [名詞字尾]

構成抽象名詞，表示情況、狀態、行為或行為的結果，與動詞字尾 -fy 相對應

satisfaction
滿足

rarefaction
稀少，稀薄

liquefaction
液化（作用）

stupefaction
麻木狀態

66 **-fic** [形容詞字尾]

> 表示「致～的」、「產生的」，或表示具有某種性質的。亦作 -ific

colorific 產生顏色的	scientific 科學的	terrific 令人害怕的	acidific 化為酸性的
honorific 尊敬的	pacific 和平的	horrific 可怕	calorific 生熱的

67 **-fication** [名詞字尾]

> 構成抽象名詞，表示「～化」、「做為～」、「使成為～」等意義，與動詞字尾 -fy 相對應

beautification 美化	falsification 偽造	intensification 加強	purification 清洗，淨化
uglification 醜化	gasification 氣化	amplification 擴大	fortification 築城，設防
electrification 電氣化	certification 證明	classification 分類	solidification 凝固，團結
simplification 簡（單）化	typification 典型化	rectification 糾正，整頓	Frenchification 法國化
pacification 平定，綏靖	glorification 頌揚，讚美		

68 **-fier** [名詞字尾]

> 由-fy+-er 而成，表示「做～的人或物」、「使成～的人或物」

beautifier 美化者	pacifier 平定者	intensifier 增強器／劑	rectifier 改正者，整流器
glorifier 讚美者，頌揚者	classifier 分類者	certifier 證明者	falsifier 偽造者
liquefier 液化器	amplifier 放大器，擴音器	simplifier 簡化物	

69 **-fold** [形容詞及副詞字尾]

> 表示～倍、～重

twofold 兩倍，雙重	fourfold 四倍，四重	tenfold 十倍，十重	thousandfold 千倍，千重
threefold 三倍，三重	sevenfold 七倍，七重	hundredfold 百倍，百重	manyfold 許多倍的／地

70 **-form** [形容詞字尾]

> 表示有～形狀的、似～形狀的

gasiform 氣態的	cubiform 立方體形的	uniform 形狀一樣的	asbestiform 石棉
cruciform 十字形的	dentiform 牙齒形的		

71 **-ful**

> ① [名詞字尾]
> 加在名詞之後，表示充滿時的量

handful 一把的量	armful 一抱的量	cupful 滿杯	boatful 一船所載的量
spoonful 一匙的量	bagful 滿袋	mouthful 一口	boxful 滿箱，滿盒
houseful 滿屋，一屋子	drawerful 一抽屜	dishful 一盤的量	bellyful 滿腹

> ② [形容詞字尾]
> 表示富有～的、充滿～的、具有～性質的、易於～的、
> 可～的

useful 有用的	dreamful 多夢的	fearful 可怕的	truthful 真實的
fruitful 有結果的	peaceful 和平的	forgetful 易忘的	skillful 熟練的
hopeful 富有希望的	shameful 可恥的		

72 -fy [動詞字尾]

表示「～化」、「使成為～」、「變成」、「做～」

simplify 使簡化	classify 把～分類	ladify 使成為貴婦人	electrify 電氣化
beautify 美化	falsify 偽造	intensify 加強,強化	gasify (使)氣化
uglify 醜化	rarefy 使稀少	glorify 頌揚,誇讚	purify 使潔淨,淨化
satisfy (使)滿足	citify 使都市化		

73 -hood [名詞字尾]

構成抽象名詞,表示時期、情況、狀態、性質、身分、資格等

childhood 童年	neighborhood 鄰居關係	brotherhood 兄弟之誼	sisterhood 姐妹關係
boyhood 少年時代	manhood 成年	motherhood 母性,母親身分	falsehood 謬誤,不真實
girlhood 少女時期	bachelorhood 獨身生活	fatherhood 父性,父親身分	doghood 狗性
widowhood 守寡,孀居	likelihood 可能(性)		

74 -i [形容詞兼名詞字尾]

表示屬於某國或某地區的，兼表某國或某地區的人或語言

Israeli
以色列的(人)

Hindustani
印度斯坦的人、
語)

Bengali
孟加拉的(人、
語)

Punjabi
旁遮普的(人、
語)

Iraqi
伊拉克的(人)

Pakistani
巴基斯坦的
(人)

Yemeni
葉門的(人)

75 -ia [名詞字尾]

表示情況、狀態、總稱及其他

differentia
差異

battalia
戰鬥的陣列

militia
民兵組織、民
兵(總稱)

adynamia
無力，衰弱，
體力缺乏

intelligentsia
知識界，知識
分子(總稱)

juvenilia
少年文藝讀物

utopia
烏托邦

ataxia
混亂，無秩序

suburbia
郊區居民(總
稱)

-ial [形容詞字尾]

表示屬於～的、具有～的、有～性質的

presidential 總統的	adverbial 副詞的	facial 面部的	agential 代理人的
managerial 經理的	dictatorial 獨裁的	partial 部分的	commercial 商業的
editorial 編輯的	spacial 空間的		

【注】有些以「ce」為結尾的字，加 -ial 後會將「ce」改為「t」，如：

experience → experiential 憑經驗的	residence → residential 居住的，住宅的
palace → palatial 宮殿 (似) 的	existence → existential 關於存在的
space → spatial 空間的	substance → substantial 物質的
science → sciential 科學的	confidence → confidential 極受信任的
influence → influential 有影響的	

77 **-ian**

① [形容詞字尾]
表示屬於某國、某地、某人或某宗教的,也可兼表示人或語言

Egyptian 埃及的(人、語)	Oceanian 大洋洲的 (人)	United statesian 美國的 (人)	Dickensian 狄更斯的
Mongolian 蒙古的(人、語)	Canadian 加拿大的 (人)	Parisian 巴黎的 (人)	Newtonian 牛頓 (學說) 的
Arabian 阿拉伯的 (人)	Christian 基督教的 (人)	Athenian 雅典的 (人)	

② [名詞字尾]
表示某種職業、地位或特徵的人

grammarian 語法學家	guardian 守衛者	collegian 高等學校學生	tragedian 悲劇演員
historian 歷史學家	civilian 平民	comedian 喜劇演員	lilliputian 矮子

78 **-ibility** [名詞字尾]

> 由 -ible+-ity 而成，構成抽象名詞，表示「可～性」、「易～性」、「～力」

sensibility 敏感性	corruptibility 易腐敗性	conductibility 傳導性	perfectibility 可完成性
receptibility 可接受性	flexibility 易曲性	producibility 生產力	digestibility 可消化性
resistibility 抵抗力	convertibility 可變換性	extensibility 可伸展性	accessibility 易接近性

79 **-ible** [形容詞字尾]

> 表示「可～的」、「能～的」、「易～的」，或具有某種性質的

sensible 可感覺的	corruptible 易腐敗的	conductible 能（被）傳導的	perfectible 可完成的
receptible 可接受的	flexible 易彎曲的	producible 可生產的	digestible 可消化的
resistible 可抵抗的	convertible 可變換的	extensible 可伸展的	accessible 易接近的

80 **-ibly** [副詞字尾]

> 由形容詞字尾 -ible 轉成，表示「可～地」、「～地」

sensibly 可感覺地	corruptibly 易腐敗地	conductibly 能(被)傳導地	perfectibly 可完成地
receptibly 可接受地	flexibly 易彎曲地	producibly 可生產地	digestibly 可消化地
resistibly 可抵抗地	convertibly 可變換地	extensibly 可伸展地	accessibly 易接近地

81 **-ic**

> ① [形容詞字尾]
> 表示「～的」

atomic 原子的	Icelandic 冰島的	metallic 金屬的	scenic 自然景色的
electronic 電子的	hygienic 衛生的	Germanic 德國的	cubic 立方形的
historic 有歷史意義的	basic 基本的	angelic 天使(般)的	magnetic 有磁性的
organic 器官的	nucleonic 核子的	fluidic 流體性的	Byronic 拜倫式的
poetic 詩的	periodic 周期的		

② [名詞字尾]
(1) 表示人

critic 批評者，評論家	classic 古典作家	rustic 鄉下人	sceptic 懷疑論者
mechanic 技工，機械師	Catholic 天主教徒	cleric 牧師	heretic 異教徒

(2) 表示「～學」、「～術」及其他抽象名詞

logic 邏輯，倫理學	arithmetic 算術	topic 題目，論題	Arabic 阿拉伯語
rhetoric 修辭學	magic 魔術	music 音樂	epidemic 流行病

82 -ical [形容詞字尾]

由 -ic+-al 而成，表示「～的」

atomical 原子的	cubical 立方形的	symbolical 象徵(性)的	cyclical 循環的
typical 典型的	spherical 球形的	geometrical 幾何學的	poetical 詩的
organical 器官的	academical 學院的		

83 **-ice** [名詞字尾]

(1) 構成抽象名詞，表示行為、情況、性質

service 服務	cowardice 膽怯	practice 實踐	avarice 貪婪
justice 正義	malice 惡意	armistice 休戰，停戰	caprice 反覆無常

(2) 表示人

novice 初學者，新手	apprentice 學徒

84 **-ician** [名詞字尾]

表示精於某種學術的人、專家、高手或從事某種職業的人

musician 音樂家	electrician 電工	beautician 美容師	phonetician 語音學家
mathematician 數學家	academician 院士	technician 技術員	geometrician 幾何學家
physician 內科醫生	logician 邏輯學家	magician 魔術師	politician 政客，政治家

85 **-icity** [名詞字尾]

> 大多數由 -ic+-ity 而成，構成抽象名詞，表示性質、情況、狀態

simplicity 簡單，簡明	publicity 公開(性)	sphericity 球狀	plasticity 可塑性
periodicity 周期性	domesticity 家居生活	atomicity 原子價，原子數	elasticity 彈性，彈力
historicity 歷史性	centricity 中心，中央		

86 **-ics** [名詞字尾]

> 表示「～學」、「～術」

informatics 資訊學	economics 經濟學	atomics 原子工藝學	magnetics 磁學
electronics 電子學	nucleonics 核子學	dramatics 表演技巧	astronautics 太空學
mechanics 機械學	hygienics 衛生學	acrobatics 雜技	pedagogics 教育學
politics 政治學	oceanics 海洋學		

87 -id [形容詞字尾]

表示具有～性質的、如～的、含有～的

florid
如花的

lucid
透明的，明亮的

liquid
液體的，流動的

timid
膽小的

splendid
輝煌的，華麗的

fluid
流動的

vivid
活潑的

placid
恬靜的

fervid
熱烈的

stupid
笨的

88 -ie [名詞字尾]

(1) 表示暱稱

birdie
小鳥

piggie
小豬

lassie
小姑娘

dearie
親愛的，寶貝

doggie
小狗

girlie
女孩

(2) 表示與～有關的人或物

roomie
住在同室的人

oldie
老人

talkie
有聲電影

nudie
裸體電影

shortie
矮子

movie
電影

-ier [名詞字尾]

(1) 表示專做某種工作或從事某種職業的人

cashier 出納員	hotelier 旅館老闆	grenadier 擲手榴彈者	brigadier 旅長
clothier 織布工人，布商	haulier 拖曳者，運輸工	missilier 飛彈專家	brazier 黃銅匠
financier 財政家	bombardier 炮手，投彈手		

(2) 表示物

barrier 障礙物，柵欄	frontier 邊疆，邊境	glacier 冰河，冰川	gaselier 煤氣吊燈

 -ile

① [形容詞字尾]
表示屬於～的、有～性質的、易於～的、可～的

merchantile 商人的，商業的	contractile 可收縮的	servile 奴隸的，奴性的	fragile 易碎的
infantile 幼小的	retractile 能縮回的	expansile 可擴張的	protractile 可伸出的
insectile 昆蟲的	sectile 可切開的	extensile 可伸展的	flexile 易彎曲的
juvenile 青少年的	pulsatile 跳動的	fertile 肥沃的	

② [名詞字尾]
表示物

missile
飛彈，發射物

textile
紡織品

automobile
汽車

domicile
住宅，住處

projectile
拋射體，射彈

91 **-ility** [名詞字尾]

由 -il(e)+-ity 而成，表示性質、狀態、情況

servility
奴性，卑屈

contractility
可收縮性

fragility
易碎，脆性

sectility
可切性，可分性

fertility
肥沃

retractility
能縮回

mobility
易動性，可動性

ductility
延展性

juvenility
年少

agility
敏捷，輕快

92 **-ine**

① [形容詞字尾]
表示屬於～的、具有～的、如～的、有～性質的

elephantine
象的，如象的

infantine
幼兒 (期) 的

riverine
河流的，河邊的

nervine
神經的

crystalline
結晶體的

serpentine
蜿蜒如蛇的

metalline
金屬 (性) 的

asbestine
如石棉的

② [名詞字尾]
(1) 表示抽象名詞

doctrine
教義，主義

famine
饑荒

medicine
醫學，內科學

cholerine
輕症霍亂

discipline
紀律

rapine
搶劫，掠奪

routine
程序，常規

(2) 表示人（多表示女性）

heroine
女英雄

landgravine
伯爵夫人

libertine
放蕩的人

concubine
妾

(3) 表示藥物名稱及化學名詞

tetracycline
四環素

iodine
碘

antifebrine
退燒藥

chlorine
氯

caffeine
咖啡因

vaseline
凡士林

⁹³ -ing

① [名詞字尾]
(1) 構成抽象名詞，表示行為、狀態、情況及其他

learning 學問，學識	walking 步行，散步	teaching 教導	swimming 游泳
feeling 感覺	farming 耕作	ageing 老化 (=aging)	shipping 裝運
shopping 買東西	schooling 教育	sleeping 睡眠	broadcasting 廣播

(2) 表示行業、學問及方法

tailoring 裁縫業	banking 銀行業，銀行學	hairdressing 理髮業	printing 印刷術，印刷業
shoemaking 製鞋業	accounting 會計學，會計	bonesetting 正骨法	sailing 航海術

(3) 表示總稱及材料，與～有關之物，製～所用的材料

clothing 衣服	fleshing 肉色緊身衣	hatting 製帽材料	bagging 製袋用的材料
bedding 床上用品	flooring 鋪地板材料	shirting 襯衫料	coating 上衣衣料

(4) 表示某種行為的產物、為某種行為而用之物、與某種行為或事物有關之物

building
建築物，樓房

giving
給予物，禮物

filling
填充物，填料

footing
立足處，立足點

carving
雕刻物

coloring
顏料

legging
護腿，綁腿

washing
待洗的衣服

holding
占有物

winning
贏得物，錦標

② [形容詞字尾]
表示「～的」、「正在～的」「～著的」及「使～的」

changing
正在變化的

developing
發展中的

surprising
讓人驚訝的事

growing
成長中的

burning
燃燒的

rising
上升的

exciting
使人興奮的

falling
下降的

fighting
戰鬥的

encouraging
振奮人心的

③ [介系詞]

excepting
除此之外

concerning
關於

considering
考慮到，就～
而論

failing
如果沒有～的
話

regarding
關於

during
在～期間

94 **-ion** [名詞字尾]

> (1)構成抽象名詞，表示行為、行為的過程或結果、情況及狀態

discussion 討論	prediction 預言，預告	inflation 通貨膨脹	association 聯繫，協會
action 活動，作用，行為	exhibition 展覽會	translation 翻譯	dismission 解雇，開除
progression 前進，行進	election 選舉	correction 改正	possession 占有，占用
connection 連結	perfection 完整無缺	expression 表達，表示	completion 完成

> (2) 表示物

medallion 大獎章	accordion 手風琴	falchion 彎刀	cushion 坐墊，靠墊

95 **-ior**

> ① [名詞字尾]
表示人

warrior 勇士，戰士	inferior 低下的人，下級	senior 年長者，前輩	junior 年少者，晚輩
superior 上司，上級	savior 救助者，救星		

② ［形容詞字尾］
表示比較～的、屬於～的

anterior
較前的，先前的

ulterior
較遠的，那邊的

exterior
外部的

interior
內部的

posterior
較後面的

96 -ious［形容詞字尾］

表示屬於～的、有～性質的，同 -ous

contradictious
相矛盾的

spacious
寬敞的

burglarious
夜盜的

contagious
傳染的

malicious
惡意的

rebellious
反派的

anxious
焦急的

specious
外觀美麗的

laborious
勤勞的

curious
好奇的

97 -ise［動詞字尾］

同 -ize。許多字同時具有 -ise 與 -ize 兩種字尾形式

memorise=memorize

criticise=criticize

advertise=advertize

civilise=civilize

diplomatise=diplomatize

fertilise=fertilize

authorise=authorize

humanise=humanize

98 -ish

① ［形容詞字尾］
(1) 加在名詞之後，表示如～的、似～的、有～性質的

childish 如小孩的	boyish 如男孩的	foolish 愚蠢的，笨的	slavish 奴隸般的
girlish 如少女的	moonish 似月亮的	piggish 豬一樣的	youngish 還年輕的
womanish 女人味的	hellish 地獄似的	wolfish 狼性的	
devilish 魔鬼似的	bookish 有書生氣質的	monkish 似僧侶的	

(2) 加在形容詞之後，表示含有某種程度的、略～的、稍～的

coldish 略寒的，稍冷的	reddish 略紅的	greenish 略帶綠色的	longish 略長的，稍長的
warmish 稍暖的	tallish 略高的	yellowish 微黃的	fattish 稍胖的
oldish 略老的，稍舊的	sweetish 略甜的		

(3) 表示某國或某民族的，兼表某國的語言

English
英國的，英語

Polish
波蘭的，波蘭語

Swedish
瑞典的，瑞典語

Turkish
土耳其的，土
耳其語

Spanish
西班牙的，西
班牙語

Irish
愛爾蘭的，愛
爾蘭語

Finnish
芬蘭的，芬蘭語

Danish
丹麥的，丹麥語

② [動詞字尾]
表示做～、致使～、造成～及成為～

nourish
滋養，養育

flourish
繁榮，興旺

diminish
使縮小，變小

publish
公布，發行

establish
設立，建造

impoverish
使窮困

vanish
消逝

finish
結束

99 -ism [名詞字尾]

(1) 表示「主義」

materialism
唯物主義

splittism
分裂主義

realism
現實主義

capitalism
資本主義

idealism
唯心主義

adventurism
冒險主義

pessimism
悲觀主義

opportunism
機會主義

imperialism
帝國主義

extremism
極端主義

optimism
樂觀主義

expansionism
擴張主義

quietism
寂靜主義

progressivism
進步主義

(2) 表示宗教

Isamism 伊斯蘭教	Taoism 道教	Lamaism 喇嘛教	Shintoism （日本）神道教
Hinduism 印度教	Confucianism 儒家思想	Catholicism 天主教	Judaism 猶太教
Buddhism 佛教			

(3) 表示語言、語風

commercialism 商業用語	archaism 古語，古風	Londonism 倫敦腔	Turkism 土耳其語風
provincialism 方言，土語	Scotticism 蘇格蘭方言	Latinism 拉丁語風、語法	euphemism 婉言，婉詞
colloquialism 口語	Americanism 美國用語		

(4) 表示風格、特徵

Asiaticism 亞洲風格	occidentalism 西方人特徵	Slavism 斯拉夫族風格	Grecism 希臘風格
orientalism 東方風格	Germanism 德意志風格		

(5) 表示行為、現象

escapism
逃避現實

volcanism
火山活動

tourism
旅遊，觀光

sexism
性別歧視

me-tooism
附和，人云亦云

loyalism
效忠

baptism
洗禮

devilism
魔鬼似的行為

simplism
片面看問題，
過分簡單化

parasitism
寄生現象

ageism
對老年人的歧視

brigandism
土匪行為

methodism
墨守成規

criticism
批評

(6) 表示「學」、「術」、「論」及「法」

magnetism
磁學

know-nothingism
不可知論

phoneticism
音標表音法

stimulism
興奮療法

spiritism
招魂術

exceptionalism
例外論

pedagogism
教授法

atomism
原子論

historicism
歷史循環論

fatalism
宿命論

(7) 表示學術、文藝上的「流派」

modernism
現代派

abstractionism
抽象派

structurism
結構派

Socratism
蘇格拉底學派

futurism
未來派

purism
純粹派

Platonism
柏拉圖學派

expressionism
表現派

impressionism
印象派

cubism
(藝術) 立體派

(8) 表示某種特性

professionalism 職業特性	brutalism 獸性	foreignism 外國風俗習慣	antagonism 對抗性
diehardism 頑固	globalism 全球性	insularism 島國性質	absurdism 荒唐性
humanism 人性			

(9) 表示情況、狀態

gigantism 巨大畸形	bachelorism 獨身	dwarfism 矮小	androgynism 雌雄同體
barbarism 野蠻狀態	alienism 外僑身分	sexdigitism 六指／趾	

(10) 表示制度

multipartism 多黨制	parliamentarism 議會制	landlordism 地主所有制	protectionism 保護貿易制
federalism 聯邦制	centralism 中央集權制		

(11) 表示疾病名稱

deaf-mutism	alcoholism	iodism	albinism
聾啞症	酒精中毒症	碘中毒症	白化病

rheumatism	morphinism
風濕症	嗎啡中毒症

(12) 其他

patriotism	organism	mechanism	journalism
愛國心	有機體	機械裝置	新聞業

-ist

① [名詞字尾]
(1) 表示某種主義者或某種信仰者

communist	nationalist	materialist	imperialist
共產主義者	民族主義者	唯物主義者	帝國主義者

socialist	collectivist	naturalist	extremist
社會主義者	集體主義者	自然主義者	極端主義者

> (2) 表示從事某種職業的人、某種研究的人，或與某事物有關的人

artist
藝術家

violinist
小提琴手

chemist
化學家

druggist
藥商，藥劑師

scientist
科學家

physicist
物理學家

copyist
抄寫員

moralist
道德家

typist
打字員

dentist
牙科醫生

motorist
駕駛汽車者

progressist
進步分子

novelist
小說家

tobacconist
菸草商人

> ② [形容詞字尾]
> 表示主義的

communist
共產主義的

Marxist
馬克思主義的

nationalist
民族主義者

capitalist
資本主義的

socialist
社會主義的

materialist
唯物主義者

101 -ister [名詞字尾]

> 表示人

palmister
看手相者

sophister
詭辯家

chorister
合唱者

102　-istic［形容詞字尾］

複合字尾，由 -ist+-ic 而成，表示關於～的、屬於～的、有～性質的、～主義的及～論的 (可參見 -istical)

colouristic 色彩的	humoristic 幽默的	artistic 藝術的	realistic 現實主義的
simplistic 過分簡單化的	idealistic 唯心論的	humanistic 人道主義的	antagonistic 敵對的

103　-istical［形容詞字尾］

三合字尾，由 -ist+-ic+-al 而成，表示「～的」。有些字兼有 -istic 和 -istical 兩種字尾形式

artistical 藝術的	idealistical 唯心論的	antagonistical 敵對的	egoistical 利己主義的
atomistical 原子論的	theistical 有神論的	Buddhistical 佛教的	linguistical 語言學的

104　-it［名詞字尾］

(1) 表示人

bandit 匪徒	hermit 隱士	jesuit 耶穌會會員

(2) 表示抽象名詞

spirit 精神，氣概	credit 信用，信任	pursuit 追趕，追求	deficit 虧空，赤字
unit 單位，單元	summit 頂點，最高層	plaudit 喝采，讚揚	

105 -ite

① [名詞字尾]
表示人

suburbanite 郊區居民	Muscovite 莫斯科人	Israelite 以色列人	favorite 喜愛的人
socialite 社會名流，名人	computerite 電腦人員	Labourite 工黨黨員	bedlamite 精神病人
Tokyoite 東京市民	Islamite 伊斯蘭教徒		

② [形容詞字尾]
表示具有～性質的

partite 分成若干部分的	opposite 對立的，對面的	definite 明確的，一定的	erudite 博學的
composite 合成的	exquisite 精美的，精緻的	polite 文雅的	

③ [動詞字尾]
表示做～、成～

unite	expedite	ignite
聯合，統一	加快，促進	點燃，點火

106 -ition [名詞字尾]

(1) 表示行為、行為的過程或結果、由行為而產生的事物

suppoition	exposition	recognition	imbibition
想像，推測	暴露	認出，承認	吸入，吸收

proposition	composition	addition	partition
提議	組成 (物)，作文	附加，附加物	分開，分隔

opposition	competition
反對，反抗	比賽，競爭

(2) 表示情況、狀態

audition	inanition	aglutition	perdition
聽覺，聽力	空虛	吞嚥困難	毀滅，沉淪

erudition	dentition
博學	齒列

⓿ **-itious** [形容詞字尾]

表示有～性質的、屬於～的、具有～的，意義與 -ous 同

supposititious
想像的，假定的

fictitious
虛構的

factitious
人為的

nutritious
有營養的

cementitious
水泥的

adventitious
外來的，偶然的

expeditious
急速的

⓿ **-itive** [形容詞字尾]

表示「～的」，意義同 -ive

compositive
合成的，組成的

sensitive
敏感的

competitive
比賽的，競爭的

definitive
決定的，確定的

suppositive
想像的，假定的

punitive
懲罰性的

partitive
區分的，分隔的

primitive
原始的，簡單的

additive
添加的

⓿ **-itor** [名詞字尾]

表示人

servitor
侍從，男僕

progenitor
祖先

competitor
比賽者，競爭者

expositor
講解者，說明者

compositor
排字工人

110 -itude [名詞字尾]

構成抽象名詞，表示情況、性質、狀態及事物亦作 -tude 和 -ude

correctitude 端正	solitude 孤獨，孤寂	servitude 奴隸狀態，奴役	latitude 緯度
exactitude 正確（性）	quietude 寂靜	similitude 相似，類似	gratitude 感激，感謝
promptitude 敏捷，迅速	plenitude 充足，豐富	longitude 經度	aptitude 資質，才能
amplitude 廣闊，廣大， 充足			

111 -ity [名詞字尾]

構成抽象名詞，表示性質、情況、狀態及其他，與 -ty 同

speciality 特性，特長	futurity 將來，未來	familiarity 熟悉，通曉	extremity 極端，極度
humanity 人性，人類	modernity 現代性	popularity 通俗，平易	fixity 固定性
equality 平等，均等	mutuality 相互關係	complexity 複雜性	immensity 廣大，巨大， 無限
reality 現實，真實	fluidity 流動性	generality 一般（性）	perplexity 困惑

112 -ive

① [形容詞字尾]
表示有～性質的、有～作用的、有～傾向的、屬於～的

educative
有教育作用的

purposive
有目的性的

amusive
娛樂

attractive
有吸引力的

protective
保護的，防護的

resistive
抵抗的

productive
生產(性)的

selective
選擇的

impressive
印象深刻的

creative
創造性的

constructive
建設(性)的

expensive
花費多的

preventive
預防的

progressive
進步的

② [名詞字尾]
(1) 表示人

detective
偵探，密探

relative
親戚

representative
代表

progressive
進步人士

native
本地人

executive
執行者

captive
俘虜

(2) 表示物

locomotive
火車頭，機車

directive
指令

anticorrosive
防腐蝕劑

olive
橄欖(樹)

explosive
炸藥，爆炸物

adhesive
膠黏劑

preventive
預防藥

(3) 構成抽象名詞

motive 動機	subjunctive 虛擬語氣	perspective 透視，眼力	alternative 取捨，抉擇
offensive 攻勢	initiative 創造，發端		

113 **-ivity** [名詞字尾]

> 複合字尾，由 -iv(e)+-ity 而成，構成抽象名詞，表示情況、狀態、「～性」及「～力」

productivity 生產能力，生產率	activity 活動性，活動	selectivity 選擇（性）	relativity 相關性
resistivity 抵抗力，抵抗性	conductivity 傳導性	creativity 創造力	expressivity 善於表達
	captivity 俘虜，囚禁	collectivity 集體（性）	

114 **-ization** [名詞字尾]

> 複合字尾，由 -iz(e)+-ation 而成，表示行為的過程或結果，
> 「～化」，與動詞字尾 -ize 相對應

modernization 現代化	normalization 正常化	economization 節約，節省	popularization 普及，推廣
industrialization 工業化	revolutionization 革命化	centralization 集中	organization 組織，團體
mechanization 機械化	realization 實現		

115 **-ize** [動詞字尾]

> 表示「～化」，照～樣子做、按～方式處理，變成～狀態、使
> 成為～，與 -ization 相對應

modernize (使)現代化	normalize (使)正常化	economize 節約，節省	popularize 使普及，推廣
industrialize (使)工業化	revolutionize (使)革命化	centralize (使)集中	organize 組織
mechanize (使)機械化	realize 實現		

116 **-kin** [名詞字尾]

> 表示小

ladykin 小婦人	princekin 小王子	manikin 矮子，侏儒	cannikin 小罐子
lambkin 羔羊	pannikin 小盤子，小平鍋	devilkin 小魔鬼	napkin 餐巾

117 **-le**

> ① [動詞字尾]
> (1) 表示反覆、連續及擬聲動作

winkle 閃爍，閃耀	wriggle 蠕動，扭動	jingle 做叮噹響	sizzle 發嘶嘶聲
twinkle 閃爍，閃耀	joggle 輕搖	tinkle 發叮噹聲	gurgle 發咯咯聲

> (2) 將形容詞或名詞變成動詞

darkle 變暗	speckle 使弄上斑點	sparkle 發出火花	handle 拿，搬弄，操縱

> ② [名詞字尾]
> 表示做某種動作時所使用的東西

thimble
頂針
(thimb ←
thumb 拇指)

shuttle
織布梭
(shut ← shoot
抛出)

stopple
塞子

spindle
〔spin 紡〕
紡紗錠子

handle
柄，把手

girdle
帶，腰帶

118 **-less** [形容詞字尾]

> 表示「無～的」、「不～的」

homeless
無家可歸的

rootless
無根的

sleepless
不眠的

fruitless
結不出果實的

useless
無用的

jobless
失業的

tireless
不倦的

regardless
不注意的

colourless
無色的

shameless
無恥的

ceaseless
不停的

restless
不休息的

hopeless
無希望的

waterless
無水的，乾的

countless
數不清的

changeless
不變的

-let [名詞字尾]

> 表示小

booklet 小冊子	**root**let 小根，細根	**film**let (電影) 短片	**spring**let 小泉
houselet 小房子	**drop**let 小滴，飛沫	**bomb**let 小型炸彈	**strem**let 小溪
starlet 小星星	**cloud**let 小朵雲	**lake**let 小湖	**dove**let 幼鴿
townlet 小鎮	**play**let 小型劇	**leaf**let 小葉	**hook**let 鉤子
piglet 小豬	**king**let 幼主	**state**let 小國家	**chain**let 小鍊子

120 **-like** [形容詞字尾]

> 表示如～的、有～性質的

dreamlike 如夢的	**war**like 好戰的，軍事的	**man**like 有男子氣概的	**mother**like 母親般的
steellike 鋼鐵般的	**god**like 上帝般的	**woman**like 有女人味的	**star**like 像星星一樣的
childlike 孩子般天真的	**spring**like 如春的	**father**like 父親般的	**prince**like 王子般的

121 -ling

> ① [名詞字尾]
> (1) 表示小

birdling 小鳥，雛鳥	pigling 小豬	duckling 小鴨	seedling 幼苗，苗
catling 小貓	wolfling 小狼	gosling 小鵝	princeling 小君主

> (2) 表示與某種事物（或情況）有關的人或動物，或具有某種性質的人或動物

starveling 飢餓的人	nurseling 乳嬰，乳兒	fingerling 一指長的小魚	fatling 養肥備宰的幼畜
weakling 體弱的人，弱者	worldling 凡人，世俗之徒	cageling 籠中鳥	suckling 乳兒，乳獸
hireling 被雇的人	youngling 年輕人，幼小動物，幼苗	yearling 一歲的動物	fondling 被寵愛者
underling 部下，下屬	earthling 世人，凡人，俗人	firstling 初產的動物	witling 故作聰明的人

② [形容詞及副詞字尾]
表示狀態

darkling
在黑暗中（的）

sideling
斜向一邊（的）

122 **-logical** [形容詞字尾]

表示「～學的」，由 -log(y)+-ic+-al 而成，亦作 -logic

biological
生物學（上）的

geological
地質學的

zoological
動物學的

technological
工藝學上的

oceanological
海洋學的

climatological
氣候學的

philological
語言學的

bacteriological
細菌學的

123 **-logist** [名詞字尾]

表示「～學家」、「～研究專家」，由 -log(y)+-ist 而成，偶作 -loger

biologist
生物學家

climatologist
氣候學家

dialectologist
方言學家

musicologist
音樂研究專家

oceanologist
海洋學家

geologist
地質學家

Sinologist
漢學家

bacteriologist
細菌學家

volcanologist
火山學家

technologist
工藝學家

Penologist
刑罰學家

seismologist
地震學家

zoologist
動物學家

124 **-logy** [名詞字尾]

> 表示「～學」、「～研究」、「～論」、「～法」與 -logical，
> -logist 相對應，亦作 -ology

biology 生物學	climatology 氣候學	bacteriology 細菌學	escapology 逃避
zoology 動物學	dialectology 方言學	musicology 音樂研究	volcanology 火山學
oceanology 海洋學	mineralogy 礦物學	methodology 方法論	vitaminology 維生素學

125 **-ly**

> ① [形容詞字尾]
> (1) 加在名詞之後，表示如～的、有～特徵的、屬於～的

friendly 友好的	childly 孩子般天真的	manly 男子氣概的	costly 昂貴的
homely 家常的，親切的	heavenly 天上的	womanly 女性化的	lovely 可愛的，好看的
fatherly 父親般的	mannerly 有禮貌的	godly 神的，神聖的	worldly 世間的

(2) 加在時間名詞之後，表示「每～時間一次的」；這類詞有的可兼作名詞，表示報刊

hourly
每小時的

weekly
每週的；週刊

nightly
每夜的

quarterly
按季度的；季刊

daily
每日的；日報

yearly
每年的

monthly
每月的；月刊

② [副詞字尾]
(1) 加在時間名稱之後，表示「每～時間一次地」

hourly
每小時地

nightly
每夜地

monthly
每月地

yearly
每年地

daily
每日地

weekly
每週地

quarterly
每季度地

【注】加在其他名詞之後，也可構成副詞

namely
也就是，即

fatherly
父親般地

mannerly
有禮貌地

timely
及時地

friendly
朋友般的

partly
部分地

(2) 加在形容詞之後，構成副詞，表示狀態、程度及方式

truly 真正地，確實地	fearfully 可怕地	badly 惡劣地	quietly 安靜地
greatly 大大地	newly 新地，最近	quickly 迅速地	gloriously 光榮地

126 -ment [名詞字尾]

(1) 表示行為、行為的過程或結果

movement 運動，移動	argument 爭論，辯論	agreement 同意，協定	shipment 裝船裝運
management 管理，安排	treatment 待遇	advertisement 廣告，登廣告	amusement 娛樂，消遣
development 發達，發展	punishment 處罰	statement 陳述，聲明	enjoyment 享受
establishment 建立，設立	enlargement 擴大	judgement 判斷，判決	encouragement 鼓勵

(2) 表示物

embankment 堤岸	attachment 附屬物	fragment 碎片，碎塊	basement 地下室
pavement 人行道	vestment 外衣，制服	equipment 裝備，設備	apartment 房間
nutriment 營養品	monument 紀念碑	medicament 藥物，藥劑	armament 兵器
battlement 城牆垛			

(3) 表示組織、機構

government 政府	parliament 國會，議會	department （部，局，司等） 部門	regiment （軍）團

-most ［形容詞字尾］

表示最～的

easternmost 最東的	uppermost 最高的	aftermost 最後面的	forermost 最前面的
westernmost 最西的	rearmost 最後面的	inmost 最裡面的	hindmost 最後面的
topmost 最高的	middlemost 最中間的	outmost 最外面的	farmost 最遠的
lowermost 最低的	headmost 最前面的		

128 **-ness** [名詞字尾]

加在形容詞之後，構成抽象名詞，表示性質、情況及狀態

greatness 偉大	emptiness 空虛，空洞	goodness 善行，優良	bitterness 苦，苦難
friendliness 友好，友善	likeness 相似，類似	badness 惡劣，壞	holiness 神聖
kindness 仁慈，好意	willingness 心甘情願	weakness 懦弱，虛弱	idleness 懶惰
darkness 黑暗	softness 柔軟	tiredness 疲倦，疲勞	blindness 盲目

129 **-nik** [名詞字尾]

表示～的人、～迷

protestnik 抗議者	filmnik 電影迷	boatnik 船戶，水上人家	goodwillnik 捧場人
citynik 城市人，迷戀 城市者	cinenik 電影迷	computernik 電腦迷	folknik 民歌愛好者
peacenik 反戰運動者	no-goodnik 不懷好意者		

130 -o [名詞字尾]

(1) 表示音樂術語及樂器名稱

solo
獨唱，獨奏 (曲)

basso
低音部，男低音

piano
鋼琴

tempo
速度

soprano
女高音

alto
女低音，男高音

piccolo
短笛

trio
三部合奏，三重奏

(2) 表示人

Negro
黑人

mulato
黑白混血兒

Latino
拉丁美洲人

maestro
藝術大師

politico
政客

fantastico
可笑的怪人

bravo
歹徒，刺客

virtuoso
藝術鑒賞家

typo
排字工人

albino
患白化病者

magnifico
高官，貴人

buffo
滑稽男演員

desperado
亡命之徒，暴徒

(3) 表示物

studio
工作室

sexto
六開本

dynamo
發電機

octavo
八開本

volcano
火山

portico
門廊

flamingo
火烈鳥，紅鶴

folio
對開本，對折紙

quarto
四開本

(4) 表示抽象名詞及其他

manifesto 宣言，聲明	motto 格言，座右銘	fresco 壁畫（法）	gusto 嗜好，愛好
ratio 比率，比	salvo （炮火）齊射	junto 祕密政治集團	credo （宗教）信條
fiasco 大敗，慘敗	lingo 行話，隱語		

131 -on［名詞字尾］

(1) 表示人

southron 南方人	patron 保護人	archon 主要官員	glutton 貪吃者
Briton 英國人	matron 主婦		

(2) 表示物

automaton 自動裝置	carton 紙板，紙箱	cordon 飾帶	wagon 運貨車

(3) 構成物理學名詞，表示物質結構成分

electron 電子	photoelectron 光電子	neutron 中子	meson 介子
photon 光子	proton 質子	magneton 磁子	hyperon 超子

132 -oon [名詞字尾]

表示物

spittoon
痰盂

saloon
大廳

cartoon
動畫片

festoon
花彩，彩飾

balloon
氣球

musketoon
短槍

bassoon
低音管，巴松管

133 -or [名詞字尾]

(1) 表示人

actor
行動者，（男）
演員

supervisor
監督人

elector
選舉者

inventor
發明者

translator
翻譯者，譯員

sailor
水手，海員

protector
保護者

governor
總督，省長

oppressor
壓迫者

debtor
負債人

corrector
矯正者，校對員

bettor
打賭者

educator
教育者

constructor
建造者

(2) 表示物

tractor
拖拉機

receptor
接受器

televisor
電視機

separator
分離器

conductor
導體

detector
探測器

compressor
壓縮器

resistor
電阻器

134 -orium [名詞字尾]

表示場所、地點

auditorium 禮堂，講堂	healthatorium 健康中心	crematorium 火葬場	natatorium (室內)游泳池
beautorium 美容院	sanatorium 療養院		

135 -ory

① [形容詞字尾]
表示有～性質的，屬於～的，與～有關的

advisory 忠告的，顧問的	rotatory 旋轉的	dictatory 獨裁的，專政的	promissory 允諾的
contradictory 矛盾的	compulsory 強迫的	possessory 占有的	separatory 分離用的
appreciatory 有欣賞力的	exhibitory 顯示的	sensory 感覺的	denunciatory 譴責的
revisory 修訂的，修正的			

② [名詞字尾]
(1) 表示場所、地點

factory 工廠	protectory 貧民收容所	depository 保存處，倉庫	dormotory 集體宿舍

| repository 貯藏所 | ambulatory 迴廊，走廊 | oratory 祈禱室 | consistory 宗教法庭 |

| armory 軍械庫 | crematory 火葬場 |

(2) 表示物

| directory 姓名地址錄 | incensory 香爐 | inventory 財產目錄 | territory 領土，領地 |

136 -ose [形容詞字尾]

表示形容詞

| globose 球形的 | verbose 囉嗦的 | jocose 開玩笑的 | nervose （植物）多脈的 |

| operose 費力的，用功的 | grandiose 宏大的，雄偉的 | flexuose 彎曲的，柔韌的 |

137 -osity [名詞字尾]

構成抽象名詞，表示性質、狀態、情況，與形容詞字尾 -ous 及 -ose 相對應

| curiosity 好奇心 | grandiosity 宏大，雄偉 | generosity 慷慨，大方 | verbosity 囉嗦，冗長 |

| globosity 球形，球狀 | fabulosity 寓言性質 | jocosity 滑稽 | flexuosity 彎曲狀態 |

557

138 -ot [名詞字尾]

(1) 表示人

patriot
愛國者

compatriot
同胞

Cypriot
塞浦勒斯人

Zantiot
（希臘）贊德島
的原住民

zealot
熱心者

idiot
白痴，傻子

Italiot
義大利南部古
希臘殖民地居
民

pilot
領航員，飛行員

(2) 表示物

chariot
戰車

ballot
選票

carrot
胡蘿蔔

galliot
平底小船

139 -ous [形容詞字尾]

表示有～性質的、屬於～的、有～的、多～的

dangerous
危險的

prosperous
繁榮的

poisonous
有毒的

zealous
熱心的，熱情的

courageous
勇敢的

riotous
暴亂的

adventageous
有利的

famous
著名的

mountainous
多山的，如山的

mischievous
調皮的，有害的

continuous
繼續不斷的

vigorous
精力充沛的

glorious
光榮的

disastrous
災難性的

victorious
勝利的

pompous
壯麗的

140 **-proof** [形容詞字尾]

表示防～的、不透～的

fireproof 防火的	coldproof 抗寒的	lightproof 不透光的	bombproof 防炸彈的
waterproof 防水的	smokeproof 防煙的	soundproof 隔音的	gasproof 防毒氣的
rainproof 防雨的	airproof 不透氣的		

141 **-ress** [名詞字尾]

表示女性，與 -ess 同

actress 女演員	creatress 女創造者	electress 女選舉人	protectress 女保護者
waitress 女服務員	dictatress 女獨裁者	huntress 女獵人	foundress 女創立人
interpretress 女譯員	chantress 女歌唱者	editress 女編輯	aviatress 女飛行員

142 **-ry** [名詞字尾]

(1) 表示行為、狀態、情況及性質

banditry 盜匪活動	outlawry 逍遙法外	pedantry 迂腐，賣弄學問	pleasantry 詼諧，開玩笑
rivalry 敵對，競爭	musketry 步槍射擊	artistry 藝術性	devilry 邪惡，魔法

mimicry
模仿

bigotry
頑固，偏執

(2) 表示～學、～術及行業

forestry
林學，林業

dentistry
牙科學，牙醫術

carpentry
木工業

palmistry
手相術

chemistry
化學

merchantry
商業，商務

masonry
石工業

rocketry
火箭技術

weaponry
武器設計製造學

falconry
獵鷹訓練術

husbandry
耕作

(3) 表示集合名詞 (總稱)

peasantry
農民 (總稱)

Englishry
英國人 (總稱)

tenantry
承租人 (總稱)

yeomanry
自由民 (總稱)

citizenry
公民 (總稱)

poetry
詩 (總稱)

weaponry
武器 (總稱)

gentry
紳士，貴族

(4) 表示場所、地點及工作處

pigeonry
鴿舍，鴿棚

chantry
附屬小教堂

laundry
洗衣房

vestry
(教堂) 法衣
室，祭具室

foundry
鑄工車間

almonry
施販所

pantry
食品室

143 -s [副詞字尾]

表示時間、地點、方式、狀態

afternoons
每天下午

sometimes
有時

nowadays
現今，當今

upstairs
在樓上，往樓上

nights
每夜，在夜間

besides
此外，而且

outdoors
在戶外

downstairs
在樓下，往樓下

weekends
在每個週末

unawares
不知不覺地

indoors
在屋內

144 -ship [名詞字尾]

(1) 表示情況、狀態、性質及關係

friendship
友誼，友好

scholarship
學問，學識

comradeship
朋友關係

relationship
親屬關係，聯繫

hardship
苦難，受苦

dictatorship
專政

fellowship
夥伴關係，交情

partnership
合夥關係

(2) 表示身分、職位、資格及權限

citizenship
公民權或身分

instructorship
講師職位

doctorship
博士學位

managership
經理職位

kingship
王位，王權

interpretership
翻譯員職務

professorship
教授職位

rulership
統治權

membership
成員資格

lordship
貴族身分

sonship
兒子身分

heirship
繼承權

ladyship
貴婦人身分

colonelship
上校頭銜

studentship
學生身分

561

(3) 表示技藝、技能、～法及～術

airmanship 飛行技術	penmanship 書法	huntsmanship 打獵術	horsemanship 騎馬術
salesmanship 銷售術	marksmanship 射擊術	workmanship 手藝，工藝	watermanship 划船技術

145 -sion [名詞字尾]

表示行為、行為的過程，或結果、情況、性質，與 –ion 同。
它所構成的名詞大多由 -d，-de，-t 為結尾的動詞派生而來

expansion 擴張，擴展	declension 傾斜	suspension 懸掛，停止	division 分開，分割
decision 決定	collision （車、船）碰撞	extension 伸展，延伸	conversion 轉變，變換
comperhension 理解，包含	conclusion 結論，結束		

146 -some [形容詞字尾]

表示充滿～的、易於～的、產生～的、有～傾向的、具有～
的及令人～的

gladsome 令人高興的	laboursome 費力的	toothsome 美味可口的	awesome 可畏的
playsome 愛玩耍的	troublesome 令人煩惱的	venturesome 好冒險的	wearisome 令人厭煩的

darksome 陰暗的	burdensome 沉重的	lonesome 孤獨的	gamesome 愛玩耍的
fearsome 可怕的	quarrelsome 好爭吵的	bothersome 麻煩的	tiresome 令人厭倦的

-ster ［名詞字尾］

表示人

songster 歌手，歌唱家	penster 作者	tonguester 健談的人	speedster 超速駕駛者
youngster 年輕人，小孩	seamster 裁縫	spinster 紡織女工	maltster 製造麥芽者
oldster 老人	teenster 十幾歲的少年		

【注】有些詞含有貶義

gamester 賭徒，賭棍	rhymester 作打油詩的人， 劣等詩人	trickster 騙子	mobster 暴徒，匪徒
gangster 匪徒，歹徒			

148 **-th** [名詞字尾]

> 構成抽象名詞，表示行為、性質、狀態及情況

warmth
溫暖，熱情

stealth
祕密行動，祕密

width
寬度
(wid=wide)

breadth
廣度
(bread= broad)

coolth
涼爽，涼

strength
力量
(streng=strong)

depth
深度
(dep=deep)

truth
真理
(tru=true)

growth
成長，發育

length
長度
(leng=long)

> 【注】加在基數詞之後，表示「第～」兼表「～分之一」

fourth
第四，四分之一

fifth
第五，五分之

sixth
第六，六分之一

seventh
第七，七分之一

149 **-tic** [形容詞字尾]

> 表示屬於～的、有～性質的及與～有關的，與 -ic 同

Asiatic
亞洲的，屬於
亞洲的

romantic
浪漫的，傳奇的

cinematic
電影的

asthmatic
患哮喘病的

dramatic
戲劇(性)的

paraphrastic
意譯的

schematic
綱要的

operatic
歌劇的

150 **-tion** [名詞字尾]

構成抽象名詞，表示行為、行為的過程或結果、狀態及情況，與 –ion 同

intervention 干涉，干預	introduction 介紹，引進	attention 注意	contention 競爭，鬥爭
convention 集會，會議	production 生產	description 描寫，描述	reduction 減少，縮減

151 **-ture** [名詞字尾]

表示行為，行為的結果以及與行為有關之物，亦作 –ature 和 –iture

mixture 混合，混合物	expenditure 花費，支出	signature 簽名，署名	miniature 小型物
fixture 固定，固定物	divestiture 脫衣，剝奪	curvature 彎曲 (部分)	fixature 定型髮膠
coverture 覆蓋，覆蓋物	garniture 裝飾品	armature 盔甲	

152 **-ty** [名詞字尾]

構成抽象名詞，表示性質情況、狀態

specialty 特性，專長	surety 確實	certainty 肯定，確實	novelty 新奇，新穎
safety 安全	penalty 刑罰，處罰	cruelty 殘忍，殘酷	subtlety 精巧，微妙
entirety 整體，全部	royalty 王位，王權	loyalty 忠誠，忠心	sovereignty 主權，統治權

[注] -ty 亦表示「～十」

sixty 六十	seventy 七十	eighty 八十	ninety 九十

153 **-ual** [形容詞字尾]

表示「～的」，與 -al 同

textual 原文的，本文的	habitual 習慣(上)的	accentual (關於)重音的	effectual 有實效的
actual 實際的，現實的	contractual 契約的	sensual 感覺的	intellectual 智力的
sexual 性的，有性別的	perceptual 感性的	gradual 逐漸的	conceptual 概念的
spiritual 精神(上)的			

154 -ular [形容詞字尾]

表示似～形狀的、有～性質的、屬於～的

globular
球狀的

zonular
小帶狀的

jocular
滑稽的
(joc=joke)

cellular
細胞的

spherular
小球狀的

nodular
小節的，節狀的

155 -ule [名詞字尾]

表示小

spherule
小球（體）

granule
細粒
(gran=grain)

zonule
小帶，小區域

pilule
小藥丸
(pil=pill)

globule
小球

antennule
小觸鬚

cellule
小細胞

gemmule
微芽

barbule
小倒刺

nodule
小節，小瘤

156 -ulous [形容詞字尾]

表示易於～的、多～的、如～形狀的、有～性質的、屬於～的，
同 -ous

tubulous
管狀的

pendulous
懸垂的

credulous
輕信的

bibulous
愛喝酒的

acidulous
略酸的

globulous
球的

157 **-um** [名詞字尾]

表示場所、實物及抽象名詞

museum 博物館	rectum 直腸	asylum 避難所，收容所	contagium 接觸傳染物
mausoleum 陵墓	minimum 最小量	forum 法庭，論壇	vacuum 真空（狀態）， 真空度
sanctum 聖所，私室	plenum 充滿；全體會議	hypogeum 地下室，窖	symposium 酒會，座談會， 討論會

158 **-uous** [形容詞字尾]

表示有～性質的、屬於～的、有～的，同 -ous

sensuous 感覺上的	innocuous 無害的	contemptuous 輕視的	ambiguous 模擬兩可的
assiduous 刻苦的	conspicuous 明顯的	flexuous 彎彎曲曲的	promiscuous 雜亂的，混雜的

159 **-ure** [名詞字尾]

構成抽象名詞，表示行為、行為的結果、狀態及情況

departure
離開，出發

sculpture
雕刻 (品)

disclosure
洩露

procedure
程序，步驟

pressure
壓力

seizure
抓住，捕捉

moisture
潮溼，溼度

flexure
彎曲

failure
失敗

contracture
攣縮

creature
創造物，生物

pleasure
愉快

exposure
暴露，揭露

closure
關閉，結束

160 **-ward** [形容詞及副詞字尾]

表示「向～的」、「向～」及「朝～」

downward
向下的，朝下

southward
向南的，朝南

backward
向後的，向後

inward
向內的，向內

upward
向上的，朝上

seaward
向海的，朝海

outward
向外的，向外

homeward
向家的，向家

northward
向北的，向北

sunward
向陽的，向太陽

161 **-wards**［副詞字尾］

表示「向～」、「朝～」

down**wards** 向下，朝下	north**wards** 向北，朝北	sun**wards** 向太陽	out**wards** 向外
up**wards** 向上，朝上	south**wards** 向南，朝南	back**wards** 向後	in**wards** 向內

162 **-ways**［副詞字尾，有的兼作形容詞字尾］

常與 -wise 通用，表示方向、方式、狀態

cross**ways** 交叉地／的	corner**ways** 對角地，斜	end**ways** 末端朝前地	side**ways** 斜向一邊地／ 的
coast**ways** 沿海岸	length**ways** 縱長地		

163 **-wise**［副詞字尾，有的兼形容詞字尾］

(1) 常與 -ways 通用，表示方向、方式、狀態

cross**wise** 交叉地／的	end**wise** 末端朝前地	length**wise** 縱長地	side**wise** 斜向一邊地／ 的
corner**wise** 對角地，斜	coast**wise** 沿海岸		

(2) 不與 –ways 通用者

clockwise 順時針方向	moneywise 在金錢方面	likewise 同樣地	crabwise 似蟹橫行地
sunwise 順日轉方向	dropwise 一滴一滴地	otherwise 要不然，否則	pairwise 成雙成對地

164 -y

① ［形容詞字尾］
表示多～的、有～的、如～的及屬於～的 (大多數加在單音名詞之後)

rainy 下雨的	snowy 多雪的	wintery 冬天 (似) 的	inky 有墨跡的
windy 有風的	silvery 似銀的	sleepy 想睡的	hairy 多毛的
sunny 陽光充足的	smoky 多煙的	earthy 泥土似的	icy 似冰的，多冰的
hilly 多小山的	bloody 血的，流血的	greeny 略呈綠色的	wordy 多言的
rosy 玫瑰色的	watery 多水的，如水的	trusty 可信賴的	woolly 如羊毛的
woody 樹木茂密的	silky 如絲般的	homey 像家一樣的	cloudy 多雲的

*註 在以 y 或為結尾的字之後，則作 -ey，如：skyey 天空的，天藍色的；clayey(多) 黏土的，黏土似的；mosguitoey 蚊子多的

② [名詞字尾]
(1) 構成抽象名詞，表示性質、狀態、情況及行為

difficulty 困難	inquiry 詢問，打聽	mastery 精通，掌握	jealousy 妒忌，猜忌
discovery 發現	burglary 夜盜行為	beggary 乞丐生涯，行乞	injury 傷害，損害
soldiery 軍事訓練	bastardy 私生子身分	modesty 謙虛，虛心	monotony 單音，單調

(2) 表示人或物

lefty 左撇子，用左 手的人	smithy 鐵匠，鍛工	oldy 老人	sweety 糖果，蜜餞
fatty 胖子	towny 城裡人，鎮民	newsy 報童	parky 公園管理人
darky 黑人	shorty 矮子	nighty 婦女(或孩子) 穿的睡衣	cabby 出租車駕駛人
	whitey 白人		

(3) 表示暱稱 (在一部分字中與 -ie 通用)

doggy 小狗 =doggie	kitty 小貓	daddy 爹地	aunty 阿姨 =auntie
piggy 小豬 =piggie	missy 小姑娘，小姐	granny 奶奶 =grannie	maidy 小女孩

165 -yer [名詞字尾]

表示人

lawyer 律師，法律家	sawyer 鋸木人，鋸工	bowyer 製弓的人，弓 手，射手

終於不再靠死背！英文字根、字首、字尾單字大全/ 蔣爭 著
-- 三版. -- 臺北市 :笛藤, 2022.04
　　面；　公分

ISBN 978-957-710-850-0(平裝)
1.CST:英語　2.CST:詞彙

805.12　　　　　　　　　　111004252

2024年1月8日　三版第三刷　定價400元

作　　　者	蔣爭
編　　　輯	江品萱
美術編輯	王舒玗
總 編 輯	洪季楨
編輯企劃	笛藤出版
發 行 所	八方出版股份有限公司
發 行 人	林建仲
地　　　址	台北市中山區長安東路二段171號3樓3室
電　　　話	(02) 2777-3682
傳　　　真	(02) 2777-3672
總 經 銷	聯合發行股份有限公司
地　　　址	新北市新店區寶橋路235巷6弄6號2樓
電　　　話	(02)2917-8022・(02)2917-8042
製 版 廠	造極彩色印刷製版股份有限公司
地　　　址	新北市中和區中山路二段380巷7號1樓
電　　　話	(02)2240-0333・(02)2248-3904
印 刷 廠	皇甫彩藝印刷股份有限公司
地　　　址	新北市中和區中正路988巷10號
電　　　話	(02) 3234-5871
郵撥帳戶	八方出版股份有限公司
郵撥帳號	19809050

root, prefix, suffix, vocabulary

英文字根字首字尾單字大全

終於不再靠死背！◇背單字苦手必讀單字書◇